楽園の夕べ

Evening in Paradise

ルシア・ベルリン ｜ 岸本佐知子 訳

ルシア・ベルリン作品集

Selected Stories　Lucia Berlin

講談社

楽園の夕べ——ルシア・ベルリン作品集

目次

幼い頃のルシア・ベルリン。Lucia Berlin（1936～2004）

装幀　クラフト・エヴィング商會［吉田浩美・吉田篤弘］
カバー著者写真　Buddy Berlin. ©2018 Literary Estate of Lucia Berlin LP.

オルゴールつき化粧ボックス

「汝《なんじ》の父と母の教えを聞け、これ汝の頭《こうべ》の麗《うるわ》しき冠となり首を飾る鎖とならん。悪しき者、汝を誘うとも従うことなかれ」

祖母のメイミーはそこをくりかえし二度読んだ。わたしは今までにどんな教えを受けたっけと考えた。鼻をほじっちゃいけません。でも鎖《チェーン》は欲しかった、笑うとチリチリ鳴るやつ。サミーがつけてるみたいな。

わたしはチェーンを買ってグレイハウンドの停車場に行った。金属のメダル……真ん中に星がついたのに字を刻む機械があるのだ。わたしは〈LUCHA（ルーチャ）〉と刻んで、それを首からかけた。

サミーとジェイクがわたしとホープを仲間に引き入れたのは一九四三年の六月の終わりごろだった。二人はベン・パディジャと話をしていて、最初はわたしたちを追いはらった。ベンがいなくなるとサミーがわたしたちを呼んで、わたしたちはポーチの下から這いだした。

「まあ座れよ。お前たちを仲間にしてやる話がある」

六十枚のカード。一枚ずつ上のほうに色つきの〝オルゴールつき化粧ボックス〟の絵がついていて、その横に〈DON'T OPEN〉と書かれた赤いシールが貼ってある。シールの下には、カードに書かれた名前のどれか一つが隠れている。その下にアルファベット三文字の名前ばかりが三十個書かれていて、それぞれの横に空欄がある。〈エイミー〉〈メイ〉〈ジョー〉〈ビー〉、ｅｔｃ．

「五セントで名前が一つ買える。名前の横に買った人の名前を書きこむ。そのカードの名前が三十ぜんぶ売れたら赤いシールをはがす。そこに書かれた名前を買った人間が〝化粧ボックス〟をもらえる」

「そりゃもうたんまりあるぜ、〝化粧ボックス〟！」

「黙ってろジェイク。おれはこのカードをシカゴから仕入れてる。カード一枚売れれば一ドル五十セントだ。おれが一枚につき一ドルを向こうに払うと、向こうからボックスが送られてくる。わかるか？」

「うん」とホープが言った。「で？」

「お前たちはカードを一枚売るごとに二十五セント取る。おれたちも二十五セント取る。つまりおれたちは五分五分のパートナーってわけだ」

「こいつらに売れるもんかよ」ジェイクが言った。

「売れるもん」とわたしは言った。ジェイクなんて大きらい。ティーンエイジのチンピラのくせに。

「売れるとも」サミーは言った。そしてカードをホープに渡した。「金のことはルーチャがやれ。いま十一時半だ……さあ行った、時間を計っとくからな」

「がんばれよ！」二人は叫んだ。芝生に座って、げらげら笑いながら互いをこづきあっている。

「あたしたちのこと笑ってる……できっこないって思ってるんだ！」

わたしたちは一軒めのドアを叩いた。女の人が出てきてメガネをかけた。その人はいちばん上の名前を買ってくれた。〈ABE（エイブ）〉。女の人はその横に自分の名前と住所を書き、わたしたちに五セントと、持っていたエンピツをくれた。可愛らしい子たち、わたしたちのことをそう呼んだ。

わたしたちはアプソン通りのそっち側の家を一軒ずつまわった。公園まで来るころには名前が二十個売れていた。息を切らしてサボテン庭園の塀の上に腰をおろした。有頂天だった。

みんながわたしたちを可愛らしいと言った。二人とも年のわりにうんと小柄だった。七歳。女の人が出てきたら、わたしがくじを売った。わたしの伸びほうだいのブロンドの髪は頭の倍の大きさにふくらんで、大きな黄色い回転草みたいだった。「黄金《きん》糸の後光ね！」歯がなかったので、笑うときは舌を上に出して、はにかんでいるようなふりをした。女の人たちはわたしの頭をなでて、話を聞こうと腰をかがめた。「なあに、お嬢ちゃん。ええ、もちろん買うわ！」

男の人が出てきたらホープが売った。「五セント、名前えらんでください」棒読みでそう言って、相手がドアを閉める前にカードとエンピツを差し出す。ほう、ずいぶん威勢がいいな。男の人たちはそう言ってホープの漆黒の骨ばったほっぺたを指でちょっとつつく。ホープは黒々と重たげな髪のベールの奥から相手をじいっとにらみつける。

あとの心配は時間だけだった。その家に人がいるのか留守なのか、すぐにはわからなかった。ドアベルの把手をこつこつ鳴らして、あとは待つ。最悪なのは、わたしたちが〝久しぶりのお客さん〟だという人たちだ。かならずうんと年とった人たちだった。みんなあのあと何年もしないうちに死んでしまっただろう。

独りぼっちの人たちや、わたしたちを可愛らしいと言ってくれる人たちのほかに、もう一種類——その日は二人だった——こうしてドアを開けて何かを選ぶ機会を与えられたのを神のお告げのように受け止める人たちがいた。この手の人たちはうんと時間がかかったが、かまわなかった。相手がぶつぶつ独り言をいうあいだ——〈トム〉にしようか？　あの憎たらしいトム。それとも〈サル〉？　妹があたしのことサルって呼んでたのよねえ。トム。やっぱり〈トム〉をいただくわ。当たったら何がもらえるって？——わたしたちはドキドキしながら辛抱づよく待った。

アプソン通りの反対側をやるまでもなかった。残りはぜんぶ公園の近くのアパートをまわって売りさばいた。

時刻は一時。ホープがカードをサミーに渡し、わたしはサミーの胸の上に小銭をざらざらあけた。「マジかよ！」ジェイクが言った。

サミーはわたしたちにキスした。わたしたちは芝生の上で頬を赤らめ、照れ笑いした。

「で、勝ったのは？」サミーが起きあがった。リーバイスの膝が濡れて草の緑に染まり、肘も緑色だった。

「なんて書いてあるの？」ホープは字が読めなかった。学校は一年でやめてしまっていた。

〈ZOE（ゾーイ）〉。

「誰？」わたしたちは顔を見あわせた。「どの人だっけ？」

「カードの一番下にのってるだろ」

「ああ！」手が軟膏でべたべただった男の人だ。乾癬《かんせん》もち。わたしたちはがっかりした。すごく優しかった人が二人いて、その人たちに勝ってほしかった。

全部売り切るまでカードとお金は持っていていいとサミーが言った。わたしたちはフェンスを乗り越えてポーチの下にもぐりこんだ。わたしが古いパン入れの箱を見つけてきて、その中にしまった。

わたしたちはカードを三枚取って、裏の路地から通りに出た。サミーとジェイクにがっついていると思われたくなかった。通りを渡り、アプソン通りの反対側の家から家へ走り、ドアをノックしてまわった。そこからさらにマンディ通りの片側をサンシャイン雑貨店のところまでやった。

そこまでで、もうカードがまる二枚売れていた。わたしたちは歩道の縁石に座ってグレープソーダを飲んだ。ハダドさんのおじさんがいつも瓶を冷凍庫に入れておいてくれるので、溶けかけのアイスキャンディみたいにショリショリしていた。角を曲がってきたバスはわたしたちをぎりぎりに避けて、そのたびにクラクションを鳴らした。わたしたちの背後、クリスト・レイ山のあたりには土埃と煙が立って、テキサスの午後の陽射しを浴びて黄色く泡立っていた。

わたしは名前を声に出して何度も何度も読みあげた。そして二人で勝ってほしい人の名前に×

印を、いやな人には○をつけた。

あの裸足の軍人さん……「おれはどうしてもその〝オルゴールつき化粧ボックス〟がほしいんだ！」。ミセス・タピア……「まあ、お入りなさい！　よく来てくれたわねえ」。キッチンを自分でピンク色に塗ったのよと言って見せてくれた、十六歳の新婚さん。ミスター・ローリー――気持ち悪かった。グレートデンが二匹、飛びかかってくるのを押さえ、ホープのことを〝色っぽいチビ〟と言った。

「ねえ、あたしたち名前千個ぐらい売れるんじゃない、ローラースケートがあれば」

「そうだ、ローラースケートがいるよ！」

「でもさ、一つまちがってたよ」

「なに？」

「あたしたちいっつも言うじゃない……『くじをお一ついかが？』って。でも〝お一つ〟じゃなくて〝たくさん〟って言うべきだよ」

「じゃあさ……もう『カードまるまるいかが？』って言おうか」

わたしたちは笑った。歩道のへりに座って、ごきげんだった。

「最後のカードも売っちゃおう」

わたしたちは角を曲がり、マンディ通りの一本裏に入った。暗くて、ユーカリやイチジクやザクロの木が生い茂っていた。メキシコ式の庭、シダ、セイヨウキョウチクトウ、ヒャクニチソウ。お婆さんたちは英語を話さなかった。「いらないよ《ノ・グラシアス》」とドアを閉める。

聖家族教会の神父さんが名前を二つ買ってくれた。〈ジョー〉と〈ファン〉。べつのブロックは、手を粉だらけにしたドイツ人の女の人ばかり。みんなぴしゃりとドアを閉めた。ちぇっ！

「もう帰ろうよ……やるだけむだだよ」

「だめ、ヴィラス小学校のへんには軍人さんがいっぱい住んでる」

ホープの言うとおりだった。カーキのズボンにTシャツを着たおじさんたちが庭に出て、ビールを飲みながら黄色くなったバミューダ芝に水をやっていた。ホープが売った。ホープの髪はもう汗で束になり、オリーブ色のシリアの顔に黒ビーズのすだれみたいに垂れ下がっていた。おじさんの一人は二十五セント玉を出し、こっちがお釣りを渡す前に奥さんに家の中から呼ばれた。「じゃあ五つ買おう！」網戸越しにそう叫んだ。わたしはその人の名前を書きかけた。「待った」とホープが言った。「もういっぺん売れるじゃん」

サミーがシールをはがした。

ミセス・タピアが〈スー〉で当てた。娘の名前だ。すごくいい人だったので×印をつけてあった。次に勝ったのはミセス・オーバーランド。どんな人か思い出せなかった。三番めの勝者は〈ルー〉を買った男の人だったけれど、本当は二十五セントくれたあの軍人さんに当たってほしかった。

「あの人にあげるべきだよ」とわたしは言った。

ホープが前髪をかき上げてわたしを見、笑いをこらえるような目をした。「そうしよう」わたしは塀を飛び越えて自分の家の庭にもどった。メイミーが庭で水をまいていた。母はブリッジをやりに出かけていて、わたしの夕食はオーブンの中だった。家の中からH・V・カルテンボーンのニュース番組が大音量で流れていたので、わたしはメイミーの唇を読んだ。祖父は耳が遠いわけではなく、ただいつもラジオの音が大きかった。

「メイミー、水まき手伝おうか？」いいえけっこう。

玄関ドアを閉めるとステンドグラスがびりびりふるえた。「こっちに来い！」お祖父《じい》ちゃんがラジオに負けじと声をはりあげた。わたしはびっくりして、うきうきと走っていって祖父の膝の上に乗ろうとした。けれども祖父は手にした新聞の切り抜きを振ってわたしを追い払った。

「あの汚らわしいアラブどもといっしょにいたのか？」

「シリアだもん」わたしは言った。祖父の灰皿がステンドグラスのドアみたいにあかあか輝いていた。

その夜のラジオはフィバー・マクギーとエイモス・アンド・アンディだった。なぜ祖父があの人たちをあんなにひいきにしていたのかは謎だ。色の黒い連中は大嫌いだとつねづね言っていたのに。

わたしはメイミーといっしょに食卓で聖書を読んだ。まだ旧約聖書の「箴言」のところだった。

「あからさまな戒めは、ひそかな愛にまさる」

「どうして？」

「いちいち聞かないの」。わたしは眠ってしまい、メイミーにベッドまで運ばれた。

母が帰ってきて目が覚めた。そして母がチーズ味のティッドビッツを食べながら推理小説を読む横で、ずっと目を開けていた。何年も後になって計算してみたら、母は第二次大戦中だけでもチーズ味のティッドビッツを九百五十箱以上食べていた。

わたしは母とお話ししたかった。ミセス・タピアや、あの犬を飼ってる男の人や、サミーがわたしたちを五分五分の仲間に入れてくれたことを話したかった。わたしは母の肩とチーズ味のティッドビッツのかけらに頭をくっつけ、眠りに落ちた。


次の日、わたしとホープはまずヤンデル通りに立ち並ぶアパートに行ってみた。頭にカーラー巻いてシュニールのバスローブをはおった若い軍人妻たちは、寝ていたところを起こされて不機嫌で、誰ひとり買ってくれなかった。「だーめ、五セントなんて持ってないわよ」

わたしたちはバスでプラザまで行き、メサ行きのバスに乗り換えてカーン・プレイスまで行った。お金持ちの町だった……造りこんだ庭、ドアにはチャイム。ここは年寄りの女の人たちよりもっと上客だった。ジュニア・リーグ〔上流階級の若い女性たちで構成された、慈善活動などを行う文化団体〕、きれいな日焼け、バミューダショーツ、口紅、ジューン・アリソンふうの内巻き髪。たぶんわたしたちみたいな子供は見たことがなかったんだろう。母親のお古のクレープ地のブラウスを着た、こんな子供は。

それに髪もだ。ホープの髪は黒いどろどろのタールみたいに顔におおいかぶさっていたし、わたしのは毛むくじゃらのビーチボールみたいに逆立って、日の光に爆《は》ぜていた。

わたしたちの用件を聞くとみんな声をたてて笑い、〝小銭〟を取りに家の中にもどった。一人が夫にこう言うのが聞こえた……「ちょっとあなたも見てきてごらんなさいよ、本物の浮浪児よ!」。その人は本当に出てきて、そしてただ一人くじを買った人だった。女の人たちは買わずにお金をくれた。その家の子たちはブランコセットの陰から青白い顔でこっちをじっと見ていた。

「駅に行ってみよう」

カード以前から、わたしたちはしょっちゅう鉄道の駅に行っていた。行って、みんながキスしたり泣いたりするのを眺めたり、新聞スタンドの棚の下に落ちている小銭を拾ったりした。中に入ってすぐ、わたしたちは互いを肘でつっつきあって笑いを嚙みころした。どうしてもっと早く思いつかなかったんだろう。ここには待つ以外なにもすることのない、五セント玉をもった人たちが掃《は》いて捨てるほどいる。名前が三文字の恋人や奥さんや子供のいる兵隊さんや水兵さんが、掃いて捨てるほどいる。

わたしたちは一日の時間割を決めた。午前中は駅に行く。水兵さんたちが木のベンチに寝そべって、水兵帽をカッコの形に折りたたんで目の上にのせている。「ん？　やあ、お早うさん。何、いいとも！」

腰かけているお爺さんたち。五セント払って、べつの戦争や三文字名前の死んだ誰かの話をする。

わたしたちは〈黒人専用〉の待合室にも行って、名前を三つ売ったところで白人の車掌さんに肘をつかまれてつまみ出された。午後いっぱいは近くのＵＳＯ（米国慰問協会）で過ごす。兵隊さんたちが昼をおごってくれた……パラフィン紙に包んだしなびたハムチーズサンドイッチ、コーラ、ミルキーウェイ。その人たちがカードに名前を書きこむ横で、わたしたちは卓球やピンボールマシンをして遊んだ。建物に兵隊さんが何人来たか小さなカウンターでかちかち数える役目の女の人が水兵さんとどこかに出かけるあいだ、二人で代わりにそれをやってあげて、二十五セントずつ稼いだこともあった。

列車が着くたびに新しい兵隊や水兵がやって来た。先に来ていた人たちが、その人たちにもくじを買うように言う。みんなわたしのことを〝天国《ヘヴン》〟、ホープのことは〝地獄《ヘル》〟と呼んだ。

最初は六十枚ぜんぶ売りつくすまで手元に置いておくつもりだったが、お金はどんどん儲かるうえにチップももらったから、しまいに数えきれなくなった。

それにカードはあと十枚しか残っていなかったけれど、誰が勝ったか早く知りたくてたまらなかった。わたしたちは葉巻の空き箱三箱に入れたお金とカードをサミーのところに持っていった。

「七十ドル？」マジかよ。二人は芝生の上でがばと起きあがった。「なんてガキどもだ。ほんとにやりやがった！」

二人はわたしたちにキスし、ハグした。ジェイクは腹をおさえて芝生の上をごろごろ転がりながら甲高い声で叫んだ。「すげえや……サミーお前天才だな、たいした策士だよ！」

サミーがわたしたちを抱きしめた。「お前たちならきっとできるって信じてたよ」

サミーはカードを一枚ずつ見ていきながら、いつも濡れてるみたいに黒々とした長い髪を指でかきあげた。勝った人たちの名前を見て、彼はげらげら笑った。

オクタヴィアス・オリバー上等兵、オクラホマ州フォートシル。「おいおい、いったいどうやってこいつを探すつもりだよ？」サミュエル・ヘンリー・トローパー、アメリカのどこか。この人は〈黒人専用〉の待合室にいたお爺さんで、もし当たったら〝化粧ボックス〟はわたしたちにくれると言った。

ジェイクがサンシャイン雑貨店に行って、溶けてしたたるバナナのアイスキャンディをもってきてくれた。サミーは名前を買った人たち一人ひとりのことや、どうやってその人たちに売ったかを訊ねた。わたしたちはシャンブレーのシャツドレスを着たカーン・プレイスの素敵な奥様たちや、USOや、ピンボールマシンや、グレートデンを飼ってるあのいやらしいおじさんのことを話した。

サミーは十七ドルくれた……五分五分よりもずっと多い金額だ。わたしたちはバスにも乗らず、走ってダウンタウンのペニーズまで行った。遠かった。そこでローラースケートと、スケートを靴に取りつける金具を買い、クレス百貨店でチャームつきのブレスレットを買い、赤く着色した塩ピスタチオもひと袋買った。そしてプラザのワニの池のふちに座った。兵隊さん、メキシコ人、アル中たち。

ホープがあたりを見まわした。「ここでも売れるね」

「まさか、こんなとこ誰もお金なんて持ってないよ」

「でも、あたしたちじゃん！」

「〝オルゴールつき化粧ボックス〟を届けるときが最悪だよ」

「だいじょうぶ、だってもうスケートがあるもん」

「明日から練習しなきゃ……ね、そしたら高架橋をスケートで走ってって、精錬所のどろどろの鉄を見にいけるんじゃない？」

「その人たちが留守だったら、網戸の中に入れとけばいいよ」

「ホテルのロビーでもたくさん売れるかも！」

わたしたちはぽたぽたしたたるコニーアイランドとルートビア・フロートも買い、それでお金は底をついた。食べるのは、アプソン通りのとっかかりの空き地に着くまでがまんした。

その空き地は塀で囲われた小山のてっぺん、歩道よりずっと高いところにあって、灰色のぼわぼわした雑草が一面に紫の花をつけていた。空き地のいたるところ、その草の根元にガラスの破片が落ちていて、日の光でいろんな濃淡のラベンダー色に染まっていた。夕方のちょうどそれくらいの時刻になると、太陽の角度のせいで、光が地面から、紫の花の奥から射してくるように見えた。アメジストみたいに。

サミーとジェイクが車を洗っていた。屋根もドアもない、青のぽんこつ車だった。わたしたちは最後の一ブロックを走った。箱の中でスケートがごとごと鳴った。

「それ、誰の？」

「俺たちのだよ。乗っけてやろうか？」

「どこで買ったの？」

二人はタイヤを洗っていた。「知ってる奴からさ」ジェイクが言った。「乗っけてやろうか？」

「サミー！」

ホープはシートの上に立ちあがっていた。狂ったみたいな顔つきだった。わたしにはまだ何のことかわからなかった。

「サミー――車を買うお金はどうしたの？」

「ま、あれやこれやさ」サミーはにこやかに笑い、ホースから直接水を飲んでシャツであごを拭いた。

「お金はどうしたって聞いてるの！」

ホープはものすごく年取った黄色い魔女みたいに見えた。「この大嘘つきのペテン師野郎！」

ホープは叫んだ。

それでわたしも理解した。わたしはホープの後を追ってフェンスを乗り越え、ポーチの下に入った。

「ルーチャ！」サミー、わたしのはじめてのヒーローが後ろからわたしを呼んだけれど、そのまま走ってパン入れの箱の横にしゃがみこんでいるホープのところに行った。

ホープは名前の書きこまれたカードの束をわたしによこした。「数えて」数えるのにうんと時間がかかった。

ぜんぶで五百人以上。この人が勝つといいなと思って×印をつけた人たちの名前を、わたしたちは一つひとつ見かえした。

「あたしたちで〝オルゴールつき化粧ボックス〟を買ってこの人たちにあげようか……」

ホープは鼻で笑った。「そんなお金どこにあんのさ？　だいいち〝オルゴールつき化粧ボックス〟なんてものは最初からなかったんだよ。聞いたことある？　〝オルゴールつき化粧ボックス〟なんて」

ホープはパン箱を開けて、まっさらのカード十枚を出した。死にかけのニワトリみたいに腹這いになってポーチ下の土にまみれて、頭が変になったみたいだった。

「ホープ、どうしたの？」

ホープははあはあ荒い息をついて、庭への出口に茂っているスイカズラの下にしゃがんだ。そして狂った女王の扇みたいにカードを広げて高く掲げた。

「これはもうあたしのもの。あんたも来るなら来ていいよ。五分五分。それか来ないか。あたしの側につくなら、あんたはあたしのパートナーで、もう一生サミーと口をきいちゃだめ。口きいたらあんたをナイフで殺す」

ホープは出ていった。わたしは湿った地面に寝そべった。疲れた。このまま何もせずに、永遠にここに寝ていたかった。

ずいぶん長いことそこに寝てから、木のフェンスをよじのぼって裏道に出た。ホープは角の歩道のへりに座っていた。髪の毛のせいで黒いバケツを頭にかぶっているみたいだった。うつむいて、ピエタのようだった。

「行こ」わたしは言った。

坂道をのぼってプロスペクト通りに向かった。夕暮れどきだった。どの家も家族じゅうで外に出て、芝生に水をまいたり、ポーチのスイングチェアに座って穏やかに話したりしていた。ブランコが規則正しくきしんでセミの声とまじりあった。

ホープが一軒の家の門を開けて中に入った。濡れたコンクリートの小径を二人で歩いて、一家のところに向かった。アイスティー片手にポーチの階段のところに座っている。ホープがカードを一枚突き出した。

「好きな名前えらんで。一つ十セント」

次の日、わたしたちは残りのカードを持って朝早くに家を出た。値段が変わったことも、ゆうべ売った六枚のカードのことも話しあわなかった。何よりローラースケートのロの字も出なかった……二年間、あんなに欲しいと願ってきたものなのに。まだ試しにはいてみてもいなかった。

プラザでバスを降りると、ホープがまたサミーと口きいたら殺すからねと念を押した。「絶対きかない。血、やる?」わたしたちはしょっちゅう手首を切っては血の誓いをたてていた。

「いい」

わたしはほっとした。きっといつかサミーと口をきいてしまうにちがいなかったけれど、血でなければそんなに罪にならない気がした。

ゲイトウェイ・ホテルはジャングル映画みたいだった。たんつぼ、カラカラ鳴るパンカ〔天井から吊るして人力で動かす扇風機〕、ヤシの木。シドニー・グリーンストリートみたいに白のスーツを着て自分をあおいでいる男の人もいた。どの人も、まるで知り合いに出会ったみたいにわたしたちを手で追い払い、そそくさと新聞の陰に顔を隠した。ホテルでは、人は誰でも名前をなくしたいものなのだ。

外に出て、踏むと暑さでタールが沈む通りを渡ってファレス行きのトロリーに乗った。レボソにくるまったメキシコ人たち——アメリカの紙袋みたいな匂い、クレスのキャンディーコーンのオレンジと黄色。

ファレスは未知の領域だった。わたしが知っているのは噴水と鏡のあるバー、それに母が〝パーカー家の娘たち〟と連れ立って出かける戦争未亡人の集いで、ギター弾きたちが「シエリト・リンド」を弾くことぐらいだった。ホープはどろんこロバの映画しか知らなかった。ホープの姉さんのダーリーンが兵隊たちとデートするとき、まちがいがないようにとハダドさんのおばさんがホープをいっしょに行かせるからだ。

わたしたちはファアレス側の橋のたもとで、タクシーの運転手や木でできたヘビのおもちゃを売る人たちに混じってフォリーズ・バーの軒下に寄りかかり、観光客や、子供みたいに若くはしゃいだ兵隊さんたちの一団が橋を渡ってくるたび、いっしょになって小走りに寄っていった。

気に入りたい、気に入られたい気持ちがないまぜになった笑顔を向けてくる人たち。急いでいるのと照れくさいのとで、カードをろくに見もせずにわたしたちの手に一セント玉、五セント玉、十セント玉を握らせる。「ほら！」自分たちもメキシコ人になったみたいに、わたしたちは彼らを憎んだ。

夕方になると、兵隊さんや観光客が橋の出口《ランプ》からどっとあふれて歩道ににぎやかに押し寄せ、黒タバコとカルタブランカ・ビールの熱い微風に吹かれて上気した顔を期待に輝かせる……さあ、いったい何が見られるだろう？　人々は目の前をほとばしるように通りすぎ、わたしたちが差し出すカードもわたしたちの目も見ないまま、一セント、五セントと手の中に押しこんでいく。

わたしたちはひきつったような笑いと、やみくもに走っていってはまた退却することの繰り返しに酔っぱらって、頭がくらくらしてきた。木のヘビや粘土のブタを売る商人なみに図太くなり、げらげら笑いながら人々を通せんぼし、袖を引いて「ねえ、たったの十セントだよ……名前一つ十セント……お金持ちの奥さん、いいでしょう、十セントぐらい！」。

日暮れどき。疲れはて、汗まみれ。二人で壁に寄りかかってお金を数えた。靴磨きの子供たちが蔑むようにこっちを見た。六ドルも稼いだっていうのに。

「ホープ、カードぜんぶ川に捨てちゃおうよ」

「なに、それであの病気の浮浪者みたいに物乞いするっていうの?」ホープは怒っていた。「だめ。ぜんぶの名前を売るの」

「でも、そろそろなんか食べなきゃ」

「そうだね」ホープはそのへんの浮浪児に声をかけた。「ねえ、どこか食べるところない?」

「糞《ミエルダ》でも食いな、アメ公《グリンガ》」

わたしたちはファレスの表通りを離れた。表通りは汚れた太い河のように、いつでも振り返ればそこにあり、音が聞こえ、臭いがした。

わたしたちは駆けだした。ホープは泣いていた。泣くところを見たのは初めてだった。

わたしたちは頭を下げ、ヤギのように、仔馬のように、ぬかるんだ歩道をぱかぱかと駆け、やがて走りはゆっくりになり、歩道の固めた赤土にくぐもった音をたてた。

日干しレンガの階段をいくつか降りたところがガビラン・カフェだった。


一九四三年当時のエルパソは、どっちを向いても戦争の話だった。祖父は毎日のようにアーニー・パイルの署名記事をスクラップし、メイミーはお祈りした。母は赤十字のボランティアで病院に行き、傷病兵とブリッジをした。失明したり片腕のなくなった人を夕食に連れてきた。メイミーは聖書のイザヤ書の「いずれ皆が剣を打ちかえて鋤《すき》にする」というくだりをわたしに読んで聞かせた。でもわたしは戦争のことなんてちっとも考えていなかった。ただ海の向こうのどこか遠く、オキナワという場所で中尉さんをしている父を美化し、早く会いたいと、ただそれだけを考えていた。七歳のその日、ガビラン・カフェに足を踏み入れたとき、わたしははじめて戦争のことを思った。理由はわからない、ただそのとき戦争のことを思ったのを覚えている。

テーブルやカウンターにばらばらに座っているのに、ガビラン・カフェにいる人たちは全員が兄弟か、いとこか、親戚どうしみたいに見えた。口論しながら触れあっている男と女。母親の背中ごしにふざけあっている姉と妹。デニムの作業着のひょろっとした三人兄弟はバーのカウンターで背を丸め、そろいの前髪ごしにテキーラをすすっている。

暗くて涼しくて静かで、なのに誰もかれもがしゃべり、なかには歌っている人もいた。笑い声はのびやかで、ひそやかで、親しげだった。

わたしたちはカウンターのスツールに座った。ウェイトレスの女の人が、ブルーと紫のクジャクがついたお盆を手にやって来た。ヘナで染めた根元の黒い髪をうねるように巻き上げて、金と銀の彫りものと鏡のかけらがついたコームで留めていた。横いっぱいに広がったフューシャ色の口、緑色のまぶた。円錐形にとんがった黄色いサテンの胸のあいだにはブルーグリーンの蝶の羽根の十字架がきらめいていた。「いらっしゃい《オラ》！」そう言ってにっこりした。まばゆい金歯、赤い歯ぐき。目のさめるような極楽鳥！

「何にする、《ケ・キエレン》かわいい子ちゃんたち《リンダス》？」

「トルティーヤ」ホープが言った。

鳥のウェイトレスさんは前かがみになって、血みたいに赤い爪でパンくずを払いながら、緑色のスペイン語でまた何か言った。

ホープが首を振った。「わからない《ノ・セ》」

「アメリカ人なの《ソン・グリンガス》？」

「ううん」ホープは自分を指さした。シリア人。それからホープはシリア語を話してみせて、ウェイトレスはフューシャ色の口をいっしょに動かしながらそれを聞いた。「へええ！」

「こっちの子はグリンガ」ホープはわたしのことをそう言った。二人はいっしょに笑った。二人の黒い言葉に、黒い目に、わたしは嫉妬した。

「この子たち、アメリカ人だって《ソン・グリンガス》！」ウェイトレスが店じゅうの人に言った。

年寄りの男の人が一人、コロナビールの瓶とグラスをもって近づいてきた。しゃんとしていた……歩く姿も立つ姿もスペインふうにしゃんとして、白いスーツを着ていた。後ろから息子もついてきた。黒のズートスーツに黒のサングラス、懐中時計の鎖。ビバップの時代、パチューコ〔派手なスーツで着飾ったメキシコの若い愚連隊〕の時代だった。彼は流行りのやり方で肩をそびやかし、父親の名誉のために頭を低く下げていた。

「名前はなんという？」

ホープは自分のシリアの名前を言った……シャ＝ア＝ハラ。わたしもシリアの人たちが自分を呼ぶ名前を言った……ルチャア。ルシアでもルーチャでもない、ル＝チャ＝ア。男の人が店のみんなにわたしたちの名前を教えた。

　さっきのウェイトレスさんはチャタと呼ばれていて、それは鼻が雨どいみたいに上を向いているからだった。言葉の意味は〝ぺちゃんこ〟。それか〝おまる〟。年寄りの男の人の名前はフェルナンド・ベラスケスで、わたしたちと握手した。

　あいさつが済んでしまうと、店の人たちはおおらかな無関心でわたしたちをもとどおり放っておいてくれた。誰かに寄りかかって眠ってしまうことだってできそうだった。

　ベラスケスさんがわたしたちのグリーンチリのお皿をテーブルのほうに移した。そこにチャタがライムソーダを運んでくれた。

　ベラスケスさんはエルパソで働いていて、それで英語がしゃべれるのだった。息子もエルパソの工事現場で働いていた。

「おいラウル、何か話してみろ《ディレス・アルゴ》……こいつは英語がうまいんだ」

　息子はあいかわらず父親の後ろにしなやかに立っていた。ビバップ風のあごひげの上で、頬骨が琥珀色に輝いていた。

「きみたち子供がこんなところで何をしている？」父親が訊いた。

「商売よ」

　ホープがカードを出して見せた。ベラスケスさんがそれを見て、一枚一枚めくった。ホープがいつもの〝化粧ボックス〟の売り口上を言いはじめた……「その名前を当てた人が〝オルゴールつき化粧ボックス〟をもらえるの」。

「なんと……《バルガメ・ディオス》」ベラスケスさんはカードを隣のテーブルに持っていき、身振り手振り、テーブルをばんばん叩きながら解説した。みんなカードとわたしたちを半信半疑で見比べた。

バンダナのターバンを巻いたおばさんがわたしに手招きした。「ちょいと《オジエ》、だれかそのボックスをもらった人がいるの？」

「はい《シ》」

ラウルが音もなく近づいてきてカードを一枚取り、わたしを見おろした。黒いサングラスの奥で目が白かった。

「ボックスはどこにある？」

わたしはホープを見た。

「ラウル、あのね……」とわたしは言った。「もちろんほんとは〝オルゴールつき化粧ボックス〟なんてないの。名前を当てた人が、ぜんぶのお金を取るの」

ラウルは闘牛士のようにエレガントにわたしにお辞儀をした。ホープは濡れた頭をうつむけてシリア語で悪態をついた。それから英語でわたしに言った、「どうして今まで思いつかなかったんだろ？」そしてニッと笑った。

「オーケイ、お嬢ちゃん《チュリータ》……名前を二つ買おう」

ベラスケスさんがテーブルのみんなにルールを説明し、チャタはバーのほうにいるたくましい濡れた背中の男の人たちに同じことを説明した。みんなが二つのテーブルをわたしたちのテーブルにくっつけた。ホープとわたしが端と端に座った。ラウルはわたしの後ろに立った。チャタがテーブルに座っている全員に、宴席みたいにビールを注いでまわった。

「いくらなんだい《クアント・エス》？」

「二十五セント」

「持ってないな《ノ・テンゴ》……一《ウン》ペソでも？」

「オーケイ」

ホープが自分の前にお金を積み上げた。「ちょっと待って……あたしたちも二十五セント取り分をもらわなきゃ」。そりゃそうだな、とラウルが言った。ホープの目が前髪の庇の下でらんらんと光った。ラウルとわたしが名前を書き入れる係をした。

カードの名前そのものがスペイン語では面白いらしく、誰ひとり正しく読めずにげらげら笑った。〈ボブ〉。ビールがこぼれる。ものの三分で最初のカードが埋まった。ラウルがシールをはがした。イグナシオ・サンチェスが〈テッド〉で当てた。ばんざい《ブラボ》！　おれが一日働いた稼ぎと変わらないやとラウルが言った。イグナシオは得意満面で小銭としわくちゃのお札をチャタのクジャクのお盆の上にあけた。ビールだ《セルベサ》！

「ちょい待ち……」ホープが分け前の二十五セントを取った。

行商人が二人入ってきて、椅子をテーブルに引き寄せた。

「こりゃなんだ《ケ・パサ》？」

二人は藁のかごをめいめいの膝にのせた。「いくらだい《クアント・エス》？」

「一ペソ……二十五セントだよ」

「二倍にしよう」とラウルが言った。「二《ドス》ペソ、五十セントだ」。かごを持った二人にはそのお金がなかったので、みんなで相談して、新入りだから今回だけ特別に一ペソにしてあげようということになった。それぞれが一ペソずつを山の上に置いた。ラウルが勝った。行商人たちは席を立ち、ビールも飲まずに出ていった。

カードを四枚売り尽くすころには全員が酔っぱらっていた。勝った人は誰もお金を取っておかず、さらなるくじか、食べ物か、テキーラを買うのに使った。

負けた人たちはあらかた帰ってしまった。わたしたちはみんなでタマレスを食べた。チャタがたらい一杯のタマレス、それに豆のキャセロールを運んできて、熱々のトルティーヤにそれをつけて食べた。

ホープとわたしはお店の裏の屋外便所に行った。ふらつく足取りで、チャタが貸してくれたロウソクを手でかばいながら。

あくび……おしっこをすると、人はおのずと物を思い、内省的になる。新年のように。

「ちょっと、いま何時？」

「いっけない！」

もう真夜中近かった。ガビラン・カフェのみんながわたしたちにお別れのキスをした。ラウルがわたしたちの小さな手をにぎって橋まで送ってくれた。ダウジングの枝の導きのようにそっと優しく、わたしたちの痩せっぽちの体を彼の軽やかな、ゆるやかな、リズミカルなパチューコの歩調に引き入れて。

エルパソ側の橋の下には夕方見た靴磨きたちが、落ちてくる小銭をコーンで受け止めようとぬかるんだリオ・グランデ河岸に立ち、下に落ちれば泥をかき分けて探していた。兵隊たちが一セント玉やガムの包み紙を投げつける。ホープが欄干に近づいた。「そらよ《オラ》、ばーか《ペンデホス》!」そうどなると、二十五セント玉をぜんぶ投げつけた。中指。笑い声。

ラウルがわたしたちをタクシーに乗せ、料金を払った。揺れる足取りで橋に向かっていく彼に、わたしたちは後ろの窓から手を振った。鹿のようにひょいと入口《ランプ》に上がるのが見えた。

タクシーから降りるなり、ホープのお父さんは彼女を殴り、シリア語でどなりながらベルトで鞭打って二階に追い立てた。

わたしの家にはメイミーしかいなくて、わたしが無事にもどってくるよう、ひざまずいてお祈りしていた。メイミーはファレスよりもタクシーのほうに肝をつぶした。メイミーはタクシーに乗るときはいつも、襲われたときの用心に黒コショウの入った袋を忍ばせていた。

ベッドに入る。背中に枕。メイミーがカスタードとココアを運んできた。病人や罪人に与える食べ物だ。カスタードは聖体拝領のウェハースのように口の中で溶けた。わたしがメイミーの寛容な愛の血を飲み干すあいだ、ピンク色の天使の衣を着たメイミーはベッドの足元に立って祈りを捧げた。マタイ様マルコ様、ルカ様ヨハネ様。

夏のどこかで

ホープもわたしも七歳だった。たぶんあのころのわたしたちは、今が何月なのかも、今日が何曜日なのかも、日曜でないかぎりわかっていなかった。夏はすでにうんと暑くて長くて、来る日も来る日も同じだったから、前の年に雨が降ったことも忘れていた。また歩道で目玉焼きを作ってみせてよとジョン叔父さんにせがんだから、すくなくともそのことは覚えていた。

ホープの一家はシリアから来た。あの人たちがのんびりテキサスの夏の気候についてなんか話しているとは思えなかった。夏は日が長くて、まただんだん日が短くなっていくことだって。わたしの家族はお互いに口をきかなかった。ジョン叔父さんとわたしはときどきいっしょに食事した。祖母のメイミーはわたしの妹のサリーと台所で食べた。母と祖父は、食べたとしてもそれぞれの部屋か、外でだった。

たまに全員が居間にそろうことがあった。ラジオでジャック・ベニーやボブ・ホープや『フィバー・マクギーとモリー』を聴くためだ。そんなときでも互いに口はきかなかった。それぞれが独りで笑ってラジオの緑色の目を見つめていた。いまの人たちがテレビを見つめるみたいに。

要するにホープもわたしも、夏至のことも、エルパソの夏はいつも雨降りだということも、誰からも聞かされていなかった。わたしの家では誰も星の話なんかしなかったし、夏の北の空にときどき流星群があらわれることなど、たぶん知りもしなかった。

大雨は涸れ谷《アロヨ》や側溝をあふれさせ、精錬所の集落の家々を壊し、ニワトリや車を押し流した。稲妻が光って雷が落ちるたびに、わたしたちは原始人みたいに恐れおののいた。ホープの家のポーチに毛布をひっかぶってうずくまり、ばりばり、ごろごろという音に、この世の終わりのような恐怖と諦念で耳をすました。でも見ずにはいられなかった。身を寄せ合ってふるえながら、光の矢がリオ・グランデの川筋を遠くまで照らしたり、クリスト・レイ山の十字架に落ちたり、精錬所の煙突にジグザグに刺さったりするたびに、見て、と指さしあった。バリバリ、どかん。とたんにマンディ通りのトロリーがショートして火花の滝を散らし、乗っていた人々が降りはじめた雨の中をいっせいに駆けだした。

雨は降りに降った。夜どおし降った。電話が止まり、電気が消えた。母さんが帰ってこない、ジョン叔父さんも帰ってこない。メイミーは薪ストーブに火を入れて、帰ってきた祖父に馬鹿ものと言われた。止まったのはガスじゃなく電気だ、阿呆。けれども祖母は首を振った。そんなこと百も承知ですよ。何ひとつ信用なりませんから。

わたしたちはホープの家のポーチの簡易ベッドでいっしょに寝た。ざんざん降りの雨がガラスブロックの大きな窓みたいに落ちてくるのをずっと起きて見ていようと誓いあったのに、けっきょく寝てしまった。

朝ごはんは両方の家で食べた。メイミーはグレイヴィーとビスケットを作った。ホープの家ではケッベ〔羊の挽肉を揚げた中東の料理〕とシリアのパンを食べた。ホープのお祖母《ばあ》さんが髪をきついフレンチブレードに編んでくれたので、午前中は二人とも東洋人みたいに目が吊りあがっていた。雨の中でぐるぐる回転して、ふるえながら体をふいて、また雨の中に出ていって、午《ひる》までえんえんその繰り返しだった。両方のお祖母ちゃんたちが外に出てきて、自分の花壇があとかたもなく流され、塀に沿って通りに流れ出るのを眺めた。カリーチ土の赤い泥水がみるみる歩道を飲みこみ、両方の家のコンクリート階段の五段めまで上がってきた。ジャンプして飛びこむと、水はぬるくてココアみたいにどろっとしていて、わたしたちはあっという間に何ブロックか流され、お下げ髪がぷかぷか浮いた。水から上がり、冷たい雨の中を走り、自分たちの家の前も素通りしてブロックの端まで行くと、また道路の川に飛びこんで、また押し流されて、何度も何度もそれを繰り返した。

洪水のせいで、あたりは魔法がかかったみたいに不気味に静まり返っていた。トロリーは何日も動かず、車は一台もいなかった。このブロックに、子供はホープとわたしの二人だけだった。ホープにはきょうだいが六人いたけれど、みんなもっと大きくて、家具店を手伝わされるか、いつも家にいないかのどちらかだった。アプソン通りの住人は、かつて精錬所で働いていた年寄りか、英語のしゃべれない、朝と晩に聖家族教会のミサに行くメキシコ人の寡婦ばかりだった。

通りはわたしたち二人のものだった。ローラースケート、石けり遊び、ジャックス、なんでもできた。お婆さんたちは朝早くか夕方に庭に水をやりに出てきたけれど、それ以外は窓と鎧戸をぴっちり閉ざしてずっと家の中にいた。テキサスのひどい暑さをしのぐためもあったけれど、何よりカリーチ赤土の土埃と精錬所の煙を避けるためだった。

夜になると精錬所で火が燃えた。おもてに座って星空を見あげていると、煙突から炎がいきおいよく噴きあがり、黒い煙がもくもくわきあがって不気味にうごめきながら空を暗くし、わたしたちのまわりじゅうにもたちこめた。空が渦巻きうねる様子は見ていてきれいだったけれど、目がちくちくしたし、きつい硫黄のにおいでげえっとなりそうだった。ホープはいつもやっていたけれど、それはただのふりだった。毎晩のそれがどれくらい恐ろしかったかというと、プラザ劇場のニュース映画で世界初の原爆の様子が映ったとき、どこかのメキシコ人がふざけて「見ろよ、精錬所だ《ミラ・ザ・エスメルテル》！」と叫んだほどだった。

たまに雨がとぎれると、二番めのことが起こった。両方の祖母がシャベルで砂をかき出し、家の前の歩道をホウキではくのだ。メイミーは家の中のことがからきし駄目だった。「あの人は昔から黒人の召使がついてたからね」と母は言った。

「ママにはパパがついてたしね！」

母は面白がらなかった。「あたしはごめんよ、こんなゴキブリだらけのゴミ溜め、掃除するだけ時間のムダだもの」

けれどもメイミーは庭となるとべつで、せっせと階段や歩道をホウキではき、小さな花壇に水をまいた。たまにフェンスをはさんですぐ向こうにアブラハムお祖母ちゃんがいることがあったが、互いに完璧に無視した。メイミーは外国人を信用していなかったし、ホープのお祖母ちゃんはアメリカ人がきらいだった。わたしを気に入ってくれたのは、お祖母ちゃんをよく笑わせたからだ。ある日、子供たちが台所に一列に並んで、お祖母ちゃんから焼き立ての熱いパンにケッベをのっけてもらう順番を待っていた。わたしも列に並んだら、お祖母ちゃんは気づかずにわたしにもくれた。そうやってわたしは髪も毎朝とかして編んでもらった。最初のとき、お祖母ちゃんは気がつかないふりをしてシリア語でじっとしてなさいと言い、ブラシで頭をこんと叩いた。

ハダド家の隣には空き地があった。夏は雑草、それもトゲだらけのアザミがぼうぼうに茂って、とてもじゃないが入っていけなかった。でも秋と冬には、そこの地面にガラスの破片がびっしり敷きつめられているのが見えた。青、茶色、緑。ほとんどはホープの兄さんとお仲間が空き瓶をＢＢ弾で撃った残骸だったけれど、ただのポイ捨ても多かった。ホープとわたしはお金に換えてもらうためによく空き瓶を探したし、お婆さんたちも古ぼけたメキシコのかごに空き瓶を入れてサンシャイン・マーケットまで返しに行っていた。でもあのころは、たいていの人がソーダ水を飲んだらそのへんに瓶を投げ捨てていた。走る車からしょっちゅうビール瓶が飛んできては小さく破裂した。

あれは太陽が沈むのがうんと遅かったせいなのだろうと、今ならわかる。わたしたちはそれぞれ晩ごはんを食べたあとまた外に出て、歩道にしゃがんでジャックス〔ボールをバウンドさせ、その間に床に投げたコマを拾うゲーム〕をやっていた。一年のうちほんの数日だけ、地面すれすれのその位置からだと、太陽光線がちょうどガラスのモザイクのじゅうたんを照らし出す瞬間を、雑草の根元を透かして見ることができた。斜めの光が、まるで大聖堂の窓から射すみたいにきらめいていた。それは一年にたったの二日、ほんの何分間かだけあらわれる魔法だった。「あれ見て！」初めてのときホープはそう叫んだ。わたしたちは座ったまま身動きできなくなった。わたしはジャックスのコマを汗ばんだ手の中に握りしめていた。ホープはゴルフボールを自由の女神みたいに高く差しあげていた。目の前いっぱいに色彩のめくるめく万華鏡がきらめき、しだいにぼやけ、薄れ、そして消えた。次の日にもそれは起こったけれど、その次の日には、お日さまはただ静かに沈んだだけだった。

ガラスのすぐ後か、もしかしたら前だったかもしれない。精錬所がいつもより早く燃えた。もちろん本当は時刻は同じだった。夜の九時、でもわたしたちはそうとは気づかなかった。

夕方、わたしの家の階段に二人で座ってスケートを脱いでいたら、大きな車が来て停まった。黒いぴかぴかのリンカーン。運転席に帽子をかぶった男の人が座っていた。その人がわたしたちに近いほうの窓を下げた。「電動ウィンドウだ」とホープが言った。ここには誰が住んでいるのか、とその人は訊いた。「言っちゃだめ」とホープは言ったけれど、わたしは「ドクター・モイニハンです」と答えた。

「いまおいでかな？」

「ううん。家にはいまお母さんしかいません」

「それはメアリ・モイニハンのことかな？」

「メアリ・スミス。お父さんは中尉さんで、戦争に行ってるの。それであたしたち、しばらくここに住んでるの」

その人が車から出てきた。三つぞろいのスーツに時計の鎖をつけて、シャツは白くてぱりっとしていた。その人はわたしたちに一ドル銀貨を一枚ずつくれた。ホープもわたしもそれが何なのかわからなかった。一ドルだよ、とその人は言った。

「これ、お店に持っていったら何か買える?」とホープが言った。

買えるとも、とその人は言った。それから階段を上がってドアをノックした。返事がないので、金属の把手をまわして耳障りなベルを鳴らした。しばらくしてドアが開いた。わたしの母が怒った調子で何か聞き取れないことを言い、ぴしゃりとドアを閉めた。

男の人は戻ってきて、わたしたちにもう一ドルずつくれた。

「すまないね。先に自己紹介しておくべきだった。私はF. B. モイニハン、きみの伯父さんだよ」

「あたしはルー。こっちの子はホープ」

その人はメイミーはどこにいるかと訊ねた。ダウンタウンの図書館のそばのファースト・バプテスト教会にいるとわたしは言った。「ありがとう」とその人は言って、車で行ってしまった。わたしたちは一ドル銀貨を靴下の中にしまった。間一髪だった、というのも頭をピンカールだらけにした母が階段を駆けおりてきたから。

「今のがあんたの伯父のフォーチュナタスよ。あの人でなし。あいつが来たこと、絶対に誰にも言っちゃだめよ。聞こえた?」わたしはうなずいた。母はわたしの肩と背中をどやしつけた。

「メイミーにだけはまちがっても言うんじゃないよ。あいつが家を出てって、母さんどれだけ泣いたか。おかげで家じゅう飢え死にしかけた。母さんが知ったらきっとひどく取り乱す。だから口が裂けても言わないこと。わかった？」わたしはもう一度うなずいた。

「ちゃんと返事！」

「ぜったいに言いません」

母はだめ押しのようにもう一度わたしをどやしつけると、また階段を上がっていった。

その日の夜はみんな家にいて、いつものようにそれぞれの部屋にひっこんでいた。その家は長い廊下の左側に沿って寝室が四つあり、突き当たりにバスルーム、廊下の右側には台所と食堂と居間があった。廊下はいつも暗かった。夜は真っ暗闇、昼はドアの上の窓のステンドグラスのせいで血みたいに赤かった。以前はトイレに行くのが怖かったけれど、ドアを背にして小さな声で「神様がついいてくれる、神様がついてくれる」と言いながらしゃにむに走っていくやり方をジョン叔父さんが教えてくれた。でもその晩は抜き足差し足だった。玄関にいちばん近い部屋で、母がジョン叔父さんにフォーティが来たと言っているのが聞こえたからだ。おれがその場にいたら撃ち殺してやったのに、とジョン叔父さんは言った。それからわたしはメイミーの部屋の前でも立ち止まった。メイミーはサリーに子守歌をうたっていた。それはそれは優しく。「遠い遠いミズーラで、母さん歌ってくれたっけ」。トイレから出てくると、ジョン叔父はこんどはお祖父ちゃんの部屋にいた。お祖父ちゃんが言うのが聞こえた、フォーチュナタスの奴、エルクス・クラブに入ってこようとしおった。だから人をやって、今すぐ消えないと警察を呼ぶと伝言してやった。そのあとも二人は何か話していたが、聞き取れなかった。ただバーボンがグラスにこぽこぽ注がれていた。

しばらくしてジョン叔父が台所に入ってきた。わたしがアイスティーを飲み、ジョン叔父はお酒を飲んだ。メイミーに見つかってもアイスティーを飲んでいると思わせるために、グラスにミントの葉を入れていた。フォーチュナタスはもうずっと昔に家を出ていったんだ、とジョン叔父は言った。あいつにいなくなられたら一家全滅だってときに。ジョンもお祖父ちゃんも酒びたりで働けなかった。タイラー伯父とフォーチュナタスが一家を支えていたが、フォーチュナタスは夜中に家を出てカリフォルニアに行ってしまった。モイニハンのクズどもにはもううんざりだ、と書き置きを残して。いらいお金はおろか手紙もよこさず、いちどメイミーが死にかけたときも帰ってこなかった。それが今じゃどこかの鉄道会社の社長様だ。「あいつに会ったことは黙っとくのが一番だ」ジョン叔父はわたしに言った。

ジャック・ベニーを聴くために、家族全員が居間に集まった。サリーはまだ寝ていた。メイミーは小さな椅子に座って、いつものように開いた聖書を膝にのせていた。けれども読んではいなかった。うつむいた、その年老いた顔に幸せがあふれていた。フォーチュナタス伯父さんがメイミーを見つけだして話をしたんだ、とわたしにはぴんときた。顔を上げたので、わたしはほほえんでみせた。メイミーもほほえみ返して、また下を向いた。母は戸口に立ってタバコを吸っていた。わたしがほほえんだので気をもんで、メイミーの背中ごしに、しきりにシッと合図をしたり、こわい顔をしたりしはじめた。わたしは何のことかわからない、という顔つきできょとんと母を見返した。お祖父ちゃんはラジオでジャック・ベニーを聴いて笑っていた。もう酔っていた。革のロッキングチェアを猛然と揺らして、新聞紙を細かく裂いては赤い大きな灰皿で燃やしていた。ジョン叔父は食堂の戸口のところで、タバコを片手にお酒を飲みながらその様子をじっと見ていた。この子をここから連れ出してちょうだい、と母が顔で合図してくるのを無視していた。ジョン叔父もメイミーが笑うところを見たのにちがいなかった。母はわたしに出ていきなさい、というようにシッと合図した。わたしは気がつかないふりで、フィッチのコマーシャルソングをいっしょになって歌った。「もしも頭がかゆく《イッチ》ても、かいちゃ《スクラッチ》いけない、フィッチしろ！ 頭使って髪守れ！ フィッチ・シャンプー使いましょう！」母があんまり恐ろしい顔でにらむので、とうとう耐えられなくなって、靴下から一ドル銀貨を出した。

「ほらお祖父ちゃん、いいもの持ってるんだ！」

祖父のロッキングチェアがぴたりと止まった。「どこでそんなもん手に入れた？ あのアラブの連中といっしょに盗んだのか？」

「ちがうもん。もらったんだよ！」

母がわたしをひっぱたいた。「この根性悪のくそガキ！」そうしてわたしを居間から引きずりだして、玄関の外に放りだした。記憶の中では、猫みたいにわたしの首根っこをつまんで運んだことになっているけれど、それにはわたしは大きすぎたから、そんなはずはなかった。

外に出たとたん、ホープが早くこっち来て、と叫んだ。「いつもより早く燃えてる！」わたしたちが早いと思った、というのはこのことだった。まだ暗くなっていないだけだった。

真っ黒な煙が煙突から渦巻きながらもくもく噴きあがり、なだれをうって崩れて逆巻きながら恐ろしい速さであたりの家々を飲みこみ、のたくる煙が夜みたいに屋根を舐め裏通りを満たした。煙は踊りながら薄く広がって、ダウンタウン全体を包みこんだ。ホープもわたしもその場に釘づけになった。硫黄ガスのすごい刺激臭に涙がだらだら出た。でも煙が薄らぎながら街全体を覆いつくすうちに、あのガラスのように向こう側から太陽に照らされて、煙までがさまざまな色に変わった。きれいな青や緑、水たまりのガソリンみたいな虹色バイオレットに蛍光グリーン。燃えるような黄色とレンガ色、でもそれがみんな淡いモスグリーンに変わって、わたしたちの顔にも映った。ホープが言った、「うわ、あんたの目の中にぜんぶの色がある！」。あんたの目だって、とわたしは嘘をついたけれど、ホープの目はあいかわらずの黒だった。わたしの瞳は色が薄くていろんな色に見えるから、もしかしたらあの煙の渦の中で本当にそう見えたのかもしれない。

わたしとホープはふつうの女の子どうしのようにおしゃべりしなかった。話というものをほとんどしなかった。あの恐ろしい煙やきらめくガラスの美についても、たぶんひと言だって話し合わなかった。

突然あたりは暗く、夜だった。わたしたちは家に入った。ジョン叔父はポーチのスイングチェアで眠っていた。家の中は暑くて、タバコと硫黄とバーボンのにおいがした。わたしはベッドの母の隣にもぐりこんで眠った。真夜中かと思うころ、ジョン叔父がわたしを揺すって起こし、外に連れ出した。「友だちのホープも起こしといで」そうささやいた。窓の網戸に小石を投げると、ホープはたちまち外に出てきた。ジョン叔父はわたしたちを芝生に連れていって寝るように言った。「目を閉じて。閉じたか?」

「うん」

「うん」

「よし。じゃあ目を開けて、ランドルフ通りのほうの空を見てみな」

目を開けると、テキサスの澄んだ夜空があった。星。空はいちめん星でいっぱいで、あんまり数が多すぎるので縁からこぼれ落ちて、こっちに向かってころころ転がってくるみたいに見えた。何十、何百、何百万という星が流れて、やがて雲の切れ端がそれを隠して、しまいに空全体がうっすらと雲で覆われた。

「いい夢をな」ジョン叔父はわたしたちを寝床に帰して、そうささやいた。

朝になると、また雨だった。雨は一週間降りつづいてあたりを水びたしにして、わたしたちはしまいに寒いのにも泥んこになるのにも飽きて、もらった一ドル銀貨で映画をいくつも観た。ホープとわたしが『海賊バラクーダ』を観て帰ってくると、わたしの父が戦争から生きて戻ってきていた。わたしたち一家はそれからすぐにアリゾナに引っ越したから、その後のテキサスの夏がどんなだったかはわからない。

アンダード——あるゴシック・ロマンス

花の季節だった。よその国ではミモザやアカシアなどと呼ばれるその木は、チリではアロモという名で呼ばれている。中庭に黄色い絨毯のように散り敷く花のふんわりとした感じが、その名前にはこもっている。その日最後の時限で、四年級の女生徒たちはすでにぼんやりと気もそぞろで、制服の上から着けた白い前掛けは汚れて皺がよっていた。めいめいの机についたインク壺にペンを浸して書けば、ペン先は帳面でかりかりと眠たげな音をたてた。雨に濡れたアロモの枝が、教室の窓に雨音を響かせていた。

セニョーラ・フエンサリーダの声は一本調子だ。生徒からは「フィアット」とあだ名されていた。彼女は車に似ていた。がっちりと背が低く、黒ずくめで、ミラーのサングラスがヘッドライトそっくりだった。一九四九年のサンチャゴで、いったいどうやってあんなサングラスを手に入れたのだろう。アメリカ製の眼鏡とストッキング、それにジッポーのライターは、当時は高嶺の花だった。

眼鏡などなくとも、教師はすべてお見通しだった。最後列、ケーナやコンチの後ろの席のローラが教科書のページをペンナイフで切り開くひそかな音を、彼女は聞きのがさなかった。本当なら前の晩に切って読んでおかねばならなかったページだ。教師はページを切る音がため息に似ているのになぞらえて、ローラを〝ススピロス《ため息》〟と呼んでいた。

「ススピロス！」

「なんでしょう《マンデ》、先生《セニョーラ》」ローラはかしこまって起立し、インクの染みのついた前掛けの前で両手を組んだ。

「〈自分がその気になればいつでも雨を降らせられる〉《ジョベレー・クアンド・セ・メ・アントーへ》。これを言ったのはどの人物ですか？」

ローラはにっこりした。たった今読んだところだ。

「読んできませんでしたね？」

「読みました。精神病院の患者です」

「座ってよろしい《シエンテセ》」セニョーラ・フエンサリーダがうなずいた。

やっとベルが鳴った。生徒たちは机の横に立って、セニョーラが教室を出るのを見送ってから教科書をまとめ、一列に並んで廊下に出た。ロッカーに前掛けを吊るし、真っ白なカラーとカフスをボタンで留めた。灰色の手袋のボタンを留め、長いリボンのついたつばの広い帽子をかぶった。これから四日間の休暇だというのに、手提げ鞄《かばん》は宿題でずっしり重かった。

ローラはケーナとコンチといっしょにラス・リラス通りをエルナンド・アギーレ通りのほうへ歩いていった。雨はすでに上がり、太陽は雪化粧した広大なアンデスの端にサンゴ色にかかっていた。アロモの花を踏みしだくと、香りがふわりと立った。歩道に敷きつめられた黄色の絨毯が三人の靴音をくぐもらせた。

言われなければ、ローラがアメリカ人だとは誰もわからなかっただろう。鉱山技師を父にもつ彼女は軍人の子や外交官の子女と同様、環境に順応することに長《た》けていた。こういう子供たちは土地の言葉や方言だけでなく、何をして、誰と近づきになるべきかをたちまち学習する。彼らの問題は、つねに新入りであることや友だちができないことではなく、あまりに素早く、器用に適応してしまうことだった。

三人はエル・ボスケとラス・リラスの角に立ちどまり、長い週末をどう過ごすか話しあった。フランスのスキーのオリンピック選手団が、夏のあいだチリのリゾートに滞在していた。ケーナはかのエミール・アレにじきじきにコーチしてもらうことになっていた。今週の山はずっと雪だったけれど、見て、もう止んでる。空はすでに暗くなりかけていた。ケープを着てライフルをかついだ憲兵が二人通りかかった。アロモの花に長靴《ちょうか》が黒々としていた。

コンチの週末の予定はあいもかわらずだった。ドレスのお仕立て、美容院、バレエのお教室、テニスのレッスン。クリヨン・ホテルでランチ。午後はラグビーかポロ。エル・ゴルフでお茶。チャールズ・ホテルでラウタロ・ドノソとカクテルを飲む約束をしたの。彼にチークダンスに誘われたらどうしよう？

ローラはこの四日間をイバニェス＝グレイの農園《フンド》で過ごす予定だと言った。コンチとケーナが目を丸くした。アンドレス・イバニェス＝グレイは鉱業族の議員で、元フランス大使だった。チリでも指折りの富豪で、南部に所有する地所は東はアンデスから西は太平洋まで、国の幅いっぱいを占めていた。「そりゃチリは細長い国だけれど……それにしたって……！」とケーナが言った。友だち二人は知らずにローラだけが知っている、だが気にも留めないことが一つあった。彼女の父もイバニェス＝グレイも、ＣＩＡのために仕事をしていた。それにローラの両親がいっしょには来ないことも二人は知らなかった。母の具合がまた悪くなったので、今朝になって行くのを取り止めたのだ。いくらドン・アンドレスの妹がお目付役《シャペロン》でついてくれるとはいえ、一人で行くなんて不適切だと二人に言われるのは目に見えていた。ごく内輪の集まりだった。ドン・アンドレスは妻に先立たれて独り身だった。彼の二人の息子、それに片方のフィアンセもいっしょに来る予定だった。

三人は月曜の夕方に落ち合って、いっしょに化学の試験勉強をしようと約束して別れた。家に着くとローラは帽子とブレザーを掛け、制服から着替えた。今夜は両親がレセプションを開くことになっていた。両親というか、父だったが。

様子を見にいくと、母ヘレンは眠っていた。部屋は香水のジョイとジンのにおいがむっとこもっていた。外の廊下では、爺やのダミアンが両足に雑巾をくくりつけて、摺り足で寄せ木の床をせっせと磨いていた。この爺やは一日じゅう上の階か下の階か、家のどこかに必ずいたし、まだ小さい彼の孫も日がな一日庭のどこかにいた。ツツジの枯れた花をひたすら摘むのが彼のたった一つの仕事だった。二人の給仕《モソ》と執事のドミンゴが、〝フランス風〟の悪趣味な家具をあらかた車庫に運び出していた。ローラはドミンゴに手伝ってもらって花屋から届いたあふれんばかりのシネラリアとラナンキュラス、それに庭から摘んできた水仙を活け、何百というロウソクを配置した。家じゅういたるところに鏡があった……母のヘレンがどんな絵を買っていいかわからなかったからだ。夜たくさんキャンドルを灯せばわるくない感じになるわ、とローラは言った。それから彼女はドミンゴやメイドたちとリストをチェックし、ミートボールやエンパナーダの味を見た。マリアもロサも大はりきりで、頭にカーラーを巻いていた。

　ローラはカクテルドレスに着替え、友だちの前では決してしない化粧をした。そうすると少なくとも二十一にはなる、美人だが少々軽薄な感じの女に見えた。タキシードを着た父親が部屋のドアをノックし、二人で階下に下りていった。父娘は軍人や鉱山関係者、外交官、チリやペルーの高官、イギリスとアメリカの大使を出迎えた。ローラの役割の一つは通訳だった。ほとんどのアメリカ人はスペイン語が話せなかった。ヘレンが三年間で覚えたのは「氷を持ってきて《トライガ・イエロ》」と「コーヒーを持ってきて《トライガ・カフェ》」だけだった。ローラは人から人へ歩きまわり、人々を紹介し、会話をした。セニョール・ソトという悪評の高いボリビアの役人が彼女をつかまえた。不快で厭味なことを言う人物だった。ローラが父に合図をすると父はやって来たが、セニョール・ソトに笑顔をふりまいて「どうですうちの娘、いいでしょう?」と言うと、行ってしまった。ローラは腕をふりほどいた。

　玄関ロビーにアンドレス・イバニェス＝グレイが来ていた。髪はシルバー、灰色の目は色が薄くて、瞳のない彫刻の目のようだった。ドミンゴが彼の帽子とコートを脱がせた。ローラは挨拶しに行った。

「はじめまして、ローラです。農園《フンド》にお招きくださってありがとうございます。あいにく両親は来られないんですけど」ドン・アンドレスは握手した彼女の手を離さなかった。

「テッドはお子さんをよこすと言っていたが、まさかこんなに美しい女性だったとは」

「わたし、まだ十四です。今日はパーティなのでこんな恰好をしているんです。どうぞ、お入りください」。入るとすぐアメリカの大使がいた。二人の男は抱擁をかわした。ローラはどぎまぎして、逃げるようにその場を離れた。

食べ物とコーヒーを載せたトレイをもって母親の部屋に行き、ベッドの上に起きあがらせた。ローラは食事や花のしつらえや、人々が何を着てきたかをことこまかに話して聞かせ、母によろしくと言っていた人々の名を挙げた。それからアンドレス・イバニェス゠グレイのことを話した。「あの人、写真で見るより百倍素敵だったわ」。ジェファーソンをもっと威風堂々とさせたような。

「そりゃあ、あの人はそんじょそこらの二十ドル札なんかよりずっと値打ちよ」とヘレンは言った。

「ママもあした来ればいいのに。気は変わらない？　あたし、なんだか行きたくないな」

「馬鹿言わないの。夢みたいなことなんだから。それに、あんたのパパは何とかしてあの人に気に入られたいの。あたしがそういうことを全部うまくやれればよかったんだけれど」

「そういうことって？」

ヘレンはため息をついた。「そりゃ、いろんなことよ」

ヘレンは食事に全然手をつけていなかった。「背中が痛くて死にそう。少し眠るわ」。目が酒を欲しがっていた。ローラは母が酒を飲んでいるところを一度も見たことがなかった。

「おやすみ、ママ」

ローラはもういちど厨房の様子をチェックしにいったが、パーティには戻らなかった。お父さまが探しておいでとマリアに言われたが、聞き流した。寝る前に、自分の部屋からコンチに電話をした。ケーナってえらそうだしでしゃばり《メテテ》よね、と話しあった。きっとその前には、ケーナとコンチが電話でローラの噂話をしていたのにちがいなかった。ローラだってもしこんなに眠くなければケーナに電話をして、コンチって馬鹿よね、ラウタロ・ドノソなんかと付き合って、と話していただろう。ラウタロ・ドノソはうんと年上で、競馬馬を何頭も持っていた。夜通し遊んだあとサウナに行き、一睡もせずにスモーキング・ジャケットのままミサに直行するような人物だった。

女の子たちはみんな、歳の離れた男たちとデートした。彼らにはべつの場所で、まったくべつの社会生活があるのは了解済みだった。男たちはサンチャゴ・カレッジやフレンチ・スクールのうら若い乙女たちをエスコートしてラグビーやクリケットの試合に行き、ゴルフやテニスをした。女の子たちをオペラに、親公認の社交ダンスに、ディナーの前のナイトクラブに連れていった。だが夜が更ければ男たちにはもう一つの世界、ナイトクラブとカジノとパーティと、愛人や中流《メディオ・ペロ》の女たちの待つ世界があった。彼女たちはこの先もずっとそういう生活が続くし、そもそも子供のときからすでにそうだった。母親たちは毛皮を着てやって来ておやすみのキスをする。だが子供たちに食べさせ、寝かしつけるのはメイドたちの役目だった。ローラが電話で話しているあいだにマリアが彼女の服を荷造りし、それが済むとローラの髪をとかしはじめた。ローラは送話口を手でふさいで言った。もういいわマリア、疲れちゃうでしょ。おやすみなさい《アスタ・マニャーナ》。それからコンチにベッドが冷えないうちにもう寝るね、と言った。マリアがベッドの足元に温めたレンガを入れておいてくれたのだ。

ローラが明かりを消そうとしたら、マリアがココアをもって戻ってきた。そして彼女のおでこにキスをした。おやすみなさい《ブエナス・ノーチェス》、お嬢ちゃま《ミ・ドニャ》。静まりかえった通りから、夜回りの呼ばわる声がした……夜更けを〝歩いて候〟《メディアノーチェ・イ・アンダード》。つつがなく歩いて候《アンダード・イ・セレーノ》。

雨が暗いマポチョ駅のガラスの天蓋を激しく叩いていた。外では列車が黒くつややかに光っていた。黒い傘に黒いお仕着せのポーターたちの姿が、汽車がシュッと吐き出す白い蒸気にかき消される。新聞の社交欄のカメラマンが来るんじゃないかしらとコンチは言っていたけれど、実際に来ていたのは左翼系新聞だった。鉱業族の議員、我らが祖国を蹂躙する帝国主義の米国人《ヤンキー》とマポチョ駅で談合す。

二人の男は挨拶と別れを言い合っていた。ローラは少し離れて、ドン・アンドレスの息子ペペと並んで遠慮がちに立っていた。ペペは若く、神学校の黒い制服を着ていた。もじもじと身じろぎして、自分の足元を見つめていた。長男のハビエルは正反対だった。イギリスのツイードを着た、斜に構えたような態度の伊達男だった。ローラはひと目で反感をもった。退屈してみせることが高等だとでも思っているんだろうか。優雅な旅行客も芝居通も、みんなこういう苦しげな倦怠の表情を浮かべる。どうして「旅行？　楽しいな！　なんてすばらしい芝居だろう！」と言えないんだろう。

ハビエルと婚約者のテレサが彼女の母親と揉めていた。母親は取り乱していた。ドン・アンドレスの妹のドニャ・イサベルが病気で来られなくなったのだ。ちゃんとしたお目付役《シャペロン》がいなくなってしまうことを心配しているのだ。ドン・アンドレスが、女中頭のピラールがお嬢さんとローラの面倒を見るから大丈夫ですよと言うと、母親はやっと納得してローラの父親といっしょに帰っていった。

ドン・アンドレスは窓際の赤いびろうど貼りの座席に座った。車掌やポーターたちが脱いだ帽子を握りしめてその周りに立ち、彼と談笑していた。通路をはさんでハビエルとテレサ、ローラとペペが向かい合わせに座った。テレサは寮母ふうの風貌にそぐわない、甲高い舌ったらずな調子でハビエルに話しかけていた。ペペは汽車が出発する前からラテン語の本を読みはじめていた。

ペペは二週間後には聖職に入るのだとハビエルがローラに言った。僕らからは永遠に失われるのさ。ま、神には見いだされたわけだがね。きみ、カソリック？　ハビエルは長身で、漆黒の髪のほかは父親とよく似ていて、皮肉で洗練されていた。彼は巧みな話術であっと言う間にローラを〝位置づけ〟した。お嬢様学校。これ見よがしな高級住宅地。いえ、ヨーロッパにはまだ一度も。プリンス・オブ・ウェールズでテニス。エル・ゴルフは非会員。夏のバカンスはビーニャ・

デル・マール。マリソル・エドワーズとは知り合いだがデュサイラント家の人間は誰も知らない。フランス語は達者。サルトルはもう読んだ？

「わたし、本はちっとも読めていないんです。子供のころからアメリカの鉱山町でばかり暮らしていたので。ジェミー・ボタンみたいなものね〔南米フェゴ島出身、真珠のボタンと引き換えに買われてビーグル号に乗せられ、イギリスで有名人となった〕」とローラは言った。してみると、ダーウィンは無理としてもスベルカソーぐらいは読んでいるらしい。

「ずいぶんとまた美しい〝高貴な野蛮人《ノーブル・サヴェッジ》〟だね」ドン・アンドレスが通路ごしに言った。「ローラ、こっちに来て座りなさい。今どのあたりを走っているか教えてあげよう」

　ローラはほっとして彼の向かいに移り、冷たいガラスに額をつけた。ガラスの外側には汽車の煤《すす》が飛沫のようについていた。ビオビオ川に、湖に、水たまりに、アロモの黄色が映っていた。ドン・アンドレスが通りすぎる町や渡る川の名前を一つひとつ彼女に教えた。果樹の名を教え、畑に植えられる作物を教えた。ポーターが呼び鈴を鳴らして昼食の時間を告げに来ると、ドン・アンドレスは先に行くようにみんなに言った。こうしてごく自然にドン・アンドレスとローラという組み合わせができあがった。

　食堂車は、客より給仕とバスボーイの数のほうが多かった。三フィート平方足らずの厨房から際限なく料理が繰り出され、その一品ずつにおびただしい数の陶器や銀器やワイングラスが供された。

　ドン・アンドレスは、アイダホやモンタナの山々の銀鉱や亜鉛鉱についてローラに訊ねた。坑夫たちの暮らしはどんなふうなんだね？　精錬所はどこにある？　ローラは山にホームシックをいだいていたので、喜び勇んで話した。鉱山を捨てて経営と政治の世界に入った父親を、彼女はいまだに許していなかった。父も好きこのんでそうしたわけではなかった。きらびやかな暮らしとロマンスと金を望んだのは母のヘレンだった。なのに母はロッキー山脈のときと少しも変わらず、部屋に閉じこもったきりだ。

ローラはドン・アンドレスにニューメキシコやアリゾナの砂漠の話をした。そう、アントファガスタ〔チリ北部の州〕みたいな感じなんです。むかし父といっしょに山に入って渓流で砂金採りをした話を彼女はした。幼いころから父に連れられて坑道に入ったこと。ふつうのリフトで立坑を下りていくこともあったが、小さな鉱山ではロープで吊るした大きな樽に乗ってロープにつかまり、坑夫たちの擦り切れたデニムの膝を目の高さに見ながら下りることもあった。坑道のあのにおい。湿気と暗闇。まるで地球の内部に入っていくような感じだった。ランカグアの露天掘りやアナコンダの銅の採掘所をはじめて見たときの衝撃。まるで巨大な傷口だった、大地を凌辱したような。

言ってしまってからローラは赤面した。ワインと相手が耳を傾けてくれることに浮かれて、ぺらぺらしゃべりすぎた。いやだわたしったら、ごめんなさい。とんでもない、とても面白かったよ。食堂車には、もうドン・アンドレスとローラしか残っていなかった。こんなにたくさんウェイターがいたことに、彼女は今さらながらに気がついた。

気がつくと、いつの間にか彼の腕が自分の椅子の背にまわされ、彼女のグラスにワインを注ぎ足すたびに彼の髪が肩に触れていた。何のてらいもなく、ほとんど意識すらせずに、ローラは彼の隣にしっくりとなじんでいた。車両と車両のあいだのデッキを通るときには彼が彼女の腕を取って支え、荷物を運ぶモソが横を通ると彼女を自分のほうに引き寄せた。ほかの男にされたら身構えてしまうような親密な動作も、この人だと気にならなかった。ただ身を委ねていられた。

　こんなことは以後の彼女の人生で二度と起きなかった。大人になってからの彼女は、たとえ受け身の立場のときでも、つねに主導権を握っていた。誰かにリードを許したのは、後にも先にもこのときだけだった。

　ハビエルとテレサと通路をはさんで、ペペは眠っていた。顔は抜けるように白く、黒い睫毛が頬骨に影を落としていた。両手にロザリオとラテン語の本を握りしめていた。ハビエルとテレサは二人でカナスタ〔ラミーに似た、南米起源のトランプゲーム〕をやっていた。

「よし、私たちも入れてくれ」

「パパはカナスタなんかやらないじゃないか」

「テレサと私、ハビエルとローラで組んでやろう」

　そこから先、旅は愉快だった。窓の外は暮れかかっていた。ジョークと笑い声。トランプをシャッフルする柔らかな音。たん、たん、たん、それを配る音。列車の汽笛、小止みなく屋根を打つ雨。ドン・アンドレスが金のライターで火をつけるカチン、ボッという音。煙ごしに細められる、彼の灰色の目。

　タキシードを着たモソが四人がかりでお茶を運んできた。サモワールに入った紅茶、白鑞《ピューター》のポットいっぱいのコーヒー、サンドイッチ、キャラメルを詰めたクチュフリ。テレサが飲み物を注いだ。ローラは今では彼女とも打ち解けて、ショッピングの話をした。ニューヨーク。サックス。バーグドルフ。

汽車がサンタ・バルバラに着くころにはあたりは暗く、雨はまだ降りつづいていた。農園《フンド》の監督者のガブリエルが一行を出迎えた。サフラン色の肌のカウボーイで、厚手のポンチョに鍔《つば》広の帽子、拍車のついたブーツをはいていた。ドン・アンドレスとローラがトラックの運転台に乗り、残りは幌つきの荷台に乗りこんだ。ガブリエルと二人の男たちが、荷物と何箱ぶんもの食料を積みこんだ。

駅にも、ぬかるんだ往来にも、そのトラックのほかに自動車は一台もいなかった。町の広場にはガス燈が二本あるきりで、黒いショールに身を包んだ女たちが足を急がせ、ロウソクの灯った教会の晩祷《ばんとう》に向かっていた。広場を過ぎると人影はすっかり途絶えた。そこからは何もない荒野のなか悪路を何時間も走ったが、途中一軒の家も、灯火も、車も見かけなかった。風車小屋も電線もない。鹿やキツネやウサギや、その他の野の生き物がヘッドライトの前を横切った。聞こえるのは雨の音だけだった。ドン・アンドレスとガブリエルは畑の耕耘《こううん》や作付け、馬や羊について話し合った。誰が死に、どの男衆が都会に出ていったか。都会といえばサンチャゴだった。やがて弱々しい灯が見え、ユーカリの木立の中に小屋が何軒かかたまっているのが見えた。トラックが速度を落とし、ドン・アンドレスが自分の側の窓を下げた。アロモと松、それにオークの焚き火の匂いがなだれこんできた。彼の農夫《ペオン》たちの住まいだった。ドン・アンドレスはチリで農民を指す〝ロト〟という言葉を使わなかった。がらくた、という意味だった。

車はやがて坂道をのぼり、高い鉄の門の前で停まった。ケープをはおった人影が門を開け、手を振って入るよう合図した。そこからさらにポプラ並木や、満開のピンクの梅の花のほかはまだ裸木の果樹園が何マイルか続いた。丘のてっぺんでドン・アンドレスはトラックを停めさせ、みんな雨の中を外に出た。はるかな谷底に石造りの切妻屋根の屋敷が見え、黄色い灯がすぐ前の湖に映っていた。見渡すかぎり何マイル先まで一つの明かりも見えなかったが、暗闇のいたるところに黄色いアロモの群生が揺れていた。ローラは荘厳な眺めと静けさに心打たれたが、笑い声をたてた。

「アメリカの映画だったら『これが全部おれのものだ』っておっしゃるところね」

「だがそれはモノクロ映画の世界の話だ。私なら、これも全部じきに失われる、と言うだろうね」

トラックに戻ると、ローラは彼に、本当に革命は起こるのか、この国は共産主義者たちのものになってしまうのかとたずねた。

「もちろんだ《クラロ・ケ・シ》。じきにそうなるだろう」

「わたしの父は革命なんて起こらないって言ってます」

「きみの父上はナイーブだからな。だがもちろん、そこが彼のいいところだ」

石畳の中庭で犬たちが吠えていた。十人ほどの召使の姿が、ランプと開いた扉から漏れてくるロウソクの明かりでシルエットになっていた。内部《なか》に入ると、つややかに光る寄せ木細工の床に鮮やかなペルシャの敷物が敷かれていた。暗いスペインの絵の中に、白い顔がロウソクの明かりでぼんやり浮かび上がっていた。ピラールという名の年配の女性が全員と握手をした。ドン・アンドレスは彼女にテレサの世話係を命じ、部屋に案内して荷ほどきするように言った。ドロレスはどこにいった？

ここ《アキ》です、旦那様《セニョール》。ローラとそう変わらない年頃の、緑色の瞳の美しい少女で、編んだ黒髪を腰まで垂らしていた。お前がローラのお世話をしなさい、とドン・アンドレスは言った。ローラは彼女のあとについて曲線を描く階段をのぼっていった。二人とも子供みたいにぴょんぴょん跳ねながら駆けあがった。ローラはこの屋敷が建てられたときのことを想像してみた。建材や働き手を、こんな遠いところまでどうやって運んできたんだろう。まるでスフィンクスを建てるみたいだ。彼女はタペストリーや彫刻をいちいち立ち止まって眺めた。ドロレスが笑った。「まずはお部屋を見てからになさったら？」

天蓋つきの金襴《ブロケード》の寝台、青タイルの暖炉、年代もののチェストの上には楕円の鏡。浴室は大理石で、たくさんのロウソクが鏡に映っていた。水はぬるかったが、浴槽の足元に熱い湯をたたえた銅のバケツが幾杯も置いてあった。

古い波うつガラスのはまった窓と、ぼんやりと黄色い鏡のせいで、部屋全体がますます夢のように見えた。ドロレスは鏡の中から消えて、声だけが聞こえていた。田舎ふうの柔らかな、歌うような抑揚の話し方だった。「だいたい一時間後です《エ・ウナ・オラ・マオ・メーノ》」夕食はいつごろなのとローラが訊くと、ドロレスはそう答えた。ドロレスはローラの荷を解き、暖炉に薪を足した。物問いたげに立っているので、ローラはありがとう《グラシアス》、と言った。独りになって鏡に映した自分の姿は、またたく灯に浮かんだセピア色の古い写真のようにゆらめいていた。

ほかの人たちはすでに広い居間に集まっていた。炎があかあかと燃えていた。テレサがグランドピアノでショパンの「雨だれ《ゴタ・デ・アクア》」を弾いていた。休暇のあいだじゅう何度も繰り返しその曲を弾いたので、のちにローラがここフンキージョスのことを思い出すたびに、頭の中に何度もこれが鳴りひびいた。ドン・アンドレスが彼女にシェリー酒のグラスを手渡した。

「わたし、このお屋敷に恋してしまったわ。イギリスの女家庭教師みたいに」

「東の棟には行くなよ!」ハビエルがそう言って笑った〔デュ・モーリア『レベッカ』で、女主人公が屋敷の東棟に住むことから〕。ローラは彼のことが前より少し好きになり、ほほえみを返した。

「ここは私の夢を形にした屋敷なんだ」とドン・アンドレスが言った。「フランスやロシアの小説で読んだような。この田園じたいツルゲーネフそのものだ」

「……農奴がいるところもね」とハビエルが言った。

「おいハビエル、政治の話はするな。ローラ、うちの伜《せがれ》は社会主義者でね、革命家気取りなんだ。チリにはよくいるタイプのアナキストさ。人民の窮状を訴えながら、召使にブラシをかけさせたコートを着ている」。ハビエルは無言で酒を口に運んだ。ペペはピアノの横で楽譜をめくった。

「ローラ、私の馬車を見たらきっとまた恋をするよ。コレクションしているんだ。ベッキー・シャープごっこでも、エマでも、ボヴァリー夫人ごっこでも、何でもできる」

「どの人も知りません」

「いずれ知るさ。いつか彼女たちと出会ったら、きっときみは本を伏せて、私のバルーシュ・ランドー〔十九世紀に流行した、折りたたみ式幌のついた優美な馬車〕や私のことを思い出すだろう」

（まさにそのとおりになった。）

食堂にも暖炉があった。二人のモソが部屋の影の中から歩み出て給仕をし、また影の中に入った。

ペペは興奮してはしゃいでいた。彼の馬が仔を産んだのだ。仔羊も新しく十四以上生まれていた。ペペは父と地所のさまざまなことがらについて話していた。家畜たち、農夫たちの誕生と死について。

夕食の後、ハビエルとテレサは居間でバックギャモンをした。ローラとペペはドン・アンドレスと書斎でブランデー入りのコーヒーを飲んだ。ここにも小さな暖炉があり、少しでも火がくすぶったり、薪が火花を散らして崩れたりするたびに廊下からモソがやって来て火の世話をした。

三人は朗読をした。ネルーダ。ルベン・ダリオの〈王女は悲しむ《ラ・プリンセサ・エスタ・トリステ》。王女は青ざめる《ラ・プリンセサ・エスタ・パリダ》〉。

「ツルゲーネフの『初恋』を読もう。ペペ、まずはお前からだ。だがもっと感情をこめろよ。そんな一本調子じゃ、さぞやいい坊さんになれるだろうよ」

ローラの番になったので、明かりに近い場所をペペと代わってもらった。読みながらときおり向かいに座っている二人の男に目を上げると、ペペは灰色の目を閉じていたが、ドン・アンドレスはまっすぐ彼女の目を見つめていた。場面はちょうどジナイーダが気の毒なウラジーミルの両手に毛糸の枷《かせ》をかけているところだった。

おお、穏やかな心情よ、柔らかな響きよ、深く感動した心のうちに広がるしんとした静けさや善や、そして恋の高揚を知りそめたときの、あの蕩《とろ》けるような悦びよ。お前たちはいったいどこにいってしまったのだ？　どこに消えてしまったのだ？


「ペペは眠ってしまったみたい。いちばんいいところを聞き逃したわね」

「きみももう眠そうだ。部屋まで送ろう」

彼はローラの寝台わきのランタンの火を調節すると、額にキスをした。唇がひんやりとした。

「おやすみ《ブエナス・ノーチェス》、私の王女様《ミ・プリンセサ》」

ばかねあたしったら、とローラは胸のうちで自分に言った。あやうく失神しそうだった！　ママが読んでるロマンス小説のヒロインみたいに。

ローラは横になったが眠れなかった。ドロレスが足音を忍ばせて入ってきて、窓を少しだけ上げた。火に薪を一本くべ足すと、ランタンの火を消した。ドロレスが出ていったあと、ローラは寝台を出て窓辺に寄った。窓を大きく開けると、松と黄色いアロモの香がいっぱいに入ってきた。雨は上がり、満天の星明かりに野や中庭が明るんでいた。ドロレスが中庭の石畳を歩いて厨房の横のドアに入っていくのが見えた。直後にハビエルが庭を横切り、そのドアをノックした。ドロレスがドアを開け、笑顔で彼を自分に引き寄せた。

テレサの部屋の窓がそっと閉じる音がした。ローラは寝台に戻った。目を開けて考えようとしたが、眠ってしまった。

夜に電気がないぶん、昼間はいっそう明るかった。うららかな日が部屋いっぱいに射しこみ、レターオープナーの真珠貝の柄や、真鍮の火格子や、朝食のトレイに載ったカットグラスのマーマレードの瓶をきらめかせた。窓の外ではマルケリーダス山脈の三つの頂《いただき》が真っ青な空を背に白く輝いていた。

「みなさんもう馬に乗ってらっしゃるわ」とドロレスが言った。「ペペ様があなたに早くって。仔馬を見せたいんですって。あなた用の乗馬服をもってきたわ」

「このズボンでいいかと思ったんだけれど……」

「でもこっちのほうがずっと素敵よ」

乗馬服を着て髪をアップにすると、暗い鏡に映ったローラは古い絵画の中の人物のようだった。ドロレスは朝食のトレイを片づけていたが、テレサが入ってきたので一歩下がった。ローラは二人の顔を探ったが――敵愾心や、軽蔑や、うしろめたさが浮かんではいまいか――どちらの顔にも何の表情も浮かんでいなかった。

「わたしのシーツ、カビくさいわ」とテレサが言った。「取り替えるか、干すかしてちょうだい」

「お付きのメイドに伝えます」ドロレスはそう言うと、頭を高くもたげて出ていった。テレサは不機嫌に窓際の長椅子にどさりともたれかかった。

「イサベル叔母さんがいてくれたらよかったのに。そうしたらいっしょに湖をお散歩できたのにな。わたし馬は嫌い。あなたもそうじゃない？」

「いいえ、わたしは馬が好き。イギリス式の鞍《くら》には乗ったことがないけれど」

ペペが中庭から呼んでいた。栗毛の牝馬にまたがり、もう一頭、しなやかな黒い馬を引いていた。ローラは下に向かってすぐ行くわと言った。だがテレサはかまわず話しつづけた。わたし早く結婚したいわ。結婚すれば、ハビエルのおかしな政治熱も治って落ちつくだろうから。あなたたち、いつから婚約しているの？　生まれたときからよ、とテレサは言った。父親どうしが決めたの。さいわい、お互い恋しあったけれど。

「いっしょに行きましょうよ。すばらしいお天気よ」ローラは言ったが、テレサは上着を脱いだ。「わたしはここで編み物をするわ。気分がすぐれないの。ハビエルにここに来てそばにいてって伝えて」

「もし会えればね。でもほら、ドン・アンドレスもハビエルもずっと向こうの丘のほうまで行ってしまっているわ」

ローラはペペの手を借りてエレクトラという見事な牝馬に乗った。二人でまずは仔馬を見にいき、そこからさらに厩舎の前の放牧場まで行った。ローラはペペの前で薪や小さなハードルを跳んでみせた。天気はすばらしく、馬たちは力強く、二人は声をたてて笑った。ハビエルとドン・

アンドレスが駆け足で二人のほうに向かってきた。

「こっちからも行こう。フェンスは越えられる？」だがローラが返事をするより早く、二人がフェンスのところまで来た。

「なかなか悪くないジャンプだったよ」とドン・アンドレスが言った。

「悪くない？　最高でしょ。はじめてのジャンプだったのよ！」

「ならもう一度」

そちらのほうに行く前に、ローラはハビエルにテレサのメッセージを伝えた。

「まるでお姫様だな《ケ・レヒオ》。あいつといっしょの乗馬は楽しくないんだ。ぺぺ、川に行こうぜ！」兄弟は大声で呼びあいながら駆けていってしまった。ローラはもう一度跳んだが、今度はまずかった。

「もう一度」ドン・アンドレスが言ってエレクトラの尻に鞭を入れると、馬はいきなり走り出した。あわてたローラが強く手綱を引きすぎたので馬は後ろ脚で立ち上がり、ローラは落馬した。ドン・アンドレスは馬から降りもせずに、上から笑っていた。

「お似合いの二人だな」

「わたしはこの子みたいに臆病じゃないわ」

「彼女だってそうさ。だが、やりたくないことは絶対にしない馬だ」

「わたしは跳びたい。もう一度やる。この子に触らないで」

「やってみなさい《アンダレ》」

軽々と、見事なジャンプだった。それから二人は早駆けでペペとハビエルに追いつき、ヤマナラシの木立を抜け、草原を越え、畝《うね》を刻んだ畑を疾走した。四人はそうして午《ひる》まで馬に乗り、ときおり仔羊や、エンレイソウや、スミレや、この農園《フンド》の名の元になった黄水仙《フンキージョス》の群生を見つけて大声で知らせあう以外にはほとんど無言だった。鹿が水を飲んでいる同じせせらぎで馬たちも水を飲んだ。四人は雪解け水が嵩《かさ》を増してさかまく川を渡った。水の冷たさに、馬たちがぶるっと鼻を鳴らした。丘の上からはるかな谷底を見おろした。スペイン人がはじめてこの地にやって来たときに見たのもこんな風景だったのかもしれない、とローラは思った。子供時代を過ごしたロッキー山脈でさえ、もう少し文明の気配があった。遠くで軋《きし》る鉱石車の音、チェーンソーの唸り、飛行機の音。それでも屋敷に帰る道中では、羊の世話をする農夫を見かけたし、牛に鋤《すき》をつけて農地を耕す農夫もいた。

前夜はあんなに暗かった食堂が今日は陽光にあふれ、窓の外には湖と白いアンデス山脈が一望できた。乗馬手たちは疲れて日に灼け、空腹だった。ハビエルからはいつもの気取りがすっかり消え、ペペとローラももう遠慮がなくなっていた。なんて素晴らしい朝だろう！　テレサもはしゃいでいたが、もしかしたらふりだったのかもしれない。それとももしかしたら、とローラは内心思った。ハビエルとドロレスのことなど歯牙にもかけていないんだろうか。いや、でもきっと嫉妬に燃えているにちがいない。意地でもそんな素振りは見せられなかったし、知っていることさえおくびにも出さないだろう。そうでなければ何も知らない無垢な婚約者という自分の役割に傷がついてしまうから。ハビエルは彼女のことを本当に愛しているのだろうか？　ドロレスにはまちがいなく恋している。これこそロマンスだ。ローラは早くこのことをケーナとコンチに話したくてうずうずした。

「ああ、すっごく楽しいわ！」とローラは言った。

「同感《ジョ・タンビエン》！」みんなが声をそろえて言った。昼は鱒とレンズ豆のスープ、ラムのロースト、焼き立てのパンを食べた。昼食後、テレサとハビエルは湖にボートを漕ぎに行った。ぺぺは昼寝をしに下がった。

馬車は全部で八台、さまざまな種類のものがあった。装飾を凝らした金色のコーチは内部をピンク色の金襴《ブロケード》や鏡、金色の花挿しで飾られ、従者が乗る台にも精密な彫刻がほどこしてあった。アメリカの乗合馬車、四輪のランドー、一人乗りのサルキー。ローラは全部に乗ってみて、つややかなマホガニーに黒のレザーの覆いがついた二人乗りの黒いティルベリーを選んだ。

ドン・アンドレスが自分の種馬《スタリオン》のラウタロを馬車につないだ。二人で黄色いアロモの咲く湖畔を走った。テレサとハビエルに手を振った。ラウタロのぱかぱかという小気味よい蹄《ひづめ》の音とともに何周もした。暗くなってきた。ドン・アンドレスがランタンを灯した。

「そろそろお茶に帰りたいかね？」

「いいえ」

「よし」

川にかかる木の橋を渡って濁流のしぶきを浴び、さらに暗がりの中を走りながら、ドン・アンドレスはローラに自分の子供時代を語った。きみと同じだよ、と彼は言った。一人っ子でいつも独りぼっち、本当に子供だったときは一度もなかった。母親は自分を産んだときに死んだ。父親は冷淡な暴君だった。フランスとイギリスの寄宿学校。家では独りぼっちで、本が友だちだった。ハーヴァード、オクスフォード、ソルボンヌで学び、妻とはパリで出会った。いいや、彼女はスペイン人だった。もう何年も前に死んでしまった。

帰る時刻だった。彼は馬車の向きを変え、ローラに手綱を持たせた。ここで待っていて。ドン・アンドレスは馬車を降りた。黄色いアロモの木を背に、彼の髪は銀色だった。スミレの花を摘んで戻ってくると、それを彼女のケープの襟元に飾った。

朗読するのが『初恋』でなければいいのに、とローラは思った。頬が熱くなるのが自分でもわかった。「ぺぺ、次はあなたの番」そう言って彼に本を渡した。ドン・アンドレスが読むときは、彼の口許、その白く光る歯から目が離せなくなった。

その夜寝床の中で、わたしは恋をしている、と彼女は思った。頭の中で彼と過ごしたすべての時間、彼の言ったすべての言葉を反芻した。わたしはいったいどうしたいんだろう? 彼女の夢想はキスどまりだった。

朝、ドロレスが朝食のトレイを運んできて目が覚めた。いい天気だった。ぺぺ様がいっしょに乗馬をとお誘いよ。ハビエルとドン・アンドレスはすでに狩りに出かけていた。テレサはピラールとテラスに出て、嫁入り道具の枕カバーに刺繍をしていた。ドロレスはぺぺとローラのぶんの昼食を包んでいた。

「ありがとう。あなたも馬に乗るの？」

「毎日のように。でもご一家がいらっしゃるときには乗りません」。ローラはドロレスにハビエルのことを、恋のことを訊ねてみたかった。

「あなた、歳は？」やっと訊けたのはそれだけだった。

「十五です」

「ここで生まれたの？」

「ええ、ここの厨房で！　母がずっとここの料理人をしていたので」

「じゃあ、ハビエルのことはずいぶん前から知っているの？」

ドロレスは笑った。「もちろん。幼なじみなの。乗馬や射撃を教えてもらったわ」

ローラはため息をついて服を着た。ドロレスはちっとも恋しているようには見えなかった。でもたしかに見たのだ、彼女がドアを開けてハビエルを招き入れるところを。母のヘレンは恋をしたことがあるだろうか？　相談できる相手は誰もいなかった。ケーナとコンチにはいちばん言えなかった、三人で話すことといったら恋のことばかりだったのに。一度みんなで予行練習で薬戸棚にキスしたことがあった。でもキャビネットにキスしようとすると、先に鼻が鏡の扉に突き当たる。鼻はどこにやればいいの？　恋について彼女たちが知っていることなんてその程度だった。いまローラの中にあるこの欲望……それは恋という言葉では言い表せない気持ちだった。

ローラとペペは馬で低地の牧草地に行って生まれた仔羊と仔山羊を見、それからガブリエルの家を訪ねて彼の妻に会った。年老いた妻はペペを見て大喜びした。お茶のために水を火にかけると、近所じゅうの女たちを呼んでペペに会わせた。あたしらのペピーノが司祭さまになるだなんてねえ！　女たちは煤《すす》けた土間の小屋でペペを取り囲んで立ち、紅茶を飲む彼をにこにこと愛《いと》しげに見た。ペペは女たちの名前も、彼女たちの家畜や子供の名前もすべて知っていた。いいや、戻ってくるのは何年も先になるよ。いつもみんなのことを思って、祈っているからね。女たちは彼を抱きしめ、ローラと握手して帰っていった。アロモの大木の根方でローラと二人で弁当を食べながら、ペペは物思いにふけった。

「司祭さまになるのは不安？」

「怖いよ。知らない世界に飛びこむんだから」

「なぜそうするの？　神様に呼ばれたの？」

「そうじゃない。僕は……変えたいんだ。行動したい。でも革命家になるほど純粋でもない。理由はいくらでもある。自分の存在意義を示したい、世の中を少しでも変えたい、父親から逃げたい。僕の師は理由をあれこれ思い悩むな、帰依《きえ》の決意が固ければそれでいいって言う」

「ハビエルと、求めているものは同じみたいね」

「うん。兄さんがどうやってそれをなし遂げるのかはわからないけれどね」

「世の中を変えるには改革《レフォルマ》しかないってハビエルは言ってる。人民に土地を明け渡すべきだって」

「でも一朝一夕にはできないだろう。それに腐敗を招くのは為政者じゃない、いつだって人民のほうなんだ。彼らのもって生まれた性質や信仰そのものが父権制を必要とするんだ。人民を解放すれば、その人物が新たなご主人様《パトロン》に仕立て上げられるんだ」

「わたしの祖父と言うことが同じね。黒人どもは奴隷だったときのほうが幸せだったって」

二人は革袋《ボタ》に詰めたワインを飲み干し、持ってきた梨を二つとも食べた。アロモの花びらの上に寝そべると、ふわふわの黄色にまみれた。

「わたしも自分の存在意義を示せるのかな」と彼女が言った。

「女なら簡単だろ」

「どういう意味？　〝野のユリ〟ってこと？〔マタイの福音書〈野の百合は如何にして育つかを思へ、労せず、紡がざるなり〉より〕」

「そうじゃない。わざわざそんなことをしなくても、ありのままの自分でいさえすればいいってことさ」

「ありのままの自分をどうやって知ればいいの？」ローラはため息をついた。二人は立ち上がり、黄色い花びらをはらい落とした。そして馬に乗った。

「家まで競走だ！」

厩舎から、ドン・アンドレスとハビエルが厨房の戸口にいるのが見えた。キジの羽根が日を受けて紫と緑の虹色に輝いていた。ドロレスが笑って美しい鳥を手で持ち上げた。ハビエルが彼女の黒髪をなでた。二人の背後からテレサが厨房に入ってきて、暗がりの中で立ちすくんだ。首もとの真珠が光り、トレイの上でティーポットが白かった。テレサはポットをレンガの床に叩きつけ、部屋を出ていった。ハビエルの手はドロレスの黒髪の上で止まったままだった。

大きな暖炉の前でお茶の時間。新しいティーポット。テレサはいなかった。

「お前のフィアンセはどこにいった？」ドン・アンドレスが訊ねた。

「あいつはもうフィアンセじゃない」

「馬鹿を言うな。行って慰めてこい」

「婚約は破棄したよ。俺はテレサとは結婚しない」

「何を言う。そんなことができるわけがない」

「できるさ。いやローラ、砂糖はけっこう」

ドン・アンドレスは怒りで青ざめていた。「ローラ、出かけよう」

「でも雨が」

「小雨だ」

彼が立ち上がったので、ローラも後を追った。ハビエルは父親の背中を勝ち誇った憎しみの表情で見送った。

ラウタロは雨で滑る道を疾駆した。ランタンの灯は風にまたたき、ピンクの花々やアロモの黄色が暗闇の中を溶けて流れた。空は雲が切れかけていたが、まだ星々はあたりを明るくするほどではなかった。ローラもドン・アンドレスも無言だった。

見えるより先に川の音が聞こえ、ラウタロの蹄が木の橋にかつかつと鳴った。馬が不穏に甲高くいななないたのと同時に橋が崩落した。二人はティルベリーから投げ出されて冷たい激流に落ちた。ランタンがジュッと音を立てて消えた。二人は流れの中でもがき、ケープと上着を脱ぎ捨てた。ドン・アンドレスがローラに、馬車につかまって馬の轅《くびき》をはずすのに手を貸してくれと言った。流れが二人をもみくちゃにする。なんとか馬具を外そうとしたが、ラウタロは恐慌をきたしていななき、脚をばたつかせ、二人に嚙みつこうとした。馬の蹄や岩や馬車に打たれながら、ドン・アンドレスとローラは川下に向かって押し流された。

馬はついに轅を外され、激しくもがきながらいなないた。何度も何度も陸に足をかけ、ついに岸に上がると、走り去った。ティルベリーは流れの中をぐるぐる回りながら横転し、いまや星明かりで銀色に泡立つ川を流れていった。

アロモの木の下でふるえ、荒い息をつきながら、ドン・アンドレスは着ていたシャツを裂いて自分の脚とローラの腕の傷に巻いた。火が要る、と彼は言ったが、金色のライターは点かなかった。

「ラウタロが戻れば、きっとガブリエルが私たちを探しに来てくれる。だが私たちは彼が探しはじめる場所より何マイルも流されてしまっている。ガブリエルが橋を渡ろうとしなければいいが。歩いて川沿いに丘を上がったほうがいいだろう。きみも服を脱いで水をしぼりなさい」

「いえ、大丈夫」

「馬鹿を言うな。水をしぼるんだ」

二人ともひどくふるえて、歯がカチカチ鳴った。

アロモが二人の裸の体に黄色い毛皮のようにまとわりついていた。ローラは寒くて、怖かった。欲望を感じていたが、どうすればいいのか、今行われていることの何をすればいいのかがわからなかった。乳房に口づける彼の銀色の髪を両腕で抱いた。黄色いアロモの束が空で揺れていた。不意打ちの痛み。「俺は何をしてしまったんだ?」彼が彼女のうなじにささやいた。彼の息と体が熱かった。彼女が服を着るとき、脚を伝う精液が光って湯気をたてた。

流れ星とネオンホワイトのアンデス山脈で、あたりは昼のように明るかった。傷をしばった布が血でぐっしょり濡れていた。疲労と痛みで、二人は足をひきずりながら進んだ。

「ラウタロは無傷だった。だろう?」

「ええ」

わたしはどうなの? と彼女は思った。傷つき、濡れたブーツにこすれて足は水ぶくれ、あまりに急いで歩くせいで胸が破れそうだった。彼はこちらを見ようともしなかった。

「わたしはどうなの?」彼女は声に出して言った。「なぜ怒っているの?」

彼は振り向いたが、やはり彼女の目は見なかった。白にちかいほど淡い灰色の瞳。

「きみに怒っているんじゃないよ、ミ・ビーダ《私の命》。きみを汚し、自分の一番いい馬をあやうく殺しかけた自分に怒っているんだ」

彼は大声でガブリエルの名を叫んだ。広い谷に声がこだまし、また静けさが戻った。二人は歩きつづけた。

汚した? わたしは汚れたんだろうか? あの無我夢中の一瞬のできごとで? みんな、わたしを見てそうだと気づくだろうか? ドロレスも汚れているんだろうか?

靴ずれが痛かったので、ローラはブーツを脱いだ。彼はよせと言ったが言うことを聞かず、岩や小枝を踏んでも痛くないふりをした。

そして、もしもほかの女たちが汚されるのを承知でそれをしているのだとすれば、わたしは何かおかしいのかもしれない。何が起こったのかさえわからなかったのだから。

尿意をもよおした。「先に行っていて。すぐに追いつくから」。ショーツはぬらぬらとした血で赤く濡れていた。濡れたウールのズボンを脱ぎ、ショーツは捨てた。ドロレスに見られたくなかった。

「急ごう《アプーラテ》」

「先に進んで。追いつくから」

彼女は彼の後ろから丘をのぼった。足元で石が崩れた。

「もしわたしが誰かに言うかもしれないと思って怒っているんなら、心配いらないわ」。打ち明ける相手も、相談できる相手もいなかった。

すると彼は足を止め、彼女を抱きしめて髪に、額に、まぶたにキスをした。

「いや。そんなことを思っていたのではないよ。自分がしてしまったことについて考えていたんだ。これからどうするべきなのかも」

「キスして」と彼女は言った。「わたし、誰にもキスされたことがないの」

彼は顔をそむけようとしたが、彼女は彼の顔を両手ではさんで唇に口をつけた。彼の舌が彼女の唇を開いて二人はキスをし、平衡感覚を失って斜面に座りこんだ。

馬の早駆けの音。二人は耳をすまし、大声で呼んだ。声が返ってきた。ガブリエルが馬に乗り、後ろに二頭、馬を引いていた。ポンチョとブランデー。ドン・アンドレスには紙巻き煙草。それから屋敷を目指した。男二人が先に立ち、互いに大声で呼びかわしながら、ぼうっと銀色に光る夜の中、うねる丘の道を駆け抜けた。

ハビエルはドロレスと厨房にいた。頬骨が赤紫に染まり、酔っているのがわかった。ドン・アンドレスとローラがブランデーを飲むあいだに、ドロレスがドン・アンドレスの脚に包帯を巻いた。彼もローラも、馬車や岩やラウタロの蹄に当たって体じゅうあざと擦り傷だらけだった。ドン・アンドレスは事故の一部始終を華麗な冒険譚として語り、ローラのことはレースで何度も優勝したサラブレッドを救った恩人として称賛した。ローラはそんなに価値のある馬だったのだと知って驚いた。

「あの馬にティルベリーを牽《ひ》かせた自分を呪ったりはしなかったのかい」とハビエルが言った。

「ああ、大いにしたとも。我ながら愚かしいことをしたと思っているよ」

ハビエルがにやっとした。「パパが自分の過ちを認めるのを初めて聞いたよ」

ローラは服を脱ぎ、ロウソクに囲まれた浴槽に身を沈めた。ドロレスが脱いだ服を拾い集めた。「ズボンが血まみれだわ。伯母《ジェゴ・ラ・ティア》さんが来たの?」伯母さん、つまり生理のことだ。ローラは首を振った。鏡の中で二人の少女の目が合った。

ローラは体が動かない恐怖で眠りから覚めた。だがすぐに思い出して目を開けた。すでに午《ひる》ちかくで、外は暗く、雨が降っていた。暖炉に火が燃えていた。ドロレスが朝食を運んできた。

「今日は寝ていて。アンドレス様がお具合を心配してらしたわ」

「あの人はどこに？」

「朝早く、馬でサンタ・バルバラに。夜遅くまで戻らないそうよ」

「ほかのみんなは？」

「ピラールは具合が悪くて寝ているわ。テレサも具合が悪くてお休み。ペペはお部屋で読書。ハビエルは食堂。酔っぱらって、正体をなくしてる《エスタ・トマド》」。気づくとドロレスがローラのベッドの足元に腰かけていた。きっと同じ汚れた者どうしになったからだ、とローラは思った。ローラの内心が伝わったらしく、ドロレスはあわてて立ち上がり、あやまった。

「すみません、ローラお嬢様《ペルドナメ・ドニャ・ローラ》。わたし、とても疲れているの。朝からいろんなことがありすぎて」

　ローラは申し訳なくなって、ドロレスの手を握った。

「ごめんね。たしかに大変な朝よね。というか、もうお午だけれど。体じゅう痛いわ。やだ、この顔！」暗い鏡に映した顔は、片頬に生々しい擦り傷ができ、片目の周りが青黒くなっていた。ローラは自分が哀れになって思わず泣いた。ドロレスもいっしょに泣きだした。二人は抱き合ってゆらゆら揺れ、それからドロレスは部屋を出ていった。

　屋敷は静まりかえっていた。一頭だけ家に入ることを許されている猟犬が磨き立てた床の上を歩きまわる爪音がカチャカチャ聞こえた。寂しい音だった。誰もいない部屋で鳴りつづける電話のような。

ハビエルは父親の書斎で眠っていた。ローラがツルゲーネフを取ろうとして横を通ると、目を覚ました。

「やあ、我らが高貴な野蛮人《ノーブル・サヴェッジ》！　冷たき急流に自ら飛び込み、瀕死の獣を救いしアタランテ！〔ギリシャ神話の駿足の女狩人。数々の武勇伝を残す〕」

「やめて」

「ごめんよ、アメリカっ娘《グリンギータ》。気を悪くしただろ。こっち来て座れよ」

ペペが戸口のところに現れた。髭を剃りたてで、顔がいっそう白かった。

「ローラ！　気の毒《ポブレシータ》に！　ひどい事故だったんだね。大丈夫なの？　そしてハビエル、なんてざまだよ。何があったの？」

「まあ来いよ、ペピート。お前だって俺らと大して変わらないざまだぜ。怖じ気づいたのか？　気が変わったか？」ハビエルは立ちあがり、シェリーをグラスに三杯注ぎ、火に薪を一本足した。

「もうシェリーを飲んでもいいころだろう。いま何時だ？」はかったようなタイミングでモソがやって来て、昼食になさいますかと訊ねた。「いや、けっこうだ」

「だって、三人ともとても食べるような気分じゃないだろう。どうだペペ、大丈夫か？」

ペペはうなずいた。「うん。僕はさよならを言いにきたんだ。でも、もうとっくにここを出ていったような気がしているよ」

「俺もさ。でもお前はまだいいさ、行き先がはっきりしているんだから。俺はただ別れるだけだ」

「何と？」

「何もかもさ。テレサ。法科。パパ。これまでの人生の何もかもと」

「冗談だろう。これからどうするのさ」

「まだそこまでは考えていない。ただ、フンキージョスに来るのはこれが最後だってことだけははっきりしている」

「ああ、ハビエル」兄弟は立ちあがって抱き合った。それから三人は無言で座った。火。窓を打つ雨。湖畔にけぶるアロモの黄色。

「きみはどうなんだ《イ・トゥ》、アメリカっ娘《グリンガ》？　きみは戻ってくるんだろう？」

「いいえ、わたしももうここには来ない」

「いいや戻るさ。きみはパパの大のお気に入りなんだから」

ハビエルが笑った。「で、ローラ。きみは何とさよならするんだい？　純潔にかい？」

「ええ、そうね」とローラは言った。

「ハビエル、なんてことを！」ペペが驚いて言った。「飲みすぎだぞ！」

ドン・アンドレスは夕食の直前、エレクトラに乗って帰ってきた。石畳に蹄のスタッカートが響いた。トラックに乗ってやって来た男が二人、居間に通された。ドン・アンドレスは着替えをしに行った。

晩餐の席でハビエルはひどく酔い、ワインをこぼした。ペペは青ざめて無言だった。ローラとテレサは内心の悲しさを押し隠していた。ドン・アンドレスは排水路や作物、木材の話をした。どういうことか最初に気づいたのはペペだった。

「パパ！　まさかフンキージョスを売る気なの？」

「ああ。この屋敷と厩舎を除いてすべて」

ペペの頬を二筋の涙が細く伝った。テレサは泣きながら席を立って出ていった。もし自分に優しさがあれば追いかけていくのだけれど、とローラは思ったが、行かなかった。ハビエルが皮肉な笑い声を立てた。

「あいかわらず抜け目がないね。いずれこの土地が人民に明け渡されるって、わかっているんだろう？　いっそこのご立派な屋敷も売ったらどうさ。どうせそうなる運命だ。学校にでもなるんじゃないか」

男たちは夜遅くまで書斎で話し合った。ローラは自分の部屋のランプの灯で『初恋』を読み終えた。寝床に入ったが、眠れなかった。アロモと松の香り。何も考えなかった。ただ目を開けて、独りぼっちだった。

汽車の旅は長く、雨と川の増水のために遅延した。ドン・アンドレスはずっと書類仕事をしていた。ローラは彼と向かい合わせに座った。通路をはさんだ座席ではペペが本を読み、ハビエルは眠っていた――あるいはふりをしていたのかもしれない。テレサは何かひどくかさばる、レンガ色のものを編んでいた。今まで人前でかけたことのなかった眼鏡をかけ、もはや開き直ったようなオールドミスぶりだった。舌ったらずな甘え声も、もうなかった。そのうちに彼女もぺぺも眠ってしまった。ドン・アンドレスがローラのほうを見ていた。

「フンキージョス、とても素敵なところだったのに」

「きみも素敵だ。どうか私を許してほしい」

そしてまた膝の上の書類に目を落とした。ローラは煤が点々と散った窓の向こうを見た。しとどに濡れたアロモの木々から雨が滴《したた》っていた。まさに田園の休日ね……とローラは思った。

駅に着くと、テレサの母親がまるで事故にでもあったかのように娘をかっさらって行った。ローラの父親は中国人の運転手をよこしていた。

さようなら、楽しいひとときをありがとうございました。

家の中はしんとして、寒かった。マリアがバスローブの前を結んで出てきた。二人は抱き合った。

「寂しかったですよ！　ココアでも淹《い》れる？　そのお顔、いったいどうしたの？」

「ちょっとした事故。冒険、かな。でも今は疲れてとても話せないわ。パパとママは？」

「お母さまは病院よ。お薬をたくさん飲みすぎたの。真っ青になって、起き上がれなくなってね。明日には戻ってらっしゃるわ」

「どうしたの？　何かいやなことでもあったの？」

マリアは肩をすくめた。「どうだか《キエン・サベ》。お父さまは疲れただけだろうっておっしゃってるわ」

「疲れただけ！」二人はククと笑った。

「パパはママに付き添っているの？」

「いいえ、ディナーパーティにお出かけよ。ドニャ、ひどく顔色が悪いわ」

「わたし……わたしも疲れただけよ！　とっても素敵なところだった。明日になったらぜんぶ話してあげる。今日はもう寝るわ。お風呂もココアもいらない。でも明日は五時に起こして。化学の試験勉強をしなきゃならないから」

「ケーナから電話がありましたよ。帰ってくるのが遅れてぜんぜん勉強できなかったそうよ。コンチもかけてきて、恋に夢中で勉強どころではないんですって」

　朝、付け焼き刃で化学の勉強をした。カフスの下の手首に元素記号を書くのにかなりの時間を費やした。けれども試験はそう悪い出来ではなかった。それから物理。恐ろしく干からびたセニョール・オルテガ。代数。歴史。ノートの取りすぎでローラは手が痛くなった。

　それからやっと昼食。お祈りはいつも英語だ。主よ、我らを生かし、我らが主に仕える糧となるこの食事を祝福したまえ。食事中はフランス語しか話してはならなかったので、みな言葉すくなだった。バラ園の散策。またコンチの恋の話を聞いただけで終わり。かれ、あたしのことを〝おまえ《トゥ》〟って呼んで、映画のあいだ手を握ってきたの。ケーナは毎日朝から晩までスキーに明け暮れた。雪の状態がとてもよくってね。エミール・アレったら、無料であたしにレッスンしてくれたの。ローラは馬車の事故について手短に、だがドラマチックに語った。馬のエレクトラや、屋敷や、マリー・アントワネットみたいな馬車のことを言葉を尽くして賛美した。それからまたエレクトラの話。そう、ついに乗馬服も着たのよ。「わあ、すてき」コンチが嘆息した。

チャイムが鳴った。英語。テニスンの「ひび割れた石垣に咲く花」。フランス語のマダム・ペレアは編み物をしながら居眠り。単純過去《ル・パッセ・サンプル》。そして最後のスペイン語。どこからだったっけ？

「ススピロス！」

ローラは立ちあがった。「読んできませんでした」

セニョーラ・フエンサリーダが笑った。「今まではそれでうまくやってきたのに。初めての罰点ね」

ローラがエル・ゴルフでお茶をしないと言うと、ケーナとコンチも驚いた。「ママがまた病気なの」

ヘレンは眠っていた。ローラは夕食まで勉強し、独りで食事をした。

彼女は母のベッドの足元に立った。「ママ。具合はどう？」

「大丈夫よ。楽しんできた？」

「ええ。ママも来ればよかったのに。素敵だったわ、まるで小説みたいに」

「みんないい人たちだった？」

「とっても。家族みたいだった。わたしサラブレッドに乗ったのよ」。ヘレンは手鏡で自分の目にできたものもらいを見ていた。ローラはベッドの母のかたわらに座った。ねえママ、これは恋なの？　心の中でそう訊いた。妊娠してしまったらどうしよう？　わたし、汚れてしまったの？

お願いママ、わたしを助けて。

かわりに声に出してこう言った。「ママ、病院に行ったのね、かわいそうに。もっと外に出ていかなくちゃ。こんどの週末は映画に行こうよ。それかプリンス・オブ・ウェールズでランチ」

「ねえ、浴室に行って拡大鏡を取ってきてくれない？」

ローラが眠っていると、父親が入ってきて明かりを点けた。顔を上気させ、目は充血して、ネクタイをはずしていた。

「寂しかったよ、ベイビー。楽しんできたかい？」

「すばらしかったわ」

「アンディはどうだった？　紳士だっただろう？」

「ええ、紳士だった。ねえ、ママは大丈夫なの？」

「どうやってか薬を手に入れたようだ、それだけさ。心配いらない。ちょっと気を引きたかっただけだろう」

外を夜回り《ベラドール》が歩く声が聞こえた。最初は大きく、それがこだまして響いた。夜の十一時《ソン・ラス・オンセ》、静かに歩いて候《アンダード・イ・セレーノ》。

ブロックからブロックへ歩きながら、夜回りは角角でぬかりなく警備していることを告げて回った。そして夜空に満月が出ていることを吟じた。夜の十一時《ソン・ラス・オンセ》、月は満月《ルナ・ジェナ》！　やがて声は遠くなり、かすかなファルセットになった……つつがなく歩いて候《アンダード・イ・セレーノ》。

塵は塵に

マイケル・テンプルトンはヒーロー、アドニス、スターだった。英国空軍の爆撃手として数々の勲章に輝いた、文字どおりの英雄だった。戦争が終わってチリに帰ってからは、ラグビーとクリケットでプリンス・オブ・ウェールズ〔チリの名門スポーツクラブ〕のスター選手になった。英国のオートバイチームの一員としてBSAに乗ってレースに出場し、三年連続でチャンピオンになった。一度も負けなかった。スピンアウトして壁に激突したあの最後のレースでさえ、彼は優勝した。

マイケルはわたしとジョニーのために記者席のシートを用意してくれていた。ジョニーはマイケルの弟で、わたしの親友だった。彼もわたしに負けずおとらずマイケルを崇拝していた。当時のジョニーとわたしは、ありとあらゆるものを馬鹿にし、ほとんどすべての人間、とりわけ教師と親たちを軽蔑していた。二人のあいだでは、マイケルの女たらしぶりもひそかにやり玉に上がっていた。けれども彼には気品があった、優美だった。子供も大人も年寄りでさえも、女はみんな彼に恋をした。ゆったりと、スローな低い声。彼はよくジョニーとわたしを乗せてアルガロボのビーチを走った。固く濡れた砂の上を飛ぶように疾走してカモメの群れを散らし、羽ばたきがエンジンよりも海よりもけたたましかった。ジョニーはマイケルに本気で恋しているわたしのことをけっして冷やかさず、わたしたちが彼の母親といっしょにスクラップブックに貼ったのとはべつに、スナップ写真や切り抜きを分けてくれた。

マイケルの両親はそのレースには行かなかった。ダイニングの食卓に座ってお茶を飲み、ビスケットを食べていた。お父さんのお茶というのは、実際は青いカップに注いだラム酒だった。お母さんはレースが心配なあまり泣いていた。あの子のせいで死んでしまいそうよ、と彼女は言った。マイクのやつ首の骨を折っちまうがいい、とお父さんは言った。レースのことばかりではなかった——二人は毎日のようにこの会話を繰り返していた。ヒーローとはいえ、戦争から戻って三年、マイケルはいまだにまともな職についていなかった。酒を飲み、ギャンブルをやり、いろいろな女と深刻な揉め事を起こしていた。押し殺した電話口の会話、夜中に訪ねてくる父親や夫、荒々しく閉ざされるドア。けれども彼はますます女にもて、人々はこぞって彼に金を貸したがった。

満員のスタジアムはお祭りのような華やかさだった。レーサーもピットクルーも、イタリアやドイツやオーストラリアの小粋な美男ぞろい。レースは事実上、英国とアルゼンチンの一騎討ちだった。英国チームのマシンはBSAとノートン、アルゼンチンがモトグッツィ。とはいえマイケルほどのノンシャランを、優雅を、白いスカーフを、身につけているレーサーは一人もいなかった。わたしが言いたいのは、彼の死の衝撃、炎に包まれたバイク、コンクリートの壁に散った彼の血、遺体、悲鳴とサイレン、そういったものすべてにもかかわらず、そこには彼独特の、のびやかな無頓着さがあったということだ。この最後のレースでさえ彼が勝ったという、そのことにも。ジョニーもわたしも何も言わなかった。そのときのショックも、胸にあふれる感情も。

テンプルトン家のダイニングは人であふれ、声が充満していた。マイケルのお母さんは髪をふくらませ、顔に白粉をはたいていた。口ではもう死んでしまいそうと言いながら、きびきびとお茶を淹れ、スコーンを配り、電話に出た。お父さんは何度も何度も「わたしはあいつに言ったんだ、お前そのうち首をへし折ってしまうぞ、とね。そう言ったんだ！」と言った。するとジョニーが横から言った、ちがうだろ、父さんはマイケルの首がへし折れちまえばいいって言ったんだ。

わくわくした。ここ何年も、テンプルトン家を訪ねる人はわたし以外だれもいなかったというのに、いまや家じゅうが人でいっぱいだった。『メルクリオ』や『パシフィック・メール』の記者も来ていた。わたしたちの〝マイケル・アルバム〟がテーブルの上に開いて置かれていた。家のあっちでもこっちでも、ヒーロー、プリンス、悲劇、そんな言葉が飛び交っていた。きれいな女の子のグループが一階にも二階にもいた。中の一人がさめざめと泣き、ほかの二、三人が背中をさすってティッシュを差し出していた。

ジョニーとわたしはいつもどおり、すべてを見下したほがらかな態度を崩さなかった。二人とも、まだマイケルが死んだことがわかっていなかった。本当にそうなのだと気づいたのは葬儀が終わったあとの土曜の夜だった。いつも土曜の夜は二人でバスタブの縁に腰かけ、マイケルがひげを剃りながら「土曜の夜ほど寂しい夜はないさ」をハミングするのを眺めていた。そして彼が自分の〝小鳥ちゃん〟たち一人ひとりについてこと細かに描写し、彼女たちの特徴や、判で押したようなお馬鹿さんぶりを面白おかしく話して聞かせるのに耳を傾けていた。彼が死んだあとの土曜日、わたしたちはただバスタブの中に座っていた。泣かなかった。ただバスタブの中で、彼のことを語りあった。

けれども葬儀前のてんてこまいや、参列のガールフレンドたちが火花を散らすさまを見物するのは愉快だった。圧巻だったのは、サンチャゴの英国人会がマイケルの死を英国王への殉死とみなしたことだった。大英帝国に栄光あれ、そう『パシフィック・メール』紙は書いた。マイケルのお母さんはしゃんしゃんしゃんして、わたしたちやメイドを指揮して絨毯をはたき、階段の手すりにオイルを塗り、さらにたくさんのスコーンを焼いた。お父さんは青のカップを手に座りこみ、マイクは人の言うことをちっとも聞けん奴だった、向こう見ずだった、とぶつぶつつぶやいていた。

わたしは埋葬に参列するために学校を早退することを許された。最初から休んでもよかったのだけれど、二時限めに化学の試験があった。それが済むと、制服の上っぱりを脱いでロッカーに行った。厳粛で勇ましい気分だった。

人が表立っては言わないことが世の中にはある。愛とか、そんな深刻なことではなく、もっと体裁のわるいことだ——たとえばお葬式はときどき面白いとか、火事で家が燃えるのを見るとぞくぞくするとか。マイケルのお葬式は最高だった。

当時はまだ馬が牽《ひ》く霊柩車があった。ぎしぎし軋む大きな馬車を、四頭とか六頭の黒い馬が牽く。馬はみんな目隠しをつけて、どっしりとした黒の網をかけられ、先についた飾り房が地面の土埃を引きずられていく。駅者《ぎょしゃ》は燕尾服にシルクハットをかぶり、鞭をもっている。マイケルはヒーローだったので、たくさんの団体が葬儀に寄付をし、結果、霊柩馬車が六台も出た。一つは亡骸のため、残りは花のため。その後ろに遺族を乗せた黒い車が続き、そうして列をなして墓地へ向かった。

聖アンドリュー教会〔高教会派の英国国教会系教会〕で行われた式では、悲嘆にくれ感極まった女の子たちが、何人も失神したり外に連れ出されたりした。おもてでは、シルクハットの痩身で小粋な駅者たちが、道端で煙草を吸っていた。むせかえるほどの花の香りを嗅ぐと葬式を思い出す、と人はよく言う。でもわたしの場合はそれに加えて馬糞の匂いも不可欠だ。教会の外には百台以上のオートバイも停まっていた。参列者の列の後ろに連なって墓地まで行こうと待機しているのだ。アクセルをふかす音、エンジンのばたばた、煙、バックファイヤー。乗り手はみんな黒のレザーに黒のヘルメットをかぶり、腕にチームカラーを巻いていた。お葬式で信じられないくらいハンサムな男の人をいっぱい見たと、あとでクラスの女の子たちに言ったら不謹慎だろうかとわたしは考えた。どのみち言ったのだけれど。

わたしはテンプルトン家の人たちといっしょの車に乗った。墓地に着くまで、お父さんとジョニーはマイケルのヘルメットのことでずっと言い争いをした。ヘルメットはジョニーが膝の上に抱えていて、マイケルといっしょにお墓に入れるつもりだった。しかしだ、とお父さんは理詰めで諭《さと》した。ヘルメットは貴重品で、非常に高価なものだ。人に頼んで英国やアメリカから運んでもらわねばならないし、かかる関税もうんと高い。「だれかほかの奴に売れば、それをかぶってレースに出られるじゃないか」そうお父さんは言った。ジョニーとわたしは目を見合わせた。ほらね、やっぱりこの人はお金のことしか頭にないんだ。

墓地に着いてからも、山ほどの墓石や廟や天使を前に、わたしたちのあいだでさらなる目配せとにやにや笑いが行き交った。自分たちは海に埋葬してもらってお互いの葬式に出よう、とわたしたちは誓いあった。

紫の司祭服に白のレースを重ねた司祭が墓穴の端に立ち、ヘルメットを抱えた英国チームのレーサーたちがその周りを囲んだ。騎士のように気高く、おごそかに。マイケルの亡骸が墓穴に降ろされていき、司祭が「婦《おんな》より産まれし者、その命短くして悩み多し。彼は花のごとく咲きて散る」と唱えた。そのさなかにオデットが一輪の赤いバラを投げ入れ、コンチそしてラケルがあとに続いた。ミリーが決然と歩み出て、花束を丸ごと投げ入れた。

それから司祭が墓穴に向かって美しい言葉を投げかけた。「汝、生命《いのち》の道を我に示したまわん。汝の前には充ち足れる喜びあり。汝の右にはもろもろの快楽《たのしみ》とこしえにあり」。ジョニーがほほえんだ。それこそまさにマイケルのためにある言葉だ、そう思っているのがわかった。ジョニーが周囲を見まわし、もうバラがすべて投げ入れられたのを確かめると、墓穴の縁に立って、マイケルのヘルメットを投げ入れた。墓のいちばん近くに立っていたイアン・フレイジャーが苦悶の叫びをあげ、発作的にマイケルのヘルメットの上に自分のヘルメットを投げ入れた。コン、コン、コン、コン。まるで魅入られたように、英国チームのレーサーたちがつぎつぎに自分のへルメットを棺の上に投げた。黒の球体は墓穴を埋めつくしてなお積み重なり、オリーブの山のように盛り上がった。いとも慈悲ぶかき御父よ、と司祭が最後の手向けの祈りを唱えはじめると、二人の墓掘り人がヘルメットの山に土をかぶせ、その上を花輪で覆った。参列者が英国国歌を歌った。レーサーたちの顔には悲哀と孤独が浮かんでいた。全員が一列になって悲しく退場し、やがてバイクのエンジンがふかされ、うなりを上げ、ひづめの音が響き、馬車は危険なほど左右に揺れながら疾走し、鞭がぴしりと鳴り、馭者の黒い燕尾服の尾が風にひるがえった。

旅程表

あのころ、もうジェット機はあっただろうか。DC－6、サンチャゴ発リマ行き。リマからパナマへ。パナマからマイアミへの長い夜、海がきらきら光っていた。それより前、旅はいつも船だった。チリのバルパライソ港から出てニューヨークへ。およそ一か月の船旅だった。船での旅は、ただ優雅なだけではなかった。いくつもの海と大陸と季節を渡っていくと、広さを理解できた。

わたしにとっては初めての飛行機、初めての一人旅だった。チリを出て、ニューメキシコ州の大学に行くための。一人旅だなんて最高にかっこよかった。サングラスにハイヒール。卒業祝いにもらったバリローチェの豚革のトランク。みんなが空港に見送りに来た。父だけはどうしても手が離せず来られなかったが、母さえいたし、友だちもみんないた。誰もかれもが笑っておしゃべりしているなか、わたしとコンチとケーナだけが泣いていた。三人でタイムカプセルを作った。友情の誓いと、将来自分がどんなふうになっているかを手紙に書いて、三十年後に開封しようと約束した。二人はだいたい書いたとおりになった。結婚するだろうと思っていた相手と結婚し、四人か五人生んだ子供たちに、つけたいと言っていた名前をつけた。ボリス＝マリア、ハビエル＝アントニオ。けれどもケーナもコンチも、手紙を開けるよりもずっと前に革命で死んでしまった。わたしの未来予想は全部はずれだった。同じく結婚して子供を生んだけれども、まだ独身のはずだった若さでだったたし、ジャーナリストにはなったけれども、マンハッタンの安アパート暮らしだった。そして同じような安アパートに、今は独りで住んでいる。

飛行機に搭乗するときはわくわくした。みんなが展望デッキから手を振っていた。シートベルトを締め、スチュワードの説明に耳を傾けた。飛行機が滑走路を移動しはじめたと思ったら停まり、ずいぶん長いこと動かなかった。暑かった。チリの十二月で、夏だった。何かトラブルがあったらしく、飛行機は空港に引き返して一時間待たされることになった。

みんな帰ったあとだった。ロビーは閑散としていた。老人が一人、棒の先に雑巾をつけたもので床を拭いていた。わたしの母が、飛行機から降りてきたアメリカ人たちとバーにいるのが見えた。ドアのところに行くと、母がこっちを見て驚いた顔をして、それからわたしなんかいなかったみたいにそっぽを向いた。母はいつもそうだ。見たくないものは見ない、それでいて誰よりもよく物事が見えてしまう。あるとき母が〝本当にひどい、最低なこと〟をしたことがある、とわたしに打ち明けたことがあった。アイダホ州サンシャイン鉱山にいたころのことで、わたしはまだ小さかった。母はサンシャイン鉱山が大嫌いだった。サンシャインだけでない、今までに住んだすべての鉱山町が嫌いだったし、そこの〝凡庸な〟奥さん連中と彼女たちの野暮ったい家も嫌いだった。うちだって同じようなタール紙貼りの、薪ストーブの掘っ立て小屋だったけれど、母はそれには気づいていなかった。ウールのコートを着て、襟は狐の毛皮でガラスの目玉がついていた。青い羽根飾りの帽子。奥さん連中はみんなブリッジもヘボだった。それでもその日はブリッジをやって、部屋の中は暑かった。馬鹿げたハロウィーンの飾りつけがしてあった。オレンジと黒のクレープペーパー、カボチャのランタン。女たちは料理やレシピの話をしていた。「あたしがこの世でいちばん聞きたくない話題」。母がカードから目を上げると、ランタンの火がカーテンに燃え移っているのが見えた。炎がめらめら燃えあがる。母は手元に目を戻し、「フォー・ノー・トランプ」と言った。とうとう炎が手がつけられないほど大きくなり、みんな家の外に避難して、鉱山から消防車がやって来るのを雨に打たれて待った。「あのときの退屈がどれくらい絶望的だったか、言ったってあんたにはわからないでしょうね」

サンチャゴを飛び立ったときはすばらしかった。翼の先にアンデス山脈、雪がきらめいていた。青い空。機は太平洋に出る前にサンチャゴ上空を旋回した。サンチャゴ・カレッジとバラ園が見えた。サンタルシアの丘。自分が帰りたい気持ちになるなんて、思ってもみなかった。

父のリマでの秘書のインゲボルグという人が空港まで出迎えに来てくれることになっていた。そんなことしないでほしかった。父はつねに計画を立て、リストを作る人だった。目標と優先順位。予定表に旅程表。ハンドバッグの中には、わたしを出迎えてくれる人たちの名前と、万が一迷子になったときのためのその人たちの電話番号、大使館の番号等々のリストが入っていた。この秘書の人と三時間いっしょに過ごすことを思うと恐ろしかった。サンチャゴでの父の秘書は、髪にネットをかぶり、毎晩六時半に仕事が終わるとバスを二つ、たぶん立ち通しで乗り継いで、目の見えない母親と知的障害のある息子の待つ家まで帰っていく人だった。ところがインゲボルグは空港に来ておらず、わたしはうろたえ、一人旅のかっこよさもたちまちふっとんだ。リストの番号に電話をかけると、ヨーロッパのスペインなまりのある女の人が出て、タクシーに乗ってカイロ二十二番地まで来てちょうだい。チャオ！

リマのスラムはサンチャゴと同じく汚くすさんでいた。何マイルも続く掘っ立て小屋は段ボールとドラム缶製で、屋根はつぶしたブリキ缶で葺《ふ》いてあった。でもチリでは、悪臭と悲惨から目を上げれば、いつでもそこにアンデスと青空があった。ペルーの空は雲が低く垂れこめ、湿って暗かった。弱々しい焚き火に霧雨が混じる。街に入るまでの、長く寒々しい道のり。

わたしがアメリカでいまだに好きなことの一つが、窓だ。どの家もカーテンを開けはなしている。近所を歩くと、窓の向こうで人々が食事したりテレビを観たりしているのが見える。椅子の背に猫がいる。南米の家は、上にガラスの破片を刺した高い塀に囲まれている。崩れかかった古びた壁におんぼろのドア。カイロ二十二番地の家のドアには、よれよれの呼び鈴の引き紐が下がっていた。ケチュア族の醜い老婆がドアを開けた。しもやけの治療のために、尿をひたした布を両脚に巻いていた。老婆が脇にどいたので中に入ると、そこはタイルの噴水のあるレンガ敷きの中庭だった。鳥かごにはフィンチやカナリア。たくさんのバラ。花壇に咲きみだれるシネラリア、アネモネ、ネメシア。まるで太陽が照っているようだった。壁という壁にブーゲンビレアが垂れ下がり、居間《サラ》に続く石の階段にも這いのぼっていた。白木の床にはペルーの絨毯。インカ帝国以前の土器《ワコ》や仮面。こんもりと活けられたチュベローズや鉢に盛ったクチナシのむせるような香りが眠気をそそった。父はここに来たことがあるんだろうか。匂いの嫌いなあの父が。

〝奥様《ドニャ》〟はシャワー中だった。メイドがデミタスカップに入れたハーブティーを運んできた。しばらくおとなしく座っていたが、そのドニャがいつまで経っても出てくる気配がないので、立って部屋の中を見まわした。中国の藍色の壺、ハープシコード。骨董の木の机。黒い服を着て黒い杖をもった老夫婦の写真がその上に飾ってあった。裸木に積もる雪。金髪の子供とボルゾイ犬の古びたスナップが額に入っている。わたしの父の大きなカラー写真もシルバーの額に入れて飾ってあった。オアハカのポンチョに大きな帽子をかぶっている。襟もとの開いた、見たこともないばら色のシャツを着ていた。父は笑っていた。大笑いしていた。背後には遺跡とアンデス、それに抜けるような青空。わたしは椅子にへたりこんだ。デミタスカップの小さなスプーンがかちゃかちゃ鳴った。

インゲボルグがゆったりとした白のローブをはおってやってきた。日焼けした長い脚がのぞいていた。金髪を一つに編んで背中に垂らしていた。ふわっと香った香水は、ランテルディだったと今ではわかる。彼女は素敵だった。

「ああよかった、あなたの飛行機が遅れてくれて。きっととても間に合ってなかったわ。でもけっきょく間に合わなかったみたいね、そうでしょう？　でもおいしいお昼をごちそうして、タクシー代も払ってあげますからね。あなた、ちっともあの人に似ていないのね。お母さま似？」

「ええ」

「お母さまは美人？　病気なの？」

「はい」

「お腹はすいている？　せめてお昼はちゃんと時間どおりにするわね。空港までわたしが送ってあげられなくてごめんなさい。でも、ともかくエドゥアルドには（エドゥアルド？　父のエドのこと？）、あなたに何か食べさせて、寂しくないようにしてあげるよう言われているの。でもあなた、寂しがるようなタイプじゃなさそうね。そのスーツ素敵。あの人の話しぶりからわたし、もっと小さいお嬢ちゃんを想像していたの。塗り絵をしたり、うちの小鳥たちと遊んだりしそうな」

わたしは笑った。「わたしももっとお年寄りだと思ってました。猫をたくさん飼ってて、『ナショナル・ジオグラフィック』を読んでるような。スウェーデンの方ですか？」

「ドイツ。わたしのこと、何も聞かされてないのね。でもいかにもあの人らしい。猫は嫌いなの。『ナショナル・ジオグラフィック』はどこかに一冊ぐらいあったかしらね。一冊でじゅうぶん、どの号も同じだもの」

「あの写真、いつのなんですか？　あの机の上にあるの」厳しい、問いただすような声が出た。父そっくりの。

彼女は眉根を寄せて写真を見た。「あれはもう何年も前、マチュピチュで撮ったの。すばらしいお天気だった。かれ、とても……楽しそうじゃないこと？」

「ほんとに」

庭を見おろすテラスで昼食をとった。セビーチェ。真ん中に紫色のクレマチスを浮かべたスイバのスープ。エンパナーダとチャヨテ。彼女はスープだけとって、あとはジントニックを飲みながら、食べているわたしを質問攻めにした。あなた、彼氏《ノビオ》はいるの？　エドゥアルドは土曜日は何をしているの？　その靴はイタリア製？　リマがだめなのはそこね……まともな靴とお日さまがないところ。大学で何を勉強するの？　ご両親は二人でどんなことを話しているの？　コーヒーいかが？

彼女はブザーを押してメイドを呼び、タクシーをつかまえるように言った。電話が鳴った。彼女はもしもし《ブエノ》、と言ってから受話器を手で押さえた。

「お化粧《マキジャールテ》するんだったら、バスルームは廊下の突き当たり」

「ごめんなさいね」とまた電話に向かって言った。ドアベルが鳴り、タクシーが来た。彼女はまた受話器を押さえてわたしに言った。「わるいわね、でもちょっとこの人と話さなければならなくて。こっちに来てキスして。気をつけてね！　チャオ！」

リマからパナマへ行く飛行機では、イエズス会の神父の隣に座った。わたしはこういうタイプを選びがちだ。一見無害でものわかりが良さそうな人。彼は奥地で三年間勤めたあげく、神経をやられた人だった。しまいにスチュワードがわたしを引き離して、奥の小さな厨房に座らせてくれた。

パナマではミセス・カービィがわたしを出迎えた。ムーア海運の副社長夫人で、父の会社が銅や錫《すず》や銀を運ぶのにそこの船を使っていた。彼女が少しも気乗りしていないのがわかった。それはこちらも同じだった。わたしたちは手袋をしたまま握手した。ロールスロイスに乗って、古びた写真の中の運河地帯を走った。家も、服も、人も、すべてが黄ばんだ白だった。きれいに刈りこまれた薄茶色の芝生。長い影。ときどき思い出したようにある椰子の木。暑かった。わたしは彼女に今は夏なのか冬なのかと訊ねた。彼女は送話管を取って運転手に訊いた。たぶん春でしょう、と運転手は答えた。

「で、何がご覧になりたい?」と彼女がわたしに言った。わたしはできれば首都が見てみたいと言った。車が音もなく見えない魔法のカーテンをくぐり抜けると、たちまちそこはパナマだった。急に音量のスイッチが入ったようだった。マンボ! ケ・リコ・エル・マンボ! カーラジオは大音量で鳴り、どの店からも音楽が聞こえた。屋台に並んだ食べ物、オウム、玩具、極彩色の布。花柄のドレスを着た黒人の女たちが声をたてて笑う。いたるところに花。物乞い、子供、犬、手足のない人、自転車。「もうこれくらいでいいでしょう」彼女が送話管に向かって言い、車はあっと言う間にまた色も音もないアメリカ人居住区に戻った。

ミセス・カービィとミス・タトルという人とわたしの三人で、一日じゅうカナスタをやった。一日ではなく午後じゅうだったかもしれない。やっとお茶の時間になった。二人はほとんどわたしに話しかけなかった。気の毒なわたしの母の病気について訊ねた。父は旅する先々で母が病気だと言ってまわっているんだろうか。母は本当に病気なんだろうか。もしかしたら父が病気だと言うから病気になったんじゃないだろうか。カービィ氏がバミューダパンツに濡れたスポーツシャツ姿で現れた。ゴルフ帰りだった。

「エドの娘さんか。さぞや目に入れても痛くないんだろうね」。黒人の召使がミントジュレップを運んできた。わたしたちは薄茶色の芝生とうなだれた極楽鳥花《ストレリチア》を見おろすベランダに出ていた。

「つまりエドはチリのタンカーで鉱石を運べば奴らを手なずけられると思っているわけだ。そういう腹なんだろう?」

「ジョン!」ミセス・カービィが声をひそめて言った。カービィ氏は酔っていた。

「もしもアカどもが鉱山を国有化するっていうなら、対抗策は船のボイコット以外にない。エドは連中にいいようにやられてるんだ。飼い犬に手を嚙まれるとはこのことさ。まったく強情な男だよ、あんたの親父さんは」

「ジョンったら!」彼女がもう一度言った。「ごめんなさいね。お時間のほうは大丈夫?」

彼らが空港まで送るというのをわたしは丁重に断った。入学試験のための勉強をしなければならないんです。じっさいそういう試験があることがわかって、とっくに勉強していなければならなかった。

立ち寄ったパナマでいちばんの思い出は、運転手と送話管で話をしたことだった。空港は崩れかかったような低い建物で、バナナの木やかぐわしい蔓花やハイビスカスに埋もれていた。ここでも老人が棒の先に雑巾をつけたもので床を拭いていた。夜になった。滑走路にブルーの光がともった。黒々としたジャングルで虫や鳥たちが鳴きさわいでいた。カービィさんが言っていたチリのタンカーのこと、あれはどういう意味だったんだろう。パパは本当に頑固なんだろうか。

マイアミは朝で、冬だった。空港で女たちは毛皮をまとい、連れている犬も毛皮をまとっていた。あまりに犬が多くて怖かった。女たちの髪の色に合わせて毛をピンクに染めた小型犬たち。爪にはマニキュア。格子柄のショートブーツ。ラインストーンか、ひょっとするとダイヤのついた首輪。空港じゅうがキャンキャン吠えていた。トイレにはペーパータオルがなくて、代わりにボタンを押すと熱風が吹き出す機械があった。わたしはパナグラ航空のカウンターで伯母のマーサを待った。この伯母のことも怖かった、五歳のときに一度会ったきりだった。母はこの伯母のことを田舎者呼ばわりしていた。父が彼女とグランマ・プロクターに仕送りすることをめぐって、よく夫婦で喧嘩をしていた。グランマ・プロクターは九十九歳になるわたしの曾祖母で、マーサ伯母と二人でマイアミの分譲住宅に住んでいた。

彼女を見た瞬間、十代の見栄っぱりな自意識から思わず逃げ出したくなった。異様なほど太って、甲状腺が大きく腫れあがっていた。顎の下にもう一つ頭がついているかと思うくらい巨大な甲状腺だった。当時でもとっくに治療法がわかっていたはずだ。わたしの子供のころは、まだ大きな甲状腺をくっつけた人がそこらじゅうにいたけれど。マーサ伯母さんは青く染めた髪にパーマをかけ、大きくまん丸に頬紅を塗っていた。赤い花柄のムームーを着た体にわたしをぎゅっと押しつけ、抱きしめてゆらゆら揺すった。わたしは彼女の胸の大きなポインセチアにうずもれた。わたしも意思とは無関係に彼女にしがみつき、彼女の体に、ジャーゲンズ・ローションとジョンソンのベビーパウダーの匂いに包まれた。泣きそうになるのをぐっとこらえた。

「まあまああたしのかわいい姪っ子！　会えてうれしいよ！　かわいそうに、疲れてへとへとだろ。大学に行くだなんてねえ……お家の人たちはどんなにか鼻高々だろう！」伯母さんはわたしの手からバッグを奪った。「いいからいいから、ちょっとのあいだだもの、世話させて。お昼をいっしょに食べようねえ。グランマとあたしはしょっちゅうここに来るんだよ、飛行機を見に。それにここのホットターキーサンドはとってもおいしいの」

わたしたちは滑走路が見える色つきの窓ガラスのそばのブースに座った。座るというより寝そべったのに近かった、伯母さんがどってりくつろいで、わたしも知らず知らず、寝椅子のように彼女に寄りかかっていた。二人でホットターキーサンドを食べ、そのあとチェリーパイ・アラモードを食べた。わたしは眠たくなって伯母さんにもたれかかり、寝物語を聞くように彼女の話を聞いた。わたしのお祖母さんが肺結核になって、それで一家はメーン州からテキサスに移った。やがてわたしの祖母も祖父も死に、マーサとエディつまりわたしの父の面倒を見るために、グランマ・プロクターがやって来た。

「だから気の毒に、エディは十二の歳から働きに出なきゃならなかった……綿を摘んだり、メロンを摘んだり。夜おそくに帰ってきて、あんまり疲れてごはんを食べながら眠ってしまってね。朝起きて学校に行くのもひと苦労だった。でもそれからずっと働いて、あたしたちを支えてくれている。マドリッドやシルバーシティの鉱山で働くようになって、苦労してテキサスの鉱山大学を出た。そこであんたのお母さんと出会ったというわけ」

信じられなかった。そんな話、わたしはひとつも聞いたことがなかった。

「マイアミの家も、エディがあたしたちのために買ってくれたの。もちろんマーファを離れるのは辛かったよ、友だちだってたくさんいたし。けれどもそうするのが一番だとエディに言われてね。あらやだ、あたしばっかりぺらぺらおしゃべりしちまった。そろそろ搭乗口に行こうかね」

伯母さんはわたしに〈マイアミ・ビーチ〉と刺繡されたバスケットをくれた。中には鍵つきの小さなサテン地の日記帳、それにパラフィン紙に包んだブラウニーが入っていた。それからもう一度わたしを抱きしめた。

「たんと食べるんだよ。ちゃんと朝ごはん食べて、ぐっすり眠ってね」。わたしは彼女に抱きついた。別れたくなかった。


マイアミからアルバカーキまでの長いフライト。酸素マスクにも救命具にも、もう飽き飽きだった。ヒューストンでは機を降りなかった。考えていた。両親は二人のとき何を話していたのだろう。父とインゲボルグのこと。自分の親がセックスしているところは、なかなか想像できるものではない。それよりも、ばら色のシャツを着ている父を想像できなかった。あんなふうに笑っている父も。

アルバカーキ上空を旋回したのは、ちょうど日が沈むころだった。サンディア山脈と広大な岩砂漠が濃いコーラルピンクに染まっていた。自分が歳をとった気がした。大人になったというのではなく、ちょうど今のわたしと同じ気分だった。自分にはまだ見てもおらず理解してもいないことがたくさんあって、でももう手遅れなのだ。ニューメキシコの空気は澄んで冷たかった。迎えは誰もいなかった。

リード通り、アルバカーキ

「なあるほど……見方によって二人の人間がキスしているようにも見えるし、壺のようにも見えるってわけだ」

レックスはわたしの夫のバーニーを見おろしてにやにや笑った。バーニーもそこに突っ立って、ただ笑っていた。二人が見ているのは白と黒の大きなアクリル画で、バーニーが何か月もかけて描いた修士課程の卒業制作のうちの一枚だった。今夜はそのお披露目のパーティを、リード通りのわたしたちのアパートでやっているのだった。

ビールを樽で入れたので、誰もが陽気にはしゃいでいた。わたしはレックスの皮肉な物言いに何かひとこと言ってやりたかった。本当に傲慢で辛辣な男だった。それにただへらへら笑っているだけのバーニーも殺してやりたかった。けれどもけっきょくはレックスに尻をなでられながら、自分の夫が馬鹿にされているのをただ黙って見ていただけだった。

オニオンディップとチップス、それにワカモレのお代わりを追加してから外の非常階段に出た。そこには誰もいなかったけれど、ほら見てよこのすごい夕焼け、とみんなを呼ぶ気にはとてもなれなかった。デジャヴの反対語って、あるんだろうか。自分の未来が、一瞬の映像となって見える現象についた名前が？　そのときわたしの目には、相も変わらずアルバカーキ・ナショナル銀行で働いている自分と、博士号をとったあともぱっとしない絵を描き冴えない陶器を焼きつづけ、いずれ大学で終身雇用《テニュア》を得るバーニーの姿が見えた。子供は娘が二人で、一人は歯科医、一人はコカイン中毒。もちろんすべてが見えたわけではなかったけれど、楽しくない未来だということはわかった。そしてそれから何年も何年も先、きっとバーニーは自分を捨てて教え子の元に走るだろう。わたしはひどく落ちこむものの、やがて復学して、五十歳でやっと好きなことをやれる身分になるが、疲れきっているだろう。

　わたしは中に戻った。マージョリーがこっちに向かって手を振った。彼女とラルフは上の階の住人だった。ラルフも美術科の学生だった。リード通りのこのアパートはものすごく古いレンガ造りの建物で、天井も窓も高く、木の床で暖炉があった。美術科のキャンパスからはほんの数ブロックで、広々とした敷地には野生のヒマワリやパープル・ウィードが咲いていた。ラルフとバーニーは今でも仲のいい友人どうしだ。わたしとマージョリーも気が合った。マージョリーはあっけらかんとしたいい人だった。ピグリー・ウィグリーでレジの袋詰め係をしていて、ビーニー・ウィーニー〔豆とソーセージの煮込みの缶詰〕を使った料理を作った。ある朝大興奮でやって来て、すごい発見をしちゃったと言った。ベッドに寝たままシーツとブランケットをぴんと引っぱって伸ばし、横からそうっと出て全部を中にたくしこむの。これってすごい時間の節約じゃない？　バターの包み紙を取っておいて、ケーキ型の内側に塗るのに使っていた。ああ、どうしてこんなみみっちいことばかり言ってしまうんだろう。彼女のことはとても好きだった。

「聞いてよシャーリー！　レックスがここの空き部屋に引っ越してくるんだって。しかも結婚するんだってよ！」

「うそ！　それはちょっとした騒ぎになるわね」

事件だった。彼そのものが事件だった。若く、まだ二十二歳で、でも才能と技術は当時からすでに図抜けていた。いずれ大物になるのは誰の目にも明らかだった。じっさい今やアメリカでもヨーロッパでも堂々の有名作家だ。アルバカーキ時代の奇抜な作風とはまるでちがう、ブロンズや大理石の、シンプルで正統派のものを作っている。敬意と愛情に裏打ちされた、純粋無垢な彫刻。観《み》れば魂を射抜かれずにはいられない。

ハンサムではなかった。大男。赤毛で、ちょっと反《そ》っ歯で、顎がなくて、秀でた額の下で小さな目がぎろりと光っていた。分厚い眼鏡に突き出た腹、きれいな手をしていた。あんなにセクシーな男はほかにいなかった。女はみんな一瞬でとりこになった。たぶん彼は美術科の女子全員と寝ていた。パワーとエネルギー、それに目《ヴィジョン》。先見の明という意味のヴィジョンではなかった──もちろんそれも持っていたけれど。彼にはすべてが見えていた。ディテールが、ボトルに当たる光が。見ることを、見えることを悦んでいた。そして彼といると、こちらまで見るようになる。絵を観たり、本を読んだりしたくなる。日にあたためられた茄子の実に触れてみたくなる。

そう、かく言うわたしも彼にぞっこんだった。そうじゃない人がいただろうか？

「で、相手はだれなの？　いったいどんな人？」わたしはへたったソファベッドのマージョリーの隣に座った。

「十七歳だって。アメリカ人なんだけど南米育ちで、ちょっとアメリカ人離れしてて、シャイなの。英文科で、名前はマリア。今のところスクープはそこまで」

男たちはいつものように朝鮮戦争の話をしていた。学生が徴兵猶予の対象からはずれたので、みんないつ召集されるかと戦々恐々だった。レックスが話していた。

「みんな子供を作りゃいい。先週発表になったんだ。子供のいる男は徴兵を免除されるんだ。そんなことでもなきゃ、僕が結婚なんかすると思うか?」

それがすべての始まりだった。その夜みんなでいっせいにベッドに入って子供を授かったとは思わない。でもまあ、たぶんそれに近いことが起こったにちがいなく、マリアもマージョリーもわたしも、それからきっかり九か月半後に赤ちゃんを生んで、そして夫たちはだれも召集されなかった。同じ日というわけではなかった。まずマリアがベンを生み、その一週間後にわたしがアンドレアを、さらにその一週間後にマージョリーがスティーヴンを生んだ。

レックスとマリアは裁判所で治安判事の立会いのもと結婚式を済ますと、アパートに移ってきた。けれどもふつうの引っ越しとはちがった。ふつう引っ越しといったら、まず部屋を掃除し、トラックを借りてきて、本棚を組み立て、ビールを飲み、荷ほどきをしてバタンキューだけれど、あの二人はまず何週間もかけてペンキを塗りなおした。何もかも白とベージュと黒で統一し、キッチンだけはレンガ色だった。家具はほとんどすべてレックスの自作だった。削ぎ落としたようなモダンなデザインで、彼の黒い鉄とステンドグラスの巨大な彫刻やモノクロームの写真を引き立てていた。それにアコマ族の見事な壺。唯一の色は、天井から吊った白い鳥かごに飼われたブンチョウの喉元の真紅だった。『アーキテクチュラル・ダイジェスト』から抜け出てきたみたいな素敵な部屋だった。

レックスはマリアも改造した。わたしたちは二人が引っ越し作業をしているときに、いちど食べ物をもって訪ねていった。彼女はういういしくてまだあどけなかった。茶色の巻き毛にブルーの瞳が可愛らしくて、ピンクのTシャツにジーンズ姿だった。ところがいざこちらに移ってくると、マリアの髪は黒く染めたストレートになっていた。アイメイクも黒、着るものも白と黒だけ、口紅はなしだった。レックスのデザインしたごつくて奇抜なアクセサリー。タバコもやめていた。

マリアはレックスがいないときはよくしゃべり、ルシール・ボール並みにみんなを笑わせた。自分のイメージチェンジを茶化し、レックスがはじめて自分の裸を見たとき「きみは非対称だな!」と言った話を披露した。夜寝るときは、夫の注文で鼻を枕に押しつけてうつぶせに寝させられた。レックスいわく、彼女の上を向いた鼻が「完璧さをさまたげている」からだそうだ。立っていても座っていても、彼はいつも彼女を手直しした。粘土で像でも作るみたいに彼女の腕の位置を直し、頭の角度を変えた。そして彼女の写真を際限なく撮った。彼女のお腹が大きくなるにつれて何枚も何枚も木炭画のスケッチを描いた。いまだに彼のいちばんすぐれた作品の一つは妊婦のブロンズ像だ。今それはデトロイトのゼネラル・モーターズ社の前のグラウンドに置かれている。

けれどもレックスが彼女のことをどう思っているのかはわからなかった。やはり子作りのためだけに結婚したんだろうか。彼女にかなりのお金があったことはまちがいなく、彼は結婚式の翌日に希少なMG－TD〔MG社のオープン2シーターのスポーツカー〕を買っていた。彼が彼女のルックスに惹かれて結婚したのはうなずける。彼は優しさのかけらもなかった。彼女を馬鹿にし、あれこれ指図ばかりしていた。もしかしたら、気持ちを表現するのが下手なだけだったのかもしれないけれど。

マリアはレックスを崇拝していた。何もかも言いなりだった。わたしたちとは冗談を言ったりおしゃべりするのに、彼といるときはほとんどひと言もしゃべらなかった。恐ろしく、痛ましく、でも二人から目が離せなかった。彼女は毎晩彼のアトリエについていった。「あたしは口をきいちゃだめで、彼が仕事するところをただ見てろって言われるの。あの人が仕事をしているのを見ていると、すごく崇高な気持ちになるの！」

ちょっとした思い出。ある冬の朝、コーヒーを借りに行くと、マリアがなんと彼のブリーフにアイロンをかけているところだった。シャワーから出てきた彼が冷たくないように。

ただ若いからというだけではなかった。彼女は子供のころからずっとあちこち転々とする生活だった。お父さんは鉱山技師、お母さんは病気だった、たぶん精神の。彼女は両親の話は一切せず、結婚したせいで勘当されて、手紙を書いても返事もくれないと言っていた。この人は大人になるとはどういうことか、家族とは、結婚とはどういうものか、誰からも教えてもらえず、見たこともなかったのではないか、彼女を見ているとそんな気がした。あんなに口数が少なかったのは、もしかしたらわたしたちを観察して、知ろうとしていたからなのかもしれない。

彼女が料理をマージョリーから習ったのは不幸だった。ある晩、レックスが帰ってきたときにわたしもその場に居合わせた。彼女はうれしそうにハンバーガーとコーンチップスで作ったキャセロール料理を出した。レックスは皿ごと彼女の膝の上にぶちまけた。熱々のそれを。「よくもこんな下司なものを出せるな！」けれども彼女は学習した。次にはもう、アリス・B・トクラスの料理本を見ながらシュリンプのオーロラソースを作るようになっていた。

彼女は毎日鳥かごの敷き紙を取り替えた。『ニューヨーカー』がちょうどのサイズだった。彼女はどの写真を使うかで何時間も悩んだ。だめだめ、レックスはこのスチューベン・グラスの広告が大嫌いなの！　彼女は鳥が苦手で、爪を切ったり、餌皿を出して洗ったりは、いつもわたしに頼んできた。

マリアは子供が生まれるのを死ぬほど恐れていた。出産そのものではなかった。どうすればいいのかがわからなかったのだ。

「何を教えればいいの？　どうやってケガしないようにすればいいの？」彼女はそう訊いた。

三人いっしょに妊婦だったあの何か月間かは楽しかった。みんなで編み物を始めた。マージョリーは何もかもピンクで編んだけれど、残念ながら生まれてきたのはスティーヴンだった。わたしはぜんぶ黄色にした。合理派なのだ。マリアはもちろんレックスの指示のもと、服もブランケットも赤と黒とこげ茶色にした。カーキ色のベビーセーター！　わたしたちはシアーズやペニーズで何時間もかけて、おくるみや寝巻やシャツを選んだ。そして全部を大事にビニールに包んでしまいこみ、お互いの家を行き来しては、買ったものを出してきて見せっこした。アイスティーを飲み、クラッカーにグレープジェリーをのっけたものを食べながら、スポック博士の育児書を読み聞かせあった。マリアはいつも、おむつはトイレでゆすぎましょうという部分をくりかえし読んだ。水を流す前におむつを忘れずに引き上げること、というところが特にお気に入りだった。

発疹。みんなの恐怖は発疹だった。何でもない場合もある。ただ暑いだけとか。でも、はしかとか水疱瘡《みずぼうそう》とか脊髄膜炎《せきずいまくえん》の可能性もある。ロッキー山紅斑熱《こうはんねつ》。

赤ちゃんが動きだすと、わたしたちはカウチに身を寄せあって座り、お互いのお腹に手を当て、動いたり蹴ったりするのを感じた。そして感激して抱きあって泣いた。

予定日は九月だった。マリアの発案で、ちょうどそのころに庭をお花でいっぱいにするべきだということになった。そこでわたしたちはニューメキシコのぎらつく太陽の下、大きなお腹をかかえてクワをふるい、ヒャクニチソウやタチアオイや背の高いヒマワリを植えた。マリアは大学の農学部からポプラの苗を二百本も取り寄せた。それをぜんぶ自分で植えると言って聞かなかった。苗はほんの五、六センチの高さだったけれど、彼女は言われたとおり一メートルの間隔をあけて植えた。アパートのまわりにぐるりと植え、ほとんどブロック全体にまで植えた！　おかげでシアーズで追加のホースを買うはめになり、バスで苦労して運んできた。でもポプラはちゃんと育って、赤ちゃんが生まれるころには六十センチほどの高さになっていた。

わたしはもうずいぶん前に再婚した。相手はウィルという銀行員で、優しくて丈夫な人だ。わたしは歴史で博士号を取り、今はニューメキシコ大学で教えている。専門は南北戦争。ときどき、大学から車で帰るときにちょっと遠回りをして、あのころ住んでいたリード通りの古アパートの前を通ってみる。このあたりは今ではすっかりスラム街だ。わたしたちのアパートも廃墟になり、落書きだらけで窓には板が打ちつけてある。でも、あのポプラの木！　背の高い家の屋根よりも高く、汚れてすさんだあたり一帯に木陰を作っている。マリアがあんなに離して植えたのは正解だった。おかげで今はびっしりと、緑の壁のように生い繁っている。

妊娠期間中、夫たちはほとんど家にいなかった。制作しているか、教えているか、ゼミに出ているかのどれかだった。レックスはボニーというモデルの女の子と浮気していたが、たぶんマリアは知らなかった。ほかの友だちだったら本当のことを教えて忠告し、大いにくちばしを突っこんだだろうけれど、マリアはちがった。守ってあげたい、傷つけたくないとこちらに思わせる何かがあった。彼女は馬鹿ではなかった。きちんと見えているのに、いつもどことなく、目の見えない人が歩道の縁石の手前でとまどっているような感じがあった。こっちは手を差し伸べようとして思いとどまる。あるいは手を差し伸べて、彼女のためになにかしてあげる。すると彼女はにっこり笑って言う、わあ、ありがとう。

赤ちゃんがつぎつぎ生まれた。ベンが生まれたとき、レックスはタオスの展覧会に出かけていたので、わたしとバーニーがマリアを病院に運んだ。難産だった。マリアは背骨に問題があったので、赤ちゃんの頭が出る前に尾骨が折れてしまった。けれども頭は出た。レックスと同じ鮮やかな赤毛だった。大きな声で元気いっぱい泣いた。父親の熱気と活力をそのままもって生まれてきたようだった。

次の日病室を訪ねていくと、マリアは意外にもベッドから出て窓辺に立っていた。頬が涙で濡れていた。

「レックスがいなくて寂しいのね？　大丈夫、彼ならつかまったから。もうすぐ駆けつけるはずよ！」（わたしたちはさんざん探して、サンタフェのラフォンダホテルにボニーといた彼をやっとつかまえた。）

「ううん、ちがうの。あたし、うれしいの。うれしくてしかたがないの。ほら見て、下にいる人たち。歩いたり、車に乗ったり、花束を持ったりしてる、あの人たちみんな、生を授かったのね。二人の人間から命をもらって、この世界に生まれてきたのよ。そう、生まれてきた。どうしてこんな大事なことを誰も話さないの？　死ぬことや、生まれることを？」

レックスは自分の赤ん坊を見て、喜ぶというより興味をそそられたようだった。ことに泉門〔新生児の頭部の、頭蓋が閉じきっていない隙間〕に夢中だった。さいしょ山ほど写真を撮っていたが、すぐにやめてしまった。「可鍛《かたん》性が強すぎる」と言って。レックスはしだいに赤ちゃんの泣き声に苛立つようになり、アトリエで過ごす時間がますます増えた。浅浮き彫り《ロー・レリーフ》の連作に取り組んでいる最中だった。古代をモチーフにした、巨大で大胆な作品だった。後年、ワシントンの美術館で何度かそれを目にした。みんなでうだるように暑いアトリエに行って、彼の制作風景を見物したことを今も思い出す。

レックスは赤ん坊のにおいを嫌った。マリアは毎日手で洗濯し、シーツとおむつを日に何度も替えた。前にも増してやせたが、胸ははち切れそうに膨らんで、顔は輝いていた。「発光している！」レックスはそう言って、暖色のパステルでつぎつぎに素描を描いた。

わたしたちにもアンドレアが生まれ、それからスティーヴンが生まれた。どちらもぷくぷく太った、おとなしくて可愛らしい赤ん坊だった。バーニーとラルフはわたしとマージョリーに負けず劣らずメロメロになって、ゼミを休んででも家で過ごす時間を増やした。夕方になるとマリアもベンを連れてやって来た。みんなでいっしょにアーニー・コヴァックスやエド・サリヴァンや『ガンスモーク』を観た。モノポリーやスクラブルをやることもあった。でもたいていは、なりふりかまわず赤ちゃんたちと戯れて、キスしたりおっぱいをあげたりゲップをさせたりおしめを替えたりした。見て、いま笑った！　ただのおならでしょ。ううん、絶対に笑ったもん。

だんだんレックスがそこにいないのが当たり前のようになった。みんなでヒャクニチソウやポプラに囲まれてバーベキューをする週末も、彼はずっとアトリエに泊まりこんで制作していた。マリアはひとことも愚痴を言わなかったが、疲れて見えた。ベンはしょっちゅう腹痛を起こし、なかなか寝つかなかった。マリアはいつも心配していた。どうすればこの子よろこぶの？　痛くなくしてあげられるの？　あたしいつ眠ればいいの？

レックスが助成金をもらって、秋に研究生としてクランブルックに行くことになった。ミシガンにある、いい美術学校だ。すべてはあっと言う間で、彼は知らせを聞くとすぐに道具を荷造りしはじめた。出発する前の晩もアトリエにいた。わたしはマリアに会いにいった。ベンは眠っていた。マリアは無口だった。タバコをちょうだいと言ったが、わたしはだめよと言った。レックスに殺されちゃう。

「鳥、預かってくれる？」と彼女が言った。

「いいよ。あたしは好きよ、あの子たち。明日取りにくるね」長いことそこに座っていたけれど、会話はそれだけだった。いたたまれない時間だった。彼女に何か言わなきゃいけない、話を聞かなきゃいけないとわかっているのに、ただ沈黙がこだまするだけだった。

次の朝六時、レックスは車とトレーラーに荷物を積みこむと、行ってしまった。直後にマリアが鳥かごと種の入った袋をもって、わたしのところにやって来た。ありがとね！　仕事に出かける身支度をしていると、マリアの部屋からトンカチをふるう音と音楽、何かどすんどすんという音が聞こえてきた。

わたしが様子を見にいったのは、レックスが戻ってくるほんの数分前だった。

マリアはモダンな絵画や写真をぜんぶ壁からはずし、かわりに大学生が寮の部屋に貼るようなポスターをたくさん貼っていた。ゴッホのひまわり。ルノワールの裸婦像。カウボーイが荒馬にまたがっているロデオ大会のポスター。エルヴィス・プレスリー。

生成り色のカウチにはメキシコのブランケットがかけてあった。それもオアハカのではない、オレンジとグリーンと黄色と青と赤と紫の柄の、ちぢれた汚い房のついたブランケットだった。いつもはヴィヴァルディやバッハが流れているラジオでは、バディ・ホリーがシャウトしていた。

マリアは髪をお下げにして、先に黄色いリボンを結んでいた。ピンクの口紅にターコイズのアイシャドウ、昔のようにジーンズにピンクのTシャツを着ていた。カウボーイブーツをはいた両足は食卓の上。タバコを吸いながらコーヒーを飲んでいた。キッチンの黒タイルの上を、ぐっしょり濡れたおむつ一枚のベンがはいはいし、床に曲がりくねった水の跡をつけていた。片手にラスクを握りしめ、顔もラスクの粉まみれだった。あいたほうの手で戸棚の中の鍋やポットをつかんでは床に落としていた。

わたしは突っ立っていた。レックスがやって来て、居間に入ってきた。さっき出ていってから三十分と経っていなかった。

「車軸が折れやがった。しばらくここで待つ」彼は部屋の中を見まわした。

「ブンチョウはどこにいった?」と彼が言った。

「あたしのところよ」

二人の目が合った。マリアは恐怖に凍りついて動かず、ラスクの粉をまき散らしてぐずりだした赤ん坊を抱きあげようともしなかった。レックスが怒りに顔をゆがめて猛然と彼女に向かっていきかけた。それから一歩下がり、呆然と立ちすくんだ。

「あの、お二人さん……よけいなお世話かもしれないけど、でもお願いだから落ちついて。これってけっこうギャグじゃない? きっと何年も経ってみれば、すごくおかしな笑い話になってるんじゃないかな」

どちらも返事をしなかった。部屋の空気が怒りでねっとりと重かった。レックスがラジオのスイッチを切った。ペレス・プラード。チェリー・ピンク!

「修理工場から電話が来るまで外階段で待つ」レックスは言った。「いや、やっぱりいい。出てったほうがマシだ」そして出ていった。

マリアは微動だにしなかった。

チャンスは失われた。たった一つの言葉、一つの仕草でその後の人生が変わることがある。何もかも壊れてしまうこともあれば、すべて元どおりになることもある。けれども二人ともそれをしなかった。彼は去り、彼女は新しいタバコに火をつけ、わたしは仕事に出かけていった。

マリアとわたしは二人めを妊娠していた。わたしは心底うれしかったし、バーニーもだった。マリアはその話をしたがらなかった。ううん、もちろんレックスにはまだ言ってないの。そんなわけで今回は前とは様子がちがった。わたしは何も言わず、ただ彼女がこのことを喜べる日が来るようにと祈った。

けれどもその年の秋は愉快だった。週末にみんなでヘメスの温泉に行き、川辺でピクニックをした。暑い夜には車一台にぎゅうぎゅうに乗りこんで、カクタス・ドライブイン・シアターで二本立てを観た。マリアは前よりも落ちついて、明るくなった。翻訳の仕事を見つけてきて、ベンが寝たあとの何時間かをそれにあてた。ニューメキシコ大学で詩の授業を取り、日向ぼっこし、ウォルト・ホイットマンを読み、タバコを吸い、コーヒーを飲んだ。染めていた髪の根元の色が出てきたので、いつも赤いバンダナを頭に巻いていた。ベンといっしょにいてもあまり心配しなくなり、楽しむようになった。わたしたち仲間は前よりも彼女の家に行く回数が増え、チリやスパゲッティを食べ、赤んぼたちをあたりにはい回らせたまま、ジェスチャーゲームをして遊んだ。

感謝祭。レックスが帰ってくることになった。大変だ、彼女どんな気持ちだろう。わたしは心配で気が気ではなかった。彼女が部屋を元の状態にもどすのを手伝い、タバコをやめるためにミルタウン〔精神安定剤の一種〕を分けてあげた。初日はレックスと二人きりになりたくないと彼女が言うので、歓迎パーティを開くことにした。マリアは玄関ドアに〈おかえりなさい!〉というプレートを貼ったが、レックスに低俗だと思われるかもしれないと考えて、ひっこめた。

集まった誰もが緊張していた。学科のほかのカップルも何組か来ていた。部屋はとても素敵になっていた。サント・ドミンゴの黒の壺に白いキクの花。マリアはこんがり日焼けして、白い麻の服に、ターコイズをアクセントにあしらっていた。長い髪はまっすぐに伸ばして、真っ黒だった。

彼が勢いよく部屋に入ってきた。汚れて、痩せて、目を輝かせて、ポートフォリオや箱をどさりと床に落とした。彼がマリアにキスするところをはじめて見た。どうかうまくいってほしいと心から思った。

すばらしいパーティだった。マリアはカレーを一から手作りし、ワインも山ほどあった。でも何といってもレックスだった。彼のジョークや珍しい話や熱っぽさに、わたしたちは大いに沸き立った。赤んぼのベンはゴムの歩行器でよちよち歩きまわりながら、よだれをたらし、きゃっきゃと笑っていた。レックスは彼をつかまえて高く抱き上げ、しげしげと見入った。

コーヒーを飲みながら、レックスはその夏自分が制作した作品のスライドをみんなに見せた。メインは妊婦像の彫刻だったが、ほかにも数えきれないほどの素描や陶芸、大理石の彫刻などがあった。彼は未来の展望に胸おどらせて、いきいきと輝いていた。

「じつは大ニュースがあるんだ。驚くなよ。自分でもまだ信じられないんだが、パトロンがついた。パトロネス。デトロイトに住んでるリッチな老婦人だ。その人が出資して、イタリアに一年以上行かせてもらえることになったんだ。フィレンツェ郊外のヴィラ。まあヴィラはこの際どうでもいい。なんとそこには鋳物工場がついてるんだ。ブロンズの鋳物工場だぜ！　来月出発するつもりだ！」

「ベンとわたしも？」マリアが消え入りそうな声で言った。

「ベンとわたし。ああもちろん。ま、僕が先に行っていろいろ落ちついてからだけれどね」

みんなが拍手してハグしたが、途中でレックスが立ち上がって言った。「ちょっと待て、まだ続きがある。聞いて驚くなよ。俺、グッゲンハイムの助成金も通ったんだ！」

わたしが真っ先に思ったのはバーニーのことだった。もちろんレックスを祝福しただろうけれど、嫉妬も感じていたにちがいなかった。彼は三十なのに対し、レックスはまだ二十三歳で、手を伸ばせばすぐとどくところに約束された輝かしい未来があった。けれどもバーニーはレックスの手を握り、心の底からこう言った。「きみほどその名誉にふさわしい人はいないよ」

みんなが帰り、バーニーとわたしだけが残った。バーニーは家に行ってドランブイのボトルをもって戻ってきた。男たちは飲みながらクランブルックのことを話し、もう一度スライドを見た。マリアとわたしはお皿を洗ってゴミを捨てた。

「そろそろおいとましなきゃ」わたしはバーニーに言って、アンドレアを抱きあげた。マリアとレックスはベンの様子を見に行っていた。わたしたちがおやすみなさいを言おうと待っていると、寝室のほうでひそひそ話す声が聞こえてきた。

たぶんマリアが二人めの妊娠のことを告げたのだろう。レックスが寝室から出てきた。顔面蒼白だった。「さよなら」彼は言った。

翌朝、レックスは出ていった。マリアとベンがまだ寝ているうちに。絵と彫刻と陶芸品とラジオ、それにあのアコマの壺も持っていった。それきりわたしたちは彼の姿を見ていない。

聖夜、テキサス　一九五六年

「タイニーが屋根の上にいる！　タイニーが屋根の上にいる！」

下の連中が馬鹿のひとつ覚えみたいにそう言ってる。ああそうさ、あたしは屋根の上にいる。ついでにもひとつ教えてやると、もう二度と下りるつもりはない。

べつに大ごとにするつもりじゃなかった。自分の部屋に行ってドアをぴしゃりと閉めたかったけれど、部屋には母さんがいた。それでキッチンのドアを開けた。そしたら梯子《はしご》があって、上がってったら屋根に出た。

まだカッカしたまま仰向けに倒れ、フラスクからジャック・ダニエルを飲んだ。このさい断言するけれども、屋根の上っていうのはなかなかいいもんだ。世間からは隔絶されているけど、牧草地やリオ・グランデ川やクリスト・レイ山がよく見える。いい気分だ。エステルに延長コードをつなげてもらってからは、なおさら快適だ。ラジオに電気毛布、クロスワードパズル。エステルがおまるの中身を捨ててくれるし、食べ物とバーボンも運んできてくれる。こうなったらクリスマスが終わるまでずっとここにいてやる。

クリスマス。

あたしがどれだけクリスマスを忌み嫌っているか、夫のタイラーにはわかっているはずだ。あの人がレックス・キップと二人で、毎年クリスマスのたびに大騒ぎするからだ——やれチャリティに寄付するだの、体の不自由な子供たちに玩具をだの、年寄りに食べ物をだの。こないだは、クリスマスイブに空の上からファレスの貧民街に玩具や食べ物を降らす相談を二人でしているのを聞いてしまった。お金を使い、目立ち、どこぞの王族みたいにふるまうためなら、理由は何だっていいのだ。

今年タイラーは、お前にもすごいサプライズを用意したぞとあたしに言った。このあたしに、サプライズ？　恥を忍んで告白すると、バミューダとかハワイに連れてってくれるんじゃないかと期待してた。まさか、あたしの親戚連中を一堂に呼び集めるだなんて、夢にも思わなかった。

けっきょくあの人は、これをやるのはベラ・リンのためだと白状した。ベラ・リンはあたしたちが甘やかし放題に甘やかして育てたドラ娘で、それがあのクレティスって夫に離縁されて、出戻ってきたのだ。「かわいそうに、しょげちまってなあ」とタイラーは言う。「あいつに、自分には根っこ《ルーツ》があるって思い出させてやらにゃならん」。根っこ？　帽子の箱の中から毒トカゲが出てきて驚くほうがまだマシだった。

タイラーは、いの一番にあたしの母さんを呼び寄せた。ブルーボネット養老院まで出向いていって、ここに連れてきた。あの養老院は母さんを縛りつけておく。そのために入れてあったのに。つぎにタイラーはアル中で片目の自分の弟のジョンと、同じくアル中の妹のメアリも呼んだ。そりゃまあ、酒はあたしだって飲む。ジャック・ダニエルはあたしのお友だちだ。けれどもあの根性悪な義妹とちがって、あたしにはまだユーモアのセンスってものがある。おまけにメアリはうちの夫になんだか近親相姦的な感情を持っている。昔からずっとそう。加えてタイラーは彼女の死ぬほど退屈な夫まで呼んだけれど、神のご加護か、あの人は来ないそうだ。二人の娘のルーも子連れでやって来る。あの子も旦那に逃げられたのだ。おつむの空っぽさにおいては、うちのベラ・リンといい勝負だ。ま、どうせそのうち二人とも、またどこかの無学なはぐれ者と駆け落ちでもするんだろう。

さらにタイラーはクリスマスイブのパーティに客を八十人も招待した。それが明日だ。よりによってそんな時に、新入りのメイドのルペがうちの象牙の柄《え》の肉切りナイフを何本か盗んだ。それをガードルの中に隠して、フアレスへの橋を渡る途中で間抜けにも前かがみになった。でもって自分に刺さって出血多量で死にかかって、なのにそれもぜんぶタイラーが悪いってことになった。救急車代も入院費用も何もかも出させられて、おまけにメキシコからの不法入国者だってことがバレて、たんまり罰金まで取られた。そしてもちろんうちの庭師も洗濯女も不法入国だったことが当局にバレてしまった。だから今、わが家は人手がほとんどない。気の毒なエステルと、見ず知らずの臨時雇いだけ。しかも盗っ人の。

けれどもなんといっても最悪中の最悪は、タイラーがあたしの親戚一同をロングビューとスウィートウォーターから呼び寄せたことだ。ぞっとするような人々だ。みんなガリガリに痩せてるか病的に太ってるかで、とにかく食べること以外何もしない。みんな何かの災害の避難民みたいに見える。干ばつとか。竜巻とか。問題は、あたしはこんな人たち知らないし、知りたくもないってことだ。この人たちと二度と会わずに済むようにタイラーと結婚したっていうのに。

それだけでもこの屋根に居すわるには十分だったけれど、もう一つ理由がある。ときどきタイラーの〝仕事場《ショップ》〟のほうから、タイラーとレックス・キップが話し合ってる声が、ここまで一字一句はっきり聞こえてくるのだ。

認めるのは癪《しゃく》だけど、仕方がない、本当のことなんだから。あたしはレックス・キップに嫉妬してる。あたしはタイラーがあのケイトって下品な女秘書と寝てるのを知っている。それについちゃICCL《アイ・クドゥント・ケア・レス》だ。そんなのどうだっていい。あの人に上に乗っかられてわっせわっせやられる手間が省けて大助かりだ。

でもレックスはちがう。タイラーは年がら年じゅうレックスにべったりだ。あたしたちの新婚旅行の半分はクラウドクラフト〔ニューメキシコ州リンカーン国有林内にある観光名所〕、残り半分はレックスの牧場だった。二人はしょっちゅういっしょに釣りや狩りやギャンブルをし、レックスの軽飛行機でどこぞやを飛びまわっている。いちばん癪にさわるのは、二人が〝ショップ〟にこもって何時間でもぺちゃぺちゃおしゃべりしていることだ。いったいぜんたいあの老いぼれども、二人で何を話し合ってるんだろう？

でも、ついにそれが判明した。

レックス：なあおいタイ、こいつはじつに何ともいいウイスキーだな。

タイラー：だろう。最高のやつさ。

レックス：おふくろのおっぱいみたいにするっと入ってく。
タイラー：絹の喉越しってやつだ。
(言っとくが、二人は四十年以上もこの粗悪な酒を飲みつづけている。)
レックス：あそこの雲を見てみろよ……激しく渦を巻いているだろ。
タイラー：うん。
レックス：俺の好きな雲だといいんだがな。積雲ってやつ。うちの牛たちのためにたんと雨を降らせてくれるし、なんたってきれいだ。
タイラー：俺はちがうなあ。ああいうのは好きじゃない。
レックス：そりゃまたどうしてだ。
タイラー：あんまり激しく動きすぎじゃないか。
レックス：そこがいいのよ、その激しさが。じつに壮大で最高だよ。
タイラー：ああ、しかしとろりとしてうまい酒だ。
レックス：じつに何とも美しい空じゃないか。
(長い沈黙)
タイラー：俺が好きな空は、すじ雲の出てるようなやつだな。
レックス：は？　あんなしょぼしょぼした、雲のうちにも入らんようなやつがか？
タイラー：うん。ほら、ルイドソのあたりの青い空。そこにうっすらしたすじ雲がスッスッと軽やかに跳ねるみたいに出てる、ああいうのがな。

レックス：まさにその同じ空を俺は知ってるよ。俺が雄のレイヨウを二頭仕留めた日の空だ。
（おしまい。話はこれで全部。あるいはこんなの。）
レックス：だがなあ、メキシコの子供たちが白人の子と同じ玩具を喜ぶかな？
タイラー：もちろんさ。
レックス：あいつらはサージンの空き缶の舟なんかで遊んでるみたいだがなあ。
タイラー：だからこそのファレス作戦じゃないか。本物の玩具をやるんだよ。だが、何がいいかな？　ピストルなんてどうだ？
レックス：メキシコ人にピストルを？　よせやい。
タイラー：あいつら車が大好きだよなあ。女は赤んぼに目がないし。
レックス：それだ！　車と人形！
タイラー：ティンカートイにエレクター・セット！
レックス：ボールもだ。本物の野球ボールにサッカーボール！
タイラー：これですべて問題解決だな。
レックス：ああ、完璧だ。
（ご自分たちの実存的ジレンマのほうはいったいどうやって解決してるんだか、あたしにはさっぱりわからない。）
タイラー：しかし、真っ暗ななかでどうやって上からあそこを見つけるんだ？
レックス：どんなとこだって俺には見つけられるのさ。どっちみち俺たちにはあの星があるしな。

タイラー：どの星だ？

レックス：ベツレヘムの星よ！

ここからだとパーティの様子がすっかり見えた。これほど楽ちんなホステスもない、満天の星を見ながら寝っころがって、トランジスタラジオで「飼い葉の桶で」や「ホワイト・クリスマス」を聴いてりゃいいんだから。

エステルは朝の四時起きで、料理に掃除に働きづめだ。ベラとルーも、まあかなり助けてあげていたようだけど。花屋が来て、仕出屋がさらに料理とお酒、それにタキシードを着たバーテンダーたちを運んできた。トラックで大きなシャボン玉マシンが運ばれてきて、タイラーがそれを玄関の内側に据えつけた。あたしの絨毯が思いやられる。スピーカーからロイ・ロジャースとデイル・エヴァンスがデュエットで歌う「ジングルベル」や「ママがサンタにキスをした」が大音量で鳴りだした。やがて車が何台も何台も来ては停まり、あたしが二度と見るのもいやな連中がさらにたくさん降りてきた。心やさしいエステルは、あたしのために料理やピッチャー一杯のエッグノッグや、わが友ジャックの新しいボトルをトレイに載せて、ここまで運んできてくれる。黒の服に白いレースのエプロン着けて、白髪は編んで頭の上でくるくるまとめている。まるで女王様だ。この広い世界であたしが好きな人間はエステルだけだけれど、もしかしたらそれは、この世であたしを好いてくれるのがエステルしかいないからかもしれない。

「あたしのあばずれの義理の妹は、いま何してる？」とあたしは言った。

「トランプしてらっしゃいますよ。書斎で男の人たちがポーカーを始めたら、うんとしおらしい声で『あらあ、あたしもご一緒していいかしら？』と言いなすって」

「ふん、みんな痛い目にあうといいわ」

「あの方がカードを切りはじめたとたん、あたしも同じことを思いましたよ。そりゃもうチャッチャッチャッて」

「で、母さんは？」

「いろんな人をつかまえちゃ、イエス様はわれらが救い主ですよ、と言って回ってらっしゃる」

ベラ・リンについては訊ねるまでもなかった。裏庭のポーチのスイングチェアにジェド・ラルストンと座ってるのが見えたから。ジェドの妻、あたしらは〝マングース・マーサ〟と呼んでいるけれど、あの女はきっとじゃらじゃらつけたダイヤモンドの重みで歩けなくて、自分の亭主が良からぬことを考えているのにも気づいてないんだろう。それからルーもウィラの息子のオーレルと庭に出てきた。育ちすぎの化け物みたいな大男で、テキサス・アギーズのタイトエンドをしている。四人はきゃっきゃくすくす、グラスの氷をカラカラ鳴らしながら庭を散策しはじめた。散策？　娘たちは酔っぱらって、スカートがタイトすぎるうえにピンヒールのかかとが高すぎて、まともに歩けてやしない。あたしは上からどなってやった。

「この安い売女ども！　クズ白人！」

「ありゃなんだ？」ジェドが言った。

「ああ、うちのママよ。屋根の上にいるの」

「タイニーが屋根の上に?」
だからあたしは寝ころがって、また星空を見あげた。パーティの騒音をかき消すように、クリスマスソングのボリュームを上げた。そして歌った。歌は夜空に朗々とひびいた。口から白い湯気をはいて歌う自分の声は、まるでちっちゃい子供みたいだった。あたしは寝っころがったま、ひたすら歌った。

十時ごろ、タイラーとレックスと娘たち二人がひそひそ話し合い、暗がりでよろけながらそうっと出てきた。四人はうちのリンカーンに大きな袋を二つ積みこむと、車二台に分かれて裏の牧草地を越え、野っ原の水路わきに停めてあるレックスのパイパーカブ〔プロペラの小型軽飛行機〕のところまで行った。そうして四人がかりで飛行機の外に袋をくくりつけると、タイラーとレックスが乗りこんだ。ベラ・リンとルーが車のヘッドライトを点けて滑走路がわりにした。空はきれいに晴れていて、星明かりだけでも見えそうなほどだったけれど。

荷物の重みで、飛行機はなかなか飛び上がらなかった。やっと浮かんだものの、いつまでたっても高度が上がらない。電線をぎりぎりにかすめ、川べりのハコヤナギの林もかろうじて越えた。翼が二度、三度と傾いたけれど、曲芸を見せたわけでもなさそうだった。やっとこさ機はフアレス目指して飛んでいき、小さな赤いテールランプが見えなくなった。あたしはほうっと息を吐き、やれやれ《サンク・ゴッド》とつぶやいて、お酒を飲んだ。

横になったが、体がふるえていた。もし飛行機が落っこちてタイラーが死んだら、と思うと耐えられなかった。ちょうどそのとき、ラジオから「きよしこの夜」が流れてきた。これを聴くといつもたまらなくなる。あたしは泣いた、ただもうわんわん泣いた。さっき言ったあの人とケイトのこと、あれは嘘だ。本当はちっともどうでもよくなんかない。

娘たちはタマリスクの茂みの暗がりの中で待っていた。十五分、二十分が何時間にも感じられた。あたしには見えなかったけれど、二人には機が見えたのだろう、ベラ・リンたちがヘッドライトをつけて、飛行機は着陸した。

パーティの騒音のせいで、何を言っているのかは聞き取れなかった。四人は〝ショップ〟のドアも窓も閉めてしまったけれど、暖炉の前に集まっているのが見えた。シャンパンで乾杯して、顔を喜びに輝かせて、『クリスマス・キャロル』みたいなほのぼのした光景だった。

そこにラジオからニュースが流れてきた。「つい先ほど、正体不明のサンタがファレスのスラム街上空に現れ、玩具と、不足が深刻な食料品を投下しました。しかしこのクリスマスのサプライズを台無しにする悲劇が起こりました。羊飼いの老人が一人、おそらくハムの缶詰の直撃を受けて死亡しました。深夜のニュースで詳しくお伝えします」

「タイラー！　タイラー！」あたしは叫んだ。

レックスがドアを開けて出てきた。

「なんだ？　そこにいるのは誰だ？」

「あたしよ、タイニー」

「タイニー？　タイニーまだ屋根の上にいたのか！」

「いいからタイラーを出して、この唐変木」

タイラーが出てきたので、あたしはさっきの臨時ニュースを伝え、レックスはとっととシルバーシティにとんずらしたほうがいいと言った。

四人はまた車に乗りこみ、レックスを逃がすために出発した。彼らが帰ってくるころには家はすっかり静かになって、エステルが後片づけする音だけが聞こえていた。娘たちも家の中に入った。タイラーが出てきて、あたしのいるすぐ真下に立った。あの人が小さな声でタイニー？　タイニー？　と呼ぶのをしばらく息を殺して聞いてから、軒先から顔を出した。

「どうしてほしいの？」

「なあ屋根から下りてきてくれよ、タイニー。お願いだ」

日干しレンガのブリキ屋根の家

建って百年はたつ家だった。風に削られ丸みを帯びて、周囲の固い大地と同じ深い茶色をしていた。敷地内にはほかにもいくつか建物があった。家畜用の囲い、屋外便所、鶏小屋。母屋の南側の壁のそばには、小さな日干しレンガの小屋が一つ。母屋のようなブリキの屋根はなかった。滑らかで左右対称で、地面から生え出たホコリタケのようだった。

荒れはてたその土地は、四エーカー〔約一万六千平方メートル〕の広さがあった。花を待つばかりのリンゴの木が二十本。立ち枯れたトウモロコシ、錆びついた鋤《すき》。井戸の赤いポンプの傍《かたわ》らの葉の落ちたハコヤナギの根方には、くちばしの反ったツグミモドキが一羽。ポールがためしにポンプを動かすと、水が勢いよくほとばしった。

窓はほとんどが割れ、ドアはすべて半開きだった。家の中はひんやりと涼しく、松とヒマラヤスギの匂いがした。もう一つ強い匂いを放っているものは、ユーカリの実と赤いビーズでできたカーテンだった。

音がうつろに響く。埃のつもった松材の床に、古ぼけた封筒が一枚。鮮やかな黄色で〈疝痛薬〉と書かれた黄色の瓶。ポールは小さいマックスを抱っこして、奥行きの深い窓べりに腰かけた。

「壁の厚みが一メートルもある！　いい家じゃないか。僕は好きなだけ大きい音でピアノが弾けるし、子供たちも車を気にせず外で遊べる。それにこの眺め！　ほら見ろよ、あそこにサンディア山脈が！」

「きれいね」とマヤは言った。「でも水道もないし電気もない」

「水道なんか簡単に引けるさ。それに僕が子供のころに行ってたトゥルーロの山小屋には電気なんかなかったぜ」

「でも、あの古い薪ストーブで料理するわけ？」

　マヤの抵抗もそこまでだった。ポールに対しては、まだ恩義の気持ちが大きかった。最初の夫は、サミーが生後九か月でマックスがまだお腹にいるときに出ていった。ポールが現れて、自分だけでなくサミーとマックスも愛してくれたことは奇跡のように思えた。今度はいい結婚にしよう、いい妻になろうと心に決めていた。まだ十九歳の彼女には、いい妻というのがどういうものなのかわからなかった。夫にコーヒーを渡すときに、彼のほうにカップの持ち手を向けて自分は熱い部分を持つようなことをした。

　ポールはアルバカーキのナイトクラブで仕事を見つけたばかりだった。ジャズミュージシャンで、ピアノを弾いていた。ポールが昼間練習して眠っていられて、子供たちが外で遊べる住処《すみか》を二人は探していた。

「聞いて！」マヤが言った。「あれ何の声かしら、ナゲキバト？」一家はリンゴ畑のあいだを歩いていた。

「ウズラだよ。ほら、あそこ」サミーが目ざとく見つけて走って追いかけると、ウズラはタマリスクの茂みの中に逃げこんだ。野原の向こうをロードランナーが一直線に走り去った。あんまりアニメそのままだったのでみんな笑った。ただ実物は白と黒で、地面の鈍い茶色の中で、はっとするほど鮮やかだった。


一家は車でコラーレス・ロードを下り、目下のところ唯一の友人であるボブ・ファウラーと妻のベティの家に行った。ボブは詩人で、私立校で英語を教えていた。ポールと彼はハーヴァードの同級生で、古くからの友人だった。マヤとベティもまあまあうまくやっていた。マヤからすると、ベティは姐御《あねご》気質でおせっかいに思えた。ベティはマヤを、我慢がならないほど受け身で世間知らずだと思っていた。ベティとボブには四人の子供がいて、みな学齢以下だった。

ファウラー夫妻は、ここアラメダでは数すくない白人世帯だった。見渡すかぎり農場と果樹園、それに畑に沿って並ぶハコヤナギとロシアン・オリーブの木。アルファルファ、トウモロコシ、豆、トウガラシ。土埃舞う牧草地にはホルスタインやクオーターホース。教会と飼料店と食料品店が一つずつ、それがアラメダの町のすべてだった。それと「デラのベジャ・デラ美容室」。

みんなでファウラー家のバンに乗りこんで、もう一度その家を見にいった。ファウラー家の四人の小さい女の子とサミーとマックスを外で遊ばせておいて、大人たちは家の中を見てまわった。ボブとポールは水道を引くことや、木材をどこで手に入れるかについて話しあった。ベティとマヤは洗いものをしたり料理をしたりといった実際的なことを話しあった。ベティは、まだおむつも取れない子供二人をここで育てるなんて無茶だと言った。電気なし? ガスでなく薪、しかも水道もトイレもなし? 絶対に無理よ。マヤはなかば反発心から言い返した。ううん平気よ、女は何百年もそうやってきたんだもの。むしろ楽しいかも。

いつでも何でも知っているベティは、この家はデラ・ラミレスが父親から相続したものであることも知っていた。それどころか、この家は本来はデラの兄のピート・ガルシアか姉のフランシス・ガルシアのところに行くべきだったと町の誰もが考えていることまで知っていた。そりゃたしかに二人ともろくでなしかもしれないけど、二人のほうが年上なんだし、片やデラと亭主にはもう家があるんだから。

ベジャ・デラ美容室のデラは女の客の頭を洗い、金属のヘアクリップを歯で開けながらベティとおしゃべりした。ベティはいつもの演劇学校ふうの声をひっこめて、間延びした田舎のしゃべり方をしていた。二人はタフォヤ家の兄弟のこと、アルファルファの畑を賃貸しすること、ヘッド・スタートやヘッド・アンド・ショルダー〔ともにシャンプーの銘柄〕のことを話しあった。マヤは黙って『ナショナル・エンクワイアラー』をめくりながら髪をとかしていた。まだこの土地の流儀が何もわからなかった。ベティとデラの話題はカンナの株分けや果樹の根元に虫除けのペンキを塗ることに移っていった。

「ところでさ」ベティがついに言った。「このあたりで借りられるような家《オジエ》って、ないかしらねえ」

デラは首を振った。「ここらじゃ誰も家なんか貸さないよ」それからさっきの女性客の耳に紙のコーンをかぶせ、ピンやカーラーだらけの頭にネットをかぶせた。「だめ、まるで思いつかないわ」

「あたしの知り合いが土地付きの家を探しててね。賃料が安いか、でなきゃペンキ塗りなおしたり、水道引いたりするのと引き換えにタダで貸してくれるとこ。家のまわりをきれいにしたり、窓ガラスを新しくしたり……要するにその家の不動産価値が上がるようなことをぜんぶ引き受けてくれるってわけ」

「いくら出す気かね？」デラが二人に背を向けたまま言った。女性客の頭にドライヤーのカバーをかぶせ、スイッチを〈弱〉から〈中〉、〈強〉、〈最強〉と切り換えた。

「出せて五十ってとこかしらね……なにしろあちこち直さなきゃならないし。どこか心当たりないかしら」

「まあ、身内で持ってる家が一つあるにはあるけどね。コラーレス・ロードをずっと行ったとこ。兄貴のピートがときどき行ってる。母屋じゃなく、小さいほう。でも今の持ち主はあたしなのよ」

「誰か人が住んで手入れしてもらったらいいんじゃないかしらねえ」

デラは黙って、スイッチを〈強〉、〈中〉、〈弱〉と切り換えた。女性客が読んでいた雑誌を膝に置いて、こっちの話に聞き耳をたてた。

「貸せると思うけど、最低でも七十。広い土地だしね」

「七十！」ベティが話にならないというように言った。マヤが身を乗り出してデラに言った。

「あの、七十、出します。ただし母屋も小屋も全部。お兄さんにはもう来ないでいただきたいです」

「ま、誰か住んでりゃ来ないでしょうよ。あのろくでなし」

「いつから越せます？」

デラは肩をすくめた。いつでもお好きに。

「まず家を掃除して、窓ガラスを入れないと。引っ越しが済んだら家賃を払いに来ます」

「だめだめ」とベティが言った。「家賃《レント》じゃなく長期賃貸《リース》。もし家を本格的に手入れするなら、リースにしなきゃ」


それからの数週間、ポールとマヤはせっせと窓ガラスを入れ、床にヤスリをかけ、壁に漆喰を塗り、ペンキを塗った。ファウラー夫妻も手伝いに来てくれて、二家族でサンディア山脈に沈む夕日を見ながら外でピクニックをした。

最後の仕上げは窓枠のペンキ塗りだった。サンタフェ・ブルー。歌も作った。「サンタフェ・ブルースでいこう」。ペンキ缶に刷毛《はけ》をひたしながら、ポールとマヤは新しい家がうれしくて、ときどき手を止めてはキスをした。サミーとマックスは野原を駆けまわり、トラックや積木で遊び、ポンプの横で泥んこ遊びをした。

最後のペンキ塗りの日、一家が行くと裏の石段の上に犬が三頭、丸くなっていた。ピンク色の睾丸の老ブルドッグ、疥癬だらけで舌の黒いメス犬、それに毛がふわふわの黒い子犬。飼い主の姿は見当たらなかった。犬たちは最初のうち吠えたが、すぐにまた静かになった。子犬はおとなしくて、マックスに逆さまにだっこされて庭じゅう運ばれても、じっとしていた。

マヤはコーヒーを淹れ、ポールと二人でキッチンに座った。薪ストーブはまだ試していなくて、コールマンの携帯コンロで紅茶やコーヒーを淹れるだけだった。

「あなた、髪にペンキがついてる」とマヤは言った。「仕事になんか戻らずに、ここにいてくれればいいのに」。ポールはここ五日ほど、ウィリー・テイトにピアノの代演を頼んでいた。

「僕だってそうしたいさ……でも、バンドがいい感じにまとまりかけてるんだ。アーニー・ジョーンズは今までいっしょに演《や》ったなかで最高のベーシストだよ。プリンス・ボビー・ジャックもこのぶんならおれたちとの契約を更新してくれると思う。毎晩二ステージとも満員御礼なんだ」

「なんとまあ、きれいきれいな家だこと！」その女はキッチンのドアからいきなり入ってきた。

歳は五十すぎ、異様に太っていて、オーバーオールに男もののブーツをはいていた。カウボーイハットの下から、もつれた長い髪がはみ出ていた。

「きれいな家だ！　昔はあたしの家だったんだよ。でもあたしにだって家はある。ほれ、コラーレス・ロードの先のあそこ」歯のない口で笑って、道のはずれの森のなかの掘っ立て小屋を指さした。「誰かに付け火されたんだ。やっかみだよ。あたしに彼氏ができたもんだからさ。ロムロってんだ、もう会ったかい？　テレビに映ったんだよ、消防車がたくさん来てさ。あんたも見たかい？」

女はそれからしばらく無言になった。股間に染みが広がり、ついで床にぽたぽた垂れた。「ピートにはもう会ったかい？　見りゃ一発でわかるよ、犬がいるからね。まったく犬だらけだ。あたしにだって犬はいるさ。ピートはさ、ちょうどあんたが座ってるあたりで生まれたんだ。あたしは全部見てた」

「ここはもう僕たちの家なんで」とポールが言った。「ご自分の家に帰ってもらえませんかね」

「あたしにだって家くらいある。ほらあそこ、道の向こう。ボトルだ！」

女はゴミの山の中に捨ててあったオレンジ・クラッシュの空き瓶を見つけると、外に出ていって瓶やほかのいくつかのゴミをショッピングカートに入れはじめた。そうして石ころだらけの道をカートをがたごと押して、追いかけてくる犬どもに石を投げつけながら帰っていった。

「犬も連れて帰ってくださいよ！」ポールが言った。

「ピートの犬だよ。ここが家なんだ。あたしにだって犬はいるんだ！　あたしの名前はフランシスだよ！」

ファウラー夫妻の助けを借りて、二人は引っ越しをした。みんなで暖炉の松の火の前でシャンパンを飲み、マヤは薪ストーブでフライドチキンと焼きトウモロコシを作った。コーンブレッドは底のほうが焦げたが、オーヴンのコツもじきにつかめそうだった。

皿洗いは骨が折れた。いちいち水をくんできて、それを温めなければならなかった。いや、最初の晩はそれも楽しかった。あとでしんどくなってきた。

越してきた最初の夜は、マヤもポールも眠れなかった。暖炉の前のナバホ族のラグの上でセックスをし、ココアを飲み、窓べりに腰かけて、リンゴの木に落ちる月あかりを眺めた。翌朝、リンゴの花が開きはじめた！　たったのひと晩で！　二人は家の外で、日にあたためられた壁にもたれて座り、子供たちはそのそばで犬たちと遊んでいた。リンゴの花、コーヒー、それに松の煙の香り。

母屋の脇の小屋の扉が勢いよく開いた。ポールとマヤは飛び上がった。前の晩、誰かが来たような車の音は聞こえなかった。ミルク入りのコーヒーが破れた網戸ごしにばしゃっと捨てられた。扉は勢いよく閉まった。

ピートが小屋から出てきた。真っ黒に日焼けした大男、長く伸びた黒い髪、金色の前歯、緑色の瞳。四十五歳ぐらいだったが、歩くリズムは、いきがったチカーノのティーンエイジャーのそれだった。ピートはこちらに向かって歯を見せて笑うと、かがんでポンプの注ぎ口の下に頭をやり、把手を上下に動かした。水がしぶきをあげて髪や顔にかかり、大きな背中がぞくりとふるえた。ぶるっと鼻を鳴らして口をゆすぎ、ぺっと吐いた。体を起こし、汚れたランニングに髪から水をしたたらせながら、こちらを向いてニッと笑った。もう一度つばを吐き、シャツの裾で口をぬぐった。

「ピート・ガルシアだ。ここで生まれたんだ」

「ポール・ニュートン、こちらは家内のマヤ。今は僕らがここに住んでます。ぜんぶの建物をまとめて長期で借りたんです」

「あなたはもう来ないってデラは言ってましたけど」マヤが言った。

「は、デラ！　おれはおれの好きにするさ。あんたらもあんたらの好きにするがいい。おれはちゃんと町に家があるんだ。ときどき女房から息抜きしたくてこっちに来るだけよ」。犬たちは撫《な》でてほしくて彼のまわりで跳びはねた。「こっちの年とったのはボロ、耳の聞こえないメス犬はレディ。それからちっこいのはセバーチェ、スペイン語で〝真っ黒な石〟って意味だ」そして歯を見せて笑った。

彼が自分と犬たちを息子二人に紹介するのを、ポールとマヤは黙って見つめていた。彼は小屋に戻っていった。また出てくると、アーミージャケットにカウボーイハット姿になっていた。ガーデン・デラックス・トカイのジャグを片手にぶら下げ、ひきわりトウモロコシのマッシュの入った鍋を犬たちの前に置いた。

ピートはバックで車を回してマヤたちが座っているすぐ前で停めた。古いハドソンで、後ろのドアと全部の窓ガラスがなくなっていた。エンジンをアイドリングさせたまま車の中に座り、ワインをジャグから直接飲んだ。それから煙草に火をつけ、金歯で笑って手を振ると、猛スピードで走り去った。犬たちはコラーレス・ロードを走って追いかけたが、途中で引き返して、はあはあ言いながら子供たちが遊んでいる庭の真ん中に来て座った。

「きみからデラに話をしてくれよ」ポールが言った。

「どうしてあたしなの？　あなたがあの人に話せばいいじゃない」

「でもそう悪いことじゃないかもしれないよ。犬たちについちゃ、むしろありがたいくらいだ。それに僕が仕事に出かけてるあいだ、きみは完全に独りぼっちだろ。車もないし電話もない。もし子供たちに何かあったら……すくなくともピートが車でどこかまで送ってくれるかもしれないじゃないか」

「最高よね。ここでピートと二人ぼっち。なのにそれをありがたがれっていうわけね」

「よせよ。皮肉なんてきみらしくもない」

その話はそれきりになった。ポールはバンドとリハーサルがあると言って、早くに出ていった。マヤは子供たちとリンゴ畑の中や水路の脇を散歩し、戻ってきてお昼寝させた。裏の階段に座り、本を読んだり山を見上げたりした。

五時ごろ、ピートが車で戻ってきた。マヤのすぐ目の前に車を停めると、後部座席から根っこがむき出しのバラの苗木を出した。

「〈エンジェル・フェイス〉ってんだ。とびきり美人のピンクのバラさ。暑さに弱いから、こっちの北側に植えてくれよ。おれはさ、ヤマモト種苗場《ナーセリー》で働いてんのよ。バラ一個ぐらいなくなってもどうってこたない。ここらの土壌はカリーチェの悪い土だから、うんと深く穴を掘って、それからいい土とピートモスを入れてやんな」

彼は土とピートモスの袋を車からおろし、車に乗りこむと、自分の小屋のほうに行ってしまった。マヤはあたりを見まわしてやっとシャベルを見つけると、穴を掘りはじめた。粘土質の地面は傷ひとつつかなかった。ぶつぶつ文句を言っていると、ピートが小屋の裏からツルハシを持って現れた。けれども掘るのは彼女にやらせ、自分は石段に座って、それを眺めながらビールを飲んでいた。そうしてマヤに、いい土を山盛りにした上に根っこを広げるように置け、穴に土を入れて水をやり、それからまた土とピートモスを足して、地面から節ひとつだけ出して上からそっと押さえつけること、などと指図した。彼女が井戸からバケツに四杯水をくんでくるあいだも、ピートはただ見ているだけだった。

「ピート！　よう、兄弟《オラレ マノ》！」ロムロとフランシスが道の向こうからやって来た。フランシスはショッピングカートにビールと食料品の袋をいっぱいに積んでいた。ロムロはしなびたような小柄な男で、空挺隊のカーキのズボンにブーツをはき、パイロット帽の毛皮つきの耳当てを下に垂らしていた。子供用の小さな自転車にまたがって、フランシスの周りをぐるぐる回っていた。フランシスの四頭のハウンド犬、それにボロ、レディ、セバーチェが二人の周りで吠えたり跳ねたりしていった。三人はピートの小屋に入っていった。飲み、喧嘩し、笑った。ジンラミーをやり、酒を飲んだ。ビールのクオート瓶が空になるたびに荒っぽく扉を開け、フランシスのカートに空き瓶を放った。小便がしたくなると、外に出てきて扉の脇で用を足し、また荒っぽく扉を閉めた。フランシスは外でしゃがんでしぶきを立てながら歌をうたった。「ちっちゃなかわいい男の子、みんながあの子を知っている……名前はだれも知らないけれど、あの子はまるでバラみたい！」マヤは家の中のどこにいても、騒音から逃れられなかった。

あの人たちのせいで気が変になりそうだと訴えても、ポールはわかってくれなかった。あの植物の苗にも気が狂いそう。いいことじゃないか、とポールは言った。毎日のように苗を持ってきてくれるなんてさ。

「自分で気がついてないかもしれないけど、それってメキシコ人に対する偏見じゃないのかい？」とポールが言った。

「偏見？　やめてよ。あたしはね、あのタコス野郎ども三人にうんざりしてるだけです」

「マヤ！　なんてこと言うんだ。本当にきみらしくないぞ」ポールはしんそこショックを受けた様子で、行ってきますも言わずに早々と仕事に出かけてしまった。

マヤはつるバラのアメリカン・ビューティーのために格子《トレリス》を二つ立てた。井戸の横にはライラックを二株とレンギョウ。屋外便所の脇にはノウゼンカズラ。物干しの柱をスイカズラがはいのぼる。バラはピースにジョゼフズ・コート、ジャスト・ジョーイ。エイブ・リンカーン。マヤはいちいち全部の苗を植えた。毎日何杯も何杯もバケツで水をくんだ。ピートは壁に寄りかかってビールを飲みながら、その様子を眺めていた。「肥やしをもっとどっさり!」彼はマヤのために、トラックの荷台いっぱいの馬糞を運んできていた。

暖かくなってくると、井戸のそばにたらいを出して子供たちをお風呂に入れるのは楽しかった。ポールは毎晩、仕事先でシャワーを浴びてタキシードに着替えていた。マヤは最初のうちキッチンの床にたらいを置いて体を洗っていたが、何杯もバケツに水を運んでくるのが手間だった。そこでファウラー家でシャワーを使わせてもらい、その後ベティが食料品の買い出しに行っているあいだ子供たちのお守りをすることにした。女たちは週に二度、ノース・フォース通りのエンジェル・コインランドリー店に行った。月に何度かは二家族でいっしょに食事をした。食事のあいだや食後のコーヒーやワインを飲みながら、詩やジャズや絵画について語りあうのは男二人だった。女たちはテーブルを片づけ、皿を洗い、子供たちを寝かしつけ、男たちの話に耳を傾けた。

春の嵐が始まって、窓ガラスに砂を叩きつけ、木々の花を吹き飛ばした。マヤと子供たちは家に閉じこもった。子供たちはぐずり、むずかった。ラジオかテレビがあればどんなにかいいかとマヤは思った。何時間も床にしゃがんでゲームをしたり、本を読み聞かせたり、歌をうたったりにはもう飽き飽きだった。ポールは昼ちかくまで眠り、毎日何時間も練習をした。いつ果てるともしれない音階。

風が吠え、薪ストーブの熱がキッチンに逆流した。前髪が額にぴったり張りつく。顔を砂粒に打たれながらポンプで水をくむのは最悪だった。水は砂まじりだった。コーヒーの中に砂、豆の煮物にも砂。バターは砂でじゃりじゃりした。砂は屋外便所に打ちつけ、母屋に走って戻るあいだに髪にも目にも砂が入った。

「いったいいつになったら水道を引いてくれるの？」マヤは訊いた。

「そうせっつかないでくれよ。いま新曲を作ってるところなんだ。バンドも新しいアレンジを試してる。いい感じに息が合ってきてるんだ。僕にとってこれがどれだけ大事なことか、わかるだろ」

ポールは仕事に出かけた。マヤは昼いっぱいかけてデビルズフードケーキを作った。ケーキをオーヴンから出していると、ピートがドアをノックした。

「もっと水をやらなきゃだめだ。花たちが水をほしがって泣いてるぜ」

「こんな砂嵐の中じゃ無理よ」

「とにかくもっと水をやらなきゃだめだ。そら、ランタナとヒャクニチソウを持ってきてやったぞ。ヒャクニチソウは水をやるとき葉っぱを濡らさないようにな。腐るから」

「はあ……ありがとう」

風は思ったほど強くなかった。マヤは外に出た。サミーとマックスも手伝って、石段の脇にランタナとヒャクニチソウを植えた。植えたばかりの草花に水をやり、バラとトマトにバケツで水をかけた。残りは明日やろう。

その夜、マヤとポールは暖炉の前でケーキを食べながら牛乳を飲んだ。外では風が吹きすさび、窓ガラスに砂を打ちつけた。残念な報せがある、とポールは言った。きょう仕事の前に町の水道屋に寄った。正規の水道屋に頼むと、バスルームとキッチンを作るのに莫大な金がかかることがわかった。

「この近所で誰かやってくれる人がいるんじゃないかな。ロメロさんに訊いてみたらどうだろう」

次の日、ポールが仕事に出かけたあと、マヤは子供たちを連れてアルファルファの畑を横切り、エレウテリオ・ロメロの家に行った。エレウテリオがフェンスのところまでやって来た。

「なんだね？」

「わたし、マヤ・ニュートンです」彼女はそう言って手を差し出した。エレウテリオはその手を握らず、茶色の目でじろじろ彼女を眺めた。

「うちに水道を引きたいんですけど」と彼女は言った。「どなたかやってくださる方、知りませんか？」

「水道が欲しけりゃ町に住めばいいだろう」

「ここが気に入っているんです」

「あんたの亭主がやりゃあいいだろう」

「主人は忙しいんです。音楽家なので」

「ああ、知ってるよ。プリンス・ボビー・ジャックといっしょに演《や》ってるだろ？　スカイライン・クラブで？　ピアノが上手いよな」

「そうでしょう？」彼女はうれしくなって笑った。「とにかく、うちの人はずっと働きづめで昼間は眠っているので、誰かにお願いしたくって」

「弟のトニーに訊いてみな。いちばん端の家だ」

ロメロ家の地所はエレウテリオの家から始まってコラーレス・ロード沿いにずっとノース・フォース通りまで続いていた。土地は三ヘクタールずつ四等分されて、四兄弟がそれぞれ住んでいた。エレウテリオの隣二軒はイグナシオとエリセオの農場で、エレウテリオのところとそっくり同じだった。トウモロコシとトウガラシとアルファルファの畑の真ん中に、日干しレンガの平屋の家。子供たち、ピックアップトラック、庭に打ち捨てられて錆びた車。馬、牛、ニワトリ、犬。台所のドアの脇に吊るして干したトウガラシの束《リストラス》。庭には大きな鉄釜が出しっぱなしで、そこでしじゅう豚の皮のチチャロンやメヌードやポソレを煮ていた。いちばん向こうの端、灌漑用の水路の手前にあるのが末弟のトニーの農場だった。作るのは自分の馬が食べるアルファルファだけで、昼間は肉屋をやっていた。化粧漆喰の壁に緑のペンキの大きな家で、ポーチの日除けはファイバーグラスだった。トニーとエリセオはお互いの土地の中間にガソリンスタンドを建設中だった。コンクリートのブロック、板ガラスの窓。日曜になると兄弟全員の車がエレウテリオの土地に集まった。子供たちはもっと小さい子たちと牧草地で遊んだ。エレウテリオの年長の子供たちはフロントポーチに座っていた。男の子たちは櫛でなでつけたつやつやのポンパドール、女の子たちはサーキュラースカートに気負ってつけた口紅。そういうのがポーチに座ってコークを飲みながら、自分たちの車がコラーレス・ロードを行ったり来たりするのを眺めていた。女たちは家の中にいて、ときどき出てきてはポソレの入った黒い釜をのぞきこんだ。台所の煙突から煙がさかんにあがる。ロメロの四兄弟は家の壁際のベンチに座り、ビールを飲みながら山を眺めた。暑い日は日陰のベンチ、寒い日は日の当たる南側のベンチで。

次の朝、まだポールが眠っているうちに、マヤは車でトニーの家に行った。トニーは留守だった。妻のロージィがマヤをキッチンに通し、どうぞ座ってと言った。そして自分も笑顔で座った。もちろん主人はお宅の水道工事をやってさしあげられるわ、とロージィは言った。そして誇らしげにキッチンのシンクや洗濯機やバスルームをマヤに見せた。彼女がバスタブの水を出したりトイレの水を流したりしてみせると、サミーとマックスは目を丸くした。「素敵ねえ」マヤはため息をついた。彼女とロージィはコーヒーを飲み、お互いの子供たちや夫のことをおしゃべりした。ロージィがいっしょにテレビで『ライアンズ・ホープ』を観ましょうと誘ったが、マヤはそろそろおいとましますと言った。もうすぐポールが目を覚ます時間だった。

次の日の午後、トニーが家にやって来た。彼とポールはリンゴ畑のベンチに座り、煙草を吸い、ビールを飲んだ。トニーが棒きれで地面に図面を描き、ポールがうなずいた。二人は握手し、トニーは半額を前金で受け取ると、トラックで帰っていった。ポールとマヤの貯金のすべてだった。まあでも、とポールは言った。これでも正規の業者に比べれば三分の一以下の値段なんだから。

次の日、トニーはトラックの荷台に水道管を積んでやってきて、エレウテリオと二人がかりで井戸の脇におろした。午後、トニーはキッチンの壁とバスルームになる予定の部屋の床にドリルでいくつも穴をあけた。翌日、兄弟は何時間もかかってロシアン・オリーブの根方に汚水溜めの穴を掘った。大きくて深い穴だった。マックスとサミーは中に飛びおり、また這いのぼり、粘土質の土の山に玩具のトラック用の道を作った。

トニーが来なくなった。マヤたちは店で彼と出くわした。畑を耕す時期なもんでね、と彼は言った。毎朝、マヤとポールは兄弟が畑で草を燃やし、フェンスを直し、かわるがわる馬に鋤《すき》を引かせるのを眺めた。数週間が過ぎ、こんどは種を蒔《ま》く時期になった。けれどもその頃にはもう暖かくなり、風もやんでいた。外で洗い物をするのは気持ちよかった。マヤも子供たちもいい色に日に焼けた。子供たちは草抜きや水やりを手伝った。トマトやトウモロコシは丈が伸び、ライラックとレンギョウに花が咲いた!

ポールがメキシコのハンモックを買ってきて、リンゴの木と木のあいだに吊るした。彼が仕事に出かける前に一家四人でハンモックに寝て、ゆらゆら揺られながらマキバドリやハゴロモガラスやオニサンショウクイを眺めた。目を上げれば、遠くにサンディア山脈と青い空があった。山々の色は一日じゅううつろい、変化した。いく通りもの茶色や緑や深い青、それが日暮れどきになるとピンク色、ついでマゼンタ色に燃えあがり、やがてベルベットの紫色となって藤色の空に溶けた。

子供たちを家で寝かしつけるまで、マヤは親子三人でハンモックに寝て、お話を読んで聞かせた。ある晩マヤたちがそうしていると、ピートがハドソンの後ろに青いトレーラーを牽《ひ》いて引っ越してきた。ベッドにテーブルに薪ストーブ、何箱もの食器類や食料品。トレーラーに乗ってきた犬たちが走り出て子供たちにあいさつした。

「ピート、あたしたちはここの建物ぜんぶを借りてるの。ここに引っ越してくる権利はあなたにはないのよ」

「権利？　だっておれはここで生まれたんだぜ？　デラにはデラの家がある。おれはおれの住みたいところに住むさ」

「ピート。あたしたちは長期契約でここに住んでるの。ここはあたしたちの家なのよ」

「あんたはあんたの好きにすりゃいい。おれはおれの好きにするさ」

ふだんなら子供たちが寝たあと、植物に水をやり、コーヒーを飲んで、暗くなって何も見えなくなるまでハンモックで読書するところだ。だが目と鼻の先でピートに扉を開け閉めしたり、歌ったり、薪を割ったり、犬たちをどなりつけたりされたのでは、読書どころではなかった。カッカしながら家に入り、居間の赤い椅子のそばのランタンを灯した。フランシスのショッピングカートのがたごとも、犬たちの吠え声も、ロムロの笑い声も無視して『ミドルマーチ』を読もうとした。家の中のどこにいても、屋外便所に行っても、酔っぱらいどもが喧嘩したり野次を飛ばしたり冗談を言ったりする声が聞こえた。ごきげんだぜ、兄弟《マノ》！ だの、くたばれ《ア・ラ・モリー》、あのクソ野郎《エセ・ベンデホ》！ だの、糞ったれめが《ピンチェ・ホディド》、このチリはしょっぱすぎるぜ、相棒《コンパドレ》。誰かが犬を蹴飛ばしてキャンと悲鳴があがる。どきやがれ《バヤセ》、このメス犬《ピンチェ・ベラ》！

ポールが帰ってきてマヤは目を覚まし、ベッド脇のロウソクに火をつけた。ロウソクの明かりでも、ポールが疲れて顔色が悪いのがわかった。体からはタバコの煙とすえたビールとナイトクラブの匂いがした。彼はタキシードを脱ぎ、蝶ネクタイを取り、シャツの赤いカフスをはずした。

「もうくたくただ。土曜の夜は町じゅうの酔いどれと荒くれどもがクラブに集まるからな」ポールは寝床に入り、昼まで眠れるように黒いアイマスクをした。彼が耳栓をする前に、マヤが急いで言った。「ピートが隣に越してきたの。本気の引っ越しよ、ストーブから家財道具から、ぜんぶ」

「かんべんしてくれよ。もうピートの話はたくさんだ。きみとデラとで話し合って何とかしてくれよ。とにかく話は明日だ。もうへとへとなんだ」彼は耳栓をした。

朝、マヤは水差しに水をくみ忘れていたことに気がついた。バケツをもって井戸まで行ったが、ポンプからは水が出なかった。呼び水をしなければならなかった。彼女はピートの小屋の扉をノックした。まだ寝ていたらしく、ピートは染みだらけのトランクスいっちょうで出てきた。

「よう、おはようさん！」そう言って彼は歯を見せて笑った。

「ハイ、ピート。水をすこしもらえない？　ポンプに呼び水をしないといけないんだけど、うちには一滴もないの」

「水がないたあ、どういうことだ？　おれのおふくろは、でっかい鍋《オジャ》に水を切らしたことがなかったぜ。ああ、あの冷たくて甘い水！　なあマヤ、ここの井戸ほどうまい水を飲んだことがあるか？　え？」

彼女は笑った。「そうね、たしかにここの水はすごくおいしい。ねえ、水、ない？　ポンプの呼び水用の？」

「ちょっと待ってな」

彼女は待った。お腹をすかせたサミーとマックスが家から出てきた。ピートが戻ってきた。リーバイスに上半身はシャツなしで、裸足だった。水差しをぶら下げていた。それをポンプの後ろからゆっくり注ぎ入れた。

「ちょっ《ピンチェ》、だめだな。おれの水もなくなっちまった」

「ピッチャーか何かに残ってないか、見てくるわ」マヤは家の中に入った。見つからずにまた外に出てくると、ピートがハムズ・ビールのクオート瓶をポンプにゆっくり注ぎ入れているところだった。それがうまくいって、水が勢いよくたらいにほとばしり出た。

「たいていのことはハムズが解決してくれるってな」と彼は言った。

「そうね。ありがとう」

子供たちにごはんを食べさせ、服を着せると、マヤは二人を車に乗せ、洗濯物を積みこんだ。ファウラー家に向かう途中でトニーの家の前を通りかかった。トニーは兄といっしょに新しいガソリンポンプを据えつけていた。マヤは二人の前の砂利に車を乗り入れた。

「ハイ、トニー。うちの水道のほうはどうなってるかしら」

「ばっちりさ！　ただ、雨が降りだす前にここにコンクリートを流さなきゃならなくてな。あと二週間もすりゃそれも終わって、すぐにあんたんとこに取りかかるさ！」


ポールが仕事に出かけたあと、マヤは日なたであたたまった水で子供たちを風呂に入れ、寝かしつけた。たらいを家の中に入れ、ストーブで水をあたため、バケツにもう何杯か水を足して、自分も体を洗った。きれいな服に着替え、本とコーヒーを両手に持ってハンモックに向かった。まだ宵の口で、空気はリンゴの木とアルファルファと馬糞の香りがした。果樹園の上でヨタカが輪を描いた。

ピートが車でやって来て、自分の家の前で急停止した。ヘナで髪を染めた派手で安っぽい女といっしょだった。二人とも千鳥足で小屋に入っていった。取っ組みあうような音や瓶が割れる音、けだものじみたセックスの声が聞こえてきた。マヤは本に集中しようとした。このあばずれの売女め《ブタ・デスグラシアーダ》！　ピートは女を何度も何度も殴った。女は悲鳴をあげ、すすり泣いた。椅子が窓をぶち破った。マックスが目を覚ましておびえて泣き、ついでサミーも目を覚ました。マヤは二人を夫婦のベッドに入れて歌をうたってやり、また寝かしつけた。

翌朝、女はすでに消えていた。ピートは二日酔いの腫れぼったい目をして井戸で顔を洗っていた。マヤはバスローブをひっかけて外に出た。

「ピート、あんなことは二度とやめて。子供たちが怖がるじゃない。吐き気がする。次やったら警察を呼ぶから」

「あんたはあんたの好きにしろ。おれはおれの好きにする。仕事に遅れちまう」

彼が車のエンジンをかけると、犬たちがいつものようにきゃんきゃん吠えた。彼はギアを入れまちがって車を逆走させ、セバーチェを轢いた。犬がギャッと鳴いた。サミーとマックスが寝室の窓から悲鳴を上げた。タイヤの下に血が広がった。

犬は死んだ。

「なんてこった。かわいそうにな。仕事に遅れちまう。マヤ、わるいがこいつを埋めといてくれないか」

マヤは子供たちとハンモックに座って二人をなぐさめた。子供たちは初めて目にする死に動揺し、興奮していた。マヤは汚水溜めの横に穴を掘り、子犬を古タオルにくるみ、サミーとマックスがその上から土をかけた。

「ここにも水をやるの?」サミーが言った。マヤは笑った。笑いながら泣いた。二人はきょとんとした。母親が泣くところを見るのは初めてだった。三人でハンモックに座って泣いた。それから朝食をたべた。

ピートがやって来た。自分の車ではなくヤマモト種苗場のトラックだった。彼は土のついたシダレヤナギ《ウィーピング・ウィロー》の苗をキッチンのドアの横に下ろした。セバーチェのためだった。

ポールが遅くに起きてきて、みんなで昼を食べた。マヤがピートのことを切り出そうとしたとき、アーニー・ジョーンズがベースを抱えて入ってきた。

「アーニーと仕事の前にここでジャムをやることにしたんだ。バズ・コーエンも来るかもしれない。サックス吹きで、学生時代によくいっしょに演ったもんだが、もう長いことプレイしてない。昔はいいプレイヤーだった」

「あなたの演奏、聴くのが楽しみ。コーヒー、淹れましょうか?」

「ソーダを持ってきたから」とアーニーは言った。

子供たちは大はしゃぎだった。音楽を聴くうちにセバーチェはあっと言う間に忘れられた。マヤも聴きながらハミングした。それからヤナギを植え、ほかの植物にも水をやった。バケツを両手に提げ、よろけながらノウゼンカズラのところまで歩いていると、バズ・コーエンが赤いポルシェに乗って到着した。

「さあ早く、こんなところから連れ出してあげるよ！」バズはそう言って笑った。黒髪でハンサムで、セクシーだった。まちがいなく女たらしだったが、それでもマヤは笑い返した。

「あなたがバズね？　あたしはマヤ、ポールの妻です。さ、入って」

三人は毎日夕方まで演奏した。バズはビールとか水を一杯とか、何かと理由をつけてはキッチンにやって来たり、外に出てきてトマトの支柱の立て方について質問したりした。マヤは誰かが自分を気にかけてくれることがうれしかった。音楽がやんで男たちが行ってしまうと寂しかった。そのうちにピートが帰ってきて、ロムロとフランシスと犬たちがやって来た。

七月で、暑かった。トニーが水道用にあちこち開けた穴から野ネズミが家の中に入ってきた。ネズミたちは恐れ知らずで、朝から晩まで家じゅうを走りまわった。夜中にはがさがさ、ごそごそ、時にはホウキや鍋やフライパンをひっくり返すばたん、がしゃんという音までした。マヤはストーブとピアノの裏にネズミ取りを仕掛けた。恐ろしいことに、それがたちまち効いた。罠を仕掛けてものの数分でばちん、かすかな鳴き声、そしてネズミの死骸。クラック、クラック、クラック。それでネズミ取りはやめてしまった。

ある晩、寝ている彼女の顔の上をネズミが走った。次の日彼女はキッチンや寝室の安全な場所に毒を置いた。

その夜、彼女は物音で目を覚ました。ロウソクを灯し、水を飲もうとキッチンに行った。何十匹というネズミが床の上で苦しみもがき、小さな断末魔の声を上げていた。彼女はぞっとして叫んだ。子供たちが起きてきた。二人も、酔っぱらったゼンマイ仕掛けの玩具のように床をのたうち回るネズミたちに恐れをなした。ホウキでネズミを外に掃きだそうとしていると、ピートがやって来た。

「なんてこった《イホラ》！　そのネズミども、何があった？」

「死にかけてるの。あたしが毒をまいたから」。ピートはべつのロウソクに火をつけ、食卓に座った。マヤは子供たちを寝かせに行った。キッチンに戻ってくると、ピートがネズミを集めて袋に入れていた。彼がマヤの家に入るのはこれが初めてだった。

「毒だと。あんた、気はたしかか？　こいつらが外に出てったところをボロかレディが食ってみろ、死んじまうだろうが。それを見てあんたんとこのガキもショック受けて死んじまうぞ。このネズミがいったい何をしたってんだ？　誰のことも傷つけやしない。それに、雨が降ればこいつらは出ていく。水が欲しいだけなんだからな」

「水！」

「血迷ったな。ネズミはなんにも悪さをしないんだ」

「ネズミのせいで気が狂いそうなのよ。それにあんたたちもよ、毎晩毎晩どなったり喧嘩したり、犬は吠えるし。どうかしてる」

「おれたちのせいで気が狂うって？　おれたちは友だちじゃないか。お隣さんだ。こんなに親切なお隣はいないぜ。ほら、来てみろよ！　いいからこっちへ！」ピートは裏のポーチから外に出た。

「このアメリカン・ビューティーの香り！　いいから嗅いでみろ！」

ひんやりとした夜気にバラの芳香が甘く濃く流れた。その濃密な香りの奥に、夏のスイカズラがなまめかしく香った。

車が停まり、中からポールがあわてて飛び出した。

「どうかしたのか？」彼はトランクスいっちょうで立っているピートを鋭くにらんだ。

「マヤが毒をまいたのさ。だからおれは、そんなことをしたら自分の子供を殺しかねないと教えてやったんだ。そうだろ？」

「そのとおりだ。やれやれマヤ。馬鹿な真似はやめてくれよ」

もう気が狂いそうだ、とマヤは思った。彼女は二人を置いたまま寝室に戻った。

ある夕暮れどき、あまりの暑さにピートとロムロが外の木の下にテーブルを運びだした。そこで彼らはドミノをやり、ビールを飲んだ。フランシスはピートの台所を掃除していた。家具をぜんぶ外に出し、バケツで水を何杯も床にぶちまけて、ホウキで掃きながら歌をうたった。「あの子はまるでバラみたい」。サミーとマックスは井戸の脇のたらいの中だった。マヤはそのそばに座り、片手で本を開き、もう片方の手を水に泳がせていた。果樹園の上をヨタカが滑るように飛んでいた。エレウテリオが畑に水を引いたので、あたりにアルファルファの湿った匂いがむっとたちこめていた。

バズがポルシェでやって来た。車から降りたが、エンジンをそのままにしたので、音楽が大音量で流れ出た。スタン・ゲッツのボサノヴァ。大きなピッチャーに入ったフローズン・ダイキリが手土産だった。二人で石段に腰かけ、ワイングラスでそれを飲んだ。フランシスがハコヤナギの木陰で「イパネマの娘」に合わせて踊った。ピートが渋い顔でドミノをかちかち鳴らした。ダイキリは強かった。うんと冷たく、美味だった！　バズが子供たちもいっしょにドライブしないかと言うと、マヤは「賛成！」と言った。リオ・グランデ沿いを走って涼んで、それからドライブインでルートビアとハンバーガーを食べよう。

楽しかった。心地よい夏の夜だった。家に戻ると、マヤが子供たちを寝かしつけるあいだ、バズはキッチンで待っていた。

「ああ、楽しかった」とマヤは言った。

「僕もさ」バズは言った。「やれやれ、なんとも安上がりなデート相手だな！　氷のかけらを一つあげただけで、どこにでもついて来ちまうんだから」。二人は笑って、バズが彼女にキスをした。マヤはぞくぞくした。彼はもう一度キスをした。「きみにはもっと愛が必要だよ、きみのことを大切にしてくれる人間が」。彼女はもっと彼が欲しくてきつく抱きついた。

ピートがドアをどんどん叩いた。

「何なの？」

彼女はキッチンのドアに寄っていった。ロウソクを一つだけ灯していた。

「真っ暗ななかで何してる？」とピートが言った。「シュガー。砂糖を貸してくれよ。砂糖なしじゃコーヒーが飲めねえんだ」

マヤはカップに砂糖を入れた。砂糖入れの後ろをネズミが走った。

「はい」彼女はドアからカップを差し出した。

「ありがとよ」

ピートが帰るとバズはもう一度マヤを抱き寄せたが、彼女はすでに我に返ってしまっていた。体を引き離して「おやすみなさい」と言った。「もう二度とポールの留守に来ないで」


八月、雷雨が来た。ブリキの屋根に雨が当たる音や、稲光や雷鳴がすばらしかった。トマトやカボチャやトウモロコシが実った。マヤと子供たちは用水路の澄んだ流れで毎日泳ぎ、魚を釣った。

けれどもネズミは出ていかなかった。水道は引かれなかった。バズはポールの留守にしょっちゅうやって来た。

秋、ポールがニューヨークで仕事を見つけた。彼とマヤはいっさいがっさいを荷造りし、レンタルのトレーラーに積みこんだ。ピートとフランシスとロムロはその日のうちに母屋に移った。三人は家の外に立って、遠ざかる車とトレーラーに向かっていつまでも手を振った。マヤも手を振りかえして、泣いた。たくさんの植物、ハゴロモガラス、友人たち。きっとここには二度と戻らないだろう。きっとこの結婚もだめなのだろう。フランシスはそれから何年かして死んだが、ピートとロムロはまだあの家に住んでいる。二人ともすっかり年をとった。今も木の下に座ってドミノをやり、ビールを飲んでいる。コラーレス・ロードを走っていけば、その家が見える。きれいな日干しレンガの、建って百年はたつ家だ。真っ赤なノウゼンカズラが咲き、いたるところバラに囲まれて、その家はある。

霧の日

ダウンタウンのワシントン・マーケットはふだんは閑散としているけれど、日曜の真夜中になると、とつぜん果物や野菜の屋台が通りに出現し、レモンやスモモやタンジェリンの極彩色の帯であふれかえる。ずっと先のフルトン通りのあたりまで来ると、もっとくすんだ赤や茶色のジャガイモやカボチャ、黄タマネギ。

スタッカートの買ったり荷おろししたりは明け方まで続き、やがて最後の配達トラックが出ていき、ギリシャ系やシリア系の商人たちが黒い車であっと言う間に去ると、日の昇るころには通りは元どおりわびしいもぬけの殻となり、ただあたりにリンゴの香りがただよっている。

リーサとポールは雨のなか、人けのないマンハッタンのダウンタウンを歩いた。彼女が話す。

「このあたりって、まるで田舎に住んでるみたい。夏にはトウモロコシにスイカでしょ……すごく季節感があるの。クリスマスにはニューヨークじゅうがここにツリーを買いに来てね。何ブロック先までずっとツリーが積まれて、まるで森！　ある晩雪が降って、野犬が三頭、『ドクトル・ジバゴ』のオオカミみたいに駆けてった。排気ガスも工場の煙もない、ただ松の香りだけ……」ポールの前では、彼女はいつもこんなふうにとりとめなくしゃべり続けた。ポールと、それから歯医者の前では。

リーサは彼にこの街を、自分の街を、美しいと思ってほしかった。そうでないのは明らかだった。彼の目が、生のヤムイモをかじったり、盗んだグレープフルーツをむさぼったり、錆びた焼却炉に木箱を放りこんでいる男たちを見ていた。〈6個1ドル〉の赤錆びたKレーションの缶。雨にゆらめく焚き火の光につやつや輝くギャロ・ポートワインの緑色のボトル。老人が側溝に嘔吐しているすぐ横の格子蓋では、紫色の果物の包み紙が藍色ににじんで、ひしゃげたアネモネのように咲いていている。

夜のこの街を、ポールはちっとも美しいと思わないだろう。見渡すかぎり街のそこここで焚き火が燃え、男たちの身振りを酩酊した儀式の舞いの影絵に変える、こんな時間には。夜明けに彼女の家の窓から見おろせば、トラックの荷台に積まれた目のさめるようなライムの上で、半裸の黒人の少年が寝ているのが見えた。

雨が激しくなってきた。二人はサヒニ・アンド・サンズ商店のアーティチョークの横で雨宿りし、小降りになるとまた濡れて歩きだした。ゆるゆると、痩せた体で、あのころサンタフェでいっしょに歩いたみたいに、古い友だちどうしみたいに。

サンタフェで、リーサの夫のベンジャミンとポールは、同じジョージのレストランで働いていた。ジョージはカウボーイの恰好をした強面《こわもて》のレズビアンで、自分をガートルード・スタインになぞらえて、トクラス流の料理を店で出した〔アリス・B・トクラスはガートルード・スタインの生涯のパートナーで、料理本の著者としても知られる〕。エスカルゴ、マロングラッセ。ベンジャミンはおとなしめのジャズをピアノで弾き、ポールはウェイター頭だった。二人ともタキシードを着て、いっさい口をきかなかった。小粋でよくしゃべる客たちはみんなインディアンみたいな恰好をしていた――ベルベット、シルバー、ターコイズ。

　男たちは夜中の二時半にシュリンプ・オーロラと煙草の匂いをさせて帰ってきた。リーサが朝食を作っている横で、二人は台所の木の丸テーブルに座ってその日のチップを勘定した。ベンジャミンは一度、とある政治家のリクエストで「ハーヴェスト・ムーン」をたてつづけに五回弾いてチップを十ドル稼いだ。男たちは笑いながら、客の誰かれやジョージの噂話をリーサに語って聞かせた。

　けっきょく二人ともクビになった。ポールは土埃舞うキャニオン・ロードで、『真昼の決闘』よろしくジョージと文字どおり対決した。じっさい彼はちょっとゲイリー・クーパーに似ていた。カウボーイの服を着てベティ・デイヴィスばりの黒の口紅を塗った彼女はチャールズ・ロートンそっくりだった。彼女が勝った。

　ベンジャミンはというと、ある晩店に出勤すると、メキシコ人がマラカスを振りながら「わたしたち、あんなに愛し合ったのに《ノソトロス・ケ・ノス・キシモス・タント》……」と歌っていた。ベンジャミンは自分のヤマハのピアノを店の外までごろごろ押して、苦心してフォルクスワーゲンのバンに積んだ。

　でもいい年だった。松の煙と笑い声にあふれていた。三人で音楽を山ほど聴いた。マイルス、コルトレーン、モンク。雑音まじりのテープでチャールズ・オルソンやロバート・ダンカンやレニー・ブルースも聴いた。

ポールは詩人だった。いつ寝ているのかわからなかった。ひと晩じゅうどこかで書いていた。ベンジャミンは昼ちかくまで寝て、それから午後じゅうずっと練習をし、音楽を聴いた。ヘッドホンをして、語学教室の生徒のような真剣な面持ちで。

ベンジャミンは大柄で無口な男で、善良で健全な常識人だった。リーサに対しては父親のような鷹揚さで接したが、彼女が大げさな物言いをすると（そういうことはしょっちゅうだった）、それは嘘をつくのも同然だとたしなめた。彼の話す言葉には未来形も過去形もなかった。毎晩、愛し合うたびに彼女は驚かされた。彼は優しく、熱心で、いたずら好きで、彼女の体じゅう、目や、胸や、足の指にまでキスをした。彼の大きな手で胸に触れられたり、舌でいかされたりするのが彼女は好きだった。自分の中に入ってくるときにハシバミ色の瞳に浮かべる、無防備な感じも。

こんなことをした後では、朝にはあたしたちもうすっかり変わってしまっているにちがいない、彼女は毎晩そう思った。初めてセックスを知ったときに、きっと朝にはまるでちがう自分になっているにちがいないと思ったように。

終わると彼は両手にヴァセリンをすりこみ、白い手袋をはめて、ローン・レンジャーのような黒いアイマスクを着け、耳栓をした。リーサはその隣でベッドの上に起きあがり、煙草を吸いながらその日あった馬鹿みたいなできごとをあれこれ思い出して、彼を起こせたらいいのに、と思った。

日中、彼女はほとんどの時間をポールと過ごし、食卓で本を読んだりおしゃべりしたり議論したりした。後になってそのころのことを思い出すといつも雨降りだったような気がするのは、何か月もポールといっしょにダーウィンやW.H.ハドソンやトマス・ハーディを松の木の火の前で読んでいたせいだったからだが、その火もまた彼女の頭の中にだけあるものだった。


そこにトニーが登場した。ベンジャミンのハーヴァード時代からの友人で、リッチな黒髪のハンサムだった。雨の日、マセラッティに彼女を乗せて、アルバカーキからサンタフェまでものの二十分で送り届けた。対向車がライトを下げないと、自分のライトをすっかり消した。

トニーはよくリーサを連れて、ジョージの店にベンジャミンの演奏を聴きにいった。ベンジャミンはかつてのビバップ仲間のために、腕によりをかけて演奏した。「ラウンド・ミッドナイト」、「スクラップル・フロム・ジ・アップル」、「コンファメーション」。

トニーはラペルが革のイタリア製のスーツを着ていた。ポールが無言でメニューを手渡す。トニーは妻と離婚寸前だった。「やれやれ……」と彼はため息をついた。「なんでも終わりは好きじゃないよ。僕はいつだって始まりが好きなんだ」

「あたしは逆」とリーサが言った。「あたしは終わりが好きだな」

カベルネ・ソーヴィニヨンのクリスタルグラスごしに、二人の目が合った。「……そしてこの世にきみは二人といないさ……」ベンジャミンがチェット・ベイカーのナンバーを弾いていた。リーサとトニーの情事は避けがたい宿命だった。すくなくともトニーはそう言った。よくある陳腐な話だな、とポールは言った。ベンジャミンは何も言わなかった。

彼女は十九歳だった。それが言い訳になるわけではなかったが、誰だって話し相手が必要な年頃だ。彼女はトニーに「僕らお似合いのカップルだよ、だってほら、眉と眉がくっついてるだろ」みたいなことを言われてうれしかった。

ある夜、家に帰ってきたベンジャミンに彼女は言った。「ベン、あたし言葉がほしい。言葉がほしいの！　ひと言でもいい、あなたと話がしたいのよ！」

彼はリーサを見た。蝶ネクタイをはずし、九つあるシャツの真紅の飾りボタンをはずした。ジャケットを脱ぎ、靴を脱ぎ、折り畳みベッドの彼女の隣に腰をおろした。

「バブズ」と彼は言った（彼はいつも彼女のことをそう呼んだ）。

そこで言葉は途切れ、彼はパンツと靴下を脱いだ。くたびれて裸でベッドに座っている彼を見て、ああ本当に善《よ》い人なんだと彼女は思った。

「僕は口下手なんだ」そう言って、彼はピアノ弾きの両手で彼女の頭を包みこんだ。

「愛してるよ」と彼は言った。「心の底から愛してる。それはわかってる？」

「うん」彼女は言って、彼に背を向けて泣きながら眠った。

二人の情事は激しく、苦しく、そしてそう、たしかによくある陳腐な話だった。リーサは家を出た。W．H．ハドソンの『はるかな国、遠い昔』一冊だけ持って。トニーとロマンスのために家を出たはずだったが、トニーは〝今は状況がいろいろと流動的〟だったので、彼女ひとりがティヘラス・キャニオンの石造りの家で暮らしはじめた。

ベンジャミンが車でやって来た。彼がこっちに向かって歩いてくるのが窓の向こうに見えて、リーサはため息をついた。後ろからポールが青ざめた顔でついてきた。

「やあ、バブズ……もうここを出よう。そしていっしょにニューヨークに行こう。あのバンに乗っておくれ」とベンジャミンが言った。

リーサは立ち尽くしたまま、必死に考えようとした。ベンジャミンはすでにフォルクスワーゲンのバンに戻り、ポールが戸口に立って、彼女がわずかばかりの荷物をまとめるまで待っていた。彼女は煙草に火をつけて座った。

「おいおい。乗るんだろ?」

彼女はふらつく足取りでポールの後を追った。

車の中では誰も口をきかなかった。家に着くとベンジャミンはタキシードに着替え、仕事に出かけた。今はスカイライン・クラブでプリンス・ボビー・ジャックと組んで演奏していた。「おれのお気に入りのカップで、あの娘がコーヒー淹れてくれた……」いいブルースだった。

リーサとポールはM&B酒店の段ボール箱に家財道具を詰めこんだ。サンディア山脈の上で、月がぼうっと青白く不気味に輝いていた。ふだんの二人だったら大はしゃぎしただろうが、今はただ外に立って、小さくふるえながらそれを眺めた。

「いい奥さんでいてやってくれよ、リーサ。あいつはお前のこと、心の底から愛してるんだから」

ベンジャミンとリーサは次の朝ニューヨークに向けて発った。ポールは手を振って見送り、それからリンゴ畑のほうへ歩いていった。

ニューヨークまではリーサがほとんど一人で運転し、シカゴの街なかでも交代しなかった。ベンジャミンは道中ずっとアイマスクをして眠っていたが、ミシシッピ川を渡るときだけは目を覚ました。あれは本当に美しかった、ミシシッピ川は。

二人はポールが生まれた小さな町も通り、その家や納屋も見た。本当にそうかはわからなかったが、そうにちがいないとリーサは言いはった——緑の野原にいる彼の姿が目に見えるようだった。明るい金髪の男の子。赤い羽のハゴロモガラス。ポールがたまらなく恋しかった。

「で、ポール」彼がニューヨークにやって来て二日め、霧雨のヴァリック・ストリートを歩きながら、リーサは言った。「何かあたしに言いたいことがあったんでしょ」

「べつに、何も……ただベンジャミンを起こしたくなかっただけだよ」（ベンジャミンは前の晩、ブロンクスの結婚式でピアノを弾いていた。）

「ニューヨークに来たのは正解だったな」彼はつづけて言った。「あいつのピアノ、すばらしいもんな」

「ほんとに！　あの人、ずっとしゃにむに働いてて……最初の半年間はユニオンに入るのに必死で……それからもストリップ小屋とか、一晩だけのステージとか、リゾートホテルの仕事とか。でもすごいミュージシャンたちとも何度かジャムセッションしたのよ」

「でも今までのギグだって、すごくよかったけどな」

「あの人がバディ・テイトと演《や》ったの、聴かせたかったな。うんと古株の、カウント・ベイシー時代のミュージシャンたちといっしょに。あの時のかれ、ほんとにスイングしてた」

「あいつはいつだってスイングしてるさ……本当にすごくいいプレイヤーだよ」

そう、そのとおりだった。

「先週、バードランドでレッド・ガーランドを見たの。バーのところに立ってたから、あたしがハローって言ったら、向こうもハローって返してくれた」

レッド・ガーランドが「ユーア・マイ・エヴリシング」を弾きながらハミングしていたことを思い出しながらヴァリック・ストリートを歩いていたら、リーサの腕がポールの腕と触れあった。ポールへの欲望で目まいがして、足元がふらついたのをスキップひとつで立て直した。あたしはひどい女だ、リーサは心の中でそう言って、歩道に気持ちを集中させた。歩道の継ぎ目を踏むな、母さんの背骨が折れる〔「歩道の継ぎ目は不吉なので、踏むと母親の背骨が折れる」という俗信がある〕。

「ホーボーケンのフェリーに乗ろうよ！」リーサがひときわ快活に言った。

二人は通りを渡って古びたフェリー乗場に行った。人っ子一人いなかった。絵に描いたような

土曜日の朝だった。頬髭をたくわえた新聞売りのおじさんは、『タイム』の重しを握りしめたま
ま居眠りしていた。マガジンラックの上で、猫が一匹寝起きの伸びをした。お馬鹿さんな猫た
ち、いっつも灰色の。

ひどく暗かった。ひし形の天窓の上を雨が煤まじりに流れた。ポールとリーサの足音が大きく
ノスタルジックにこだました。古い無人の体育館みたいに、身内の不幸で深夜に降り立つモンタ
ナの鉄道駅みたいに。

フェリーは霧にほとんど隠れていた。タグボートやのろまなゴミ集積船を周囲に従えた、エレ
ガントで重厚なヴィクトリア朝の貴婦人だった。フェリーは軋みながら、しずしずと波止場に入
ってきた。ポールとリーサの足音がふたたび木の甲板《デッキ》に大きく響いた。頭上の朽ちかけた天井で
は鳩たちが悲しげに鳴き、首もとの油のような虹色の羽が、朝の風景のなかで唯一の色だった。

ほかに乗客はいなかった。二人は笑って何度も席を変え、デッキを散歩した。船はすっぽり霧
に包まれていた。

「ポール！　ニューヨークが消えちゃった！　ニュージャージーも見えない！　もしかしたらこ
こ、イギリス海峡なんじゃない？」

霧の奥に一心に目をこらすと、やがてジャージー側の岸辺に黄色いコンテナ列車と赤の車掌車
両が幽霊のように浮かびあがった。夢に見るノースダコタの貨物駅のように。

フェリーが波止場の杭にごつんと当たった。カモメがいっせいに飛び立ち、揺れる杭の上にま
た危なっかしく舞い降りた。

「なあ、ここで降りちゃおうぜ」と彼が言った。

「このまま乗ってればタダなのに」

「リーサ、なんだっていつもまちがったことばかりするんだ？　なぜいつまでもちり取りを買わないんだ？」

「嫌いなのよ、ちり取り」彼のあとについてフェリーを降りながら、彼女は言った。本当はちり取りは何度も買っていた。でも、ついうっかり捨ててしまうのだ。

復路、二人はずっと外に立って、塩のふいた手すりに少し離れて寄りかかった。

「幸せでいてほしいんだよ」と彼は言った。「ベンがお前を迎えにいったとき……あんなに勇気ある男の行動を、おれは見たことがなかった。あいつはお前を許したんだ。なのに何も変わってないのを見るのは、おれには悲しすぎるよ」


リーサは船酔いしたかった。言いたかった、ニューヨークに来てからずっとあなたに話しかけてたんだよ。あなたから来た手紙はすぐには開けずに、空がニューメキシコみたいになる夕方まで待って屋上で読んでいたんだよ。

彼は色の薄い髪を手でかきあげた。「お前に会いたかったよ、リーサ。ずっと会いたかった」

彼女は黙ってうなずいた。うつむくと、涙で海も波頭も擦りガラスごしのようにくもった。歯がカチカチ鳴った。

彼女は霧を透かして輝いているワールド・テレグラムのビルの〈WORLD〉のネオンサインを指さした。

「朝、目を覚ますとあれが真っ先に見えるの。〈世界〉。もちろん裏返しにだけれど」

少し霧が晴れて、グリニッジ通りのアパートの屋上に干した彼女の洗濯物がここからも見えた。雨に黒く濡れた市庁舎やほかの建物を背に、色とりどりの服が煤にまみれてひるがえっていた。

「見て、ダイアナ!」彼女が笑った。

ブロンズのダイアナ像が洗濯物のちょうど真上にのぞいて、今にもそれをかっさらってハドソン川に投げこもうとしているように見えた。

「でも本当にあたしを許したのはあなただったのよね、ポール」彼女は言った。フェリーが船着場に近づき、エンジンが停まった。満員のときでさえ、この一瞬の静けさはおそろしい。木造の横腹に波がちゃぷちゃぷ打ちつけ、鈍い音とともに接岸すると、カモメが驚いていっせいに飛び立った。

「ポール……」リーサは言ったが、彼女は独りぼっちだった。ポールはすでに背を向けて、船首の金属ゲートに向かって歩きだしていた。西部の長い歩幅で、一刻も早く帰りたがっていた。

桜の花咲くころ

ほらまただ、あの郵便屋さん。一度気づいてからは、いたるところで目にするようになった。ひとたび「悪化させる《エグザサベイト》」という言葉の意味を知ったら、とたんにみんながその言葉をしゃべりだすし、朝刊でも目にするようになる、あれとおんなじだ。

郵便屋さんは、磨きあげた靴を高々と上げて六番街を行進していた。いち・に。いち・に。十三丁目まで来ると、まず頭を右に向け、ついで体を半回転させて、行ってしまった。郵便を届けにいくために。

カサンドラと二歳の息子マットは、朝のいつものお散歩コースの途中だった。デリカテッセン、A&Pスーパー、パン屋、消防署、ペットショップ。たまにコインランドリー。家に帰って牛乳とクッキー、それからまた出てワシントン・スクエア公園へ。戻って昼食、そのあとお昼寝。

はじめてその郵便屋さんに気がついて、日に何度もお互いの道筋が交差していると知ったときは、むしろ今まで一度も目に入らなかったことが不思議に思えた。五分の差でわたしの人生がすっかり変わってしまったんだろうか？　これが一時間の差だったらどうなってしまうんだろう？

やがて彼女は郵便屋さんの足どりが、横断歩道を渡りきった直後に信号が赤になるように何ブロックにもわたって完璧に計算されつくしていることに気がついた。けっして寄り道しなかったし、ごくたまに誰かと交わす挨拶さえも、前もって計算に入れてあった。でも考えてみればカサンドラたちだって同じだった。たとえば九時きっかりに、消防士の誰かがマットを抱っこして消防車に乗せるか、自分の帽子をマットの頭にかぶせてやる。十時十五分にはパン屋さんがマットにやあ大将、今日はごきげんいかがかなと言ってオートミールクッキーを一枚くれる。でなければべつの店員さんがカサンドラに、今日もきれいだねえと言ってやっぱりオートミールクッキーをくれる。ドアを開けてグリニッジ通りに出ると、ちょうど例の郵便屋さんが通りを渡っていくのが見える。

でも無理もない、とカサンドラは自分に言い聞かせた。子供にはどうしたって決まった日課やリズムが必要なのだ。まだ小さいマットはお散歩も公園も好きだけれど、一時を回るとたんにぐずりだし、お昼を食べさせ昼寝させないわけにはいかなくなる。それでも彼女は順序を変えようとしてみたが、マットの受けは芳《かんば》しくなかった。砂場のお遊びもゆらゆら揺するブランコも、お散歩の後でなければ気が乗らないらしかった。早めに家に帰れば、元気がありあまってお昼寝どころではなくなる。公園の後にお店に行けば、むずかって身をよじり、バスケットから出ようとする。それで結局はまた元のルートにおさまって、あるときは郵便屋さんの背中を見ながら歩き、あるときは道の向こうとこちらで並んで歩くことになった。誰も彼の行く手に立ちはだからなかったし、彼の進路を横切らなかった。いち・に、いち・に、歩道の真ん中を一直線に突き進んでいく。

すんでのところで行きちがいかけた日もあった。いつもカサンドラたちはペットショップで長居するのだが、その日は店の真ん中に新しいケージが置いてあった。〈舞いネズミ《ワルチング・マウス》〉。小さな灰色のネズミが何十匹と、狂ったように一つところで輪を描いていた。生まれつき中耳が故障するように作られたネズミで、それでこんなふうにぐるぐる回転しつづけるのだ。カサンドラがマットを連れて店を出たところで、郵便屋さんとあやうくぶつかりかけた。通りの向こうでは、レズビアンの女が女性刑務所の下から恋人の名前を呼んでいた。毎日十時半には必ずそこにいるのだ。六番街のデリに寄ってチキンレバーを買い、お隣のコインランドリーで洗濯物をピックアップした。マットが食料品の袋を持ち、カサンドラは洗濯物を積んだカートを押した。その車輪を、郵便屋さんはひょいとスキップしてよけていった。

カサンドラの夫のデーヴィッドは五時四十五分に帰ってきた。彼が下からブザーを三回鳴らすと、彼女もそれにブザーで応える。そしてマットと階段の手すりに寄りかかり、彼が一階、二階、三階、四階と上がってくるのを眺める。おかえり！　おかえり！　ただいま！　互いにハグし、それから家の中に入る。デーヴィッドが膝にマットをのせて食卓に座り、ネクタイをはずす。

「今日はどうだった？」と彼女が訊く。

「いつもと同じだよ」と彼が言うこともあれば、「今日はひどかった」と言うこともある。デーヴィッドは作家で、はじめての長編小説があとひと息で完成するところだった。出版社に勤めていたが、執筆のための時間も体力も奪われるその仕事を憎んでいた。

「そう、かわいそうに」彼女はそう言って、彼と自分のために飲み物を作る。

「そっちはどうだった？」

「うん、よかった。お散歩して、公園行って」

「そうか」

「マットはお昼寝して、わたしはジッドを読んでた」（ふだんの彼女はトマス・ハーディ派だったが、いまはジッドに挑戦中だった。）「いつも出会う郵便屋《ポストマン》さんがいてね――」

「郵便配達員《メールマン》」

「郵便配達員」彼女は言いなおした。「その人を見ると、ひどく気が滅入るの。まるでロボットみたいに、やることが判で押したように決まってて。来る日も来る日も同じルートで、信号のタイミングまでいっしょ。なんだか自分の人生みたいで悲しくなっちゃう」

デーヴィッドは怒りだした。「へえ、そりゃ大した苦労だ。いいか、誰だってやりたくもないことをやってるんだよ。僕が好きこのんで教科書作りなんかしてると思うか？」

「そんなつもりで言ったんじゃないの。今の暮らし、すごく好きよ。ただ毎日十時二十二分にそれをやりたくないっていうだけ。わかるでしょ？」

「まあね――さてお女中、風呂を入れていただこうか」

彼は冗談でいつもこれを言う。すると彼女は風呂を入れ、彼が入っているあいだに夕食の支度をする。彼が濡れた黒髪を光らせて出てくると、夕食になる。それが済むと彼は書き物をするか考えごとをし、彼女は皿を洗い、マットを湯浴みさせ、絵本を読むか歌をうたって聞かせる。「テクサーカナ・ベイビー」や「キャンディ・キッス」を歌っているうちに、マットはピンク色の唇の端からよだれのリボンをひとすじ垂らして寝入る。それから裁縫をしたり本を読んだりしているうちにデーヴィッドが「そろそろ寝ようか」と言い、そうする。愛し合うこともあればそうしないこともあり、そうして眠りにつく。

次の朝、彼女は目を覚ましたまま横たわっていた。頭痛がした。デーヴィッドが「おはよう、僕のサンシャイン」と言うのを待っていると、やがて彼がそれを言った。出がけに彼が彼女にキスをして「今日も一日お利口でね」と言うのを待っていると、彼はそれを言った。

彼女はワシントン・スクエア公園に向かって歩きながら、誰か子供がすべり台から落ちて唇を切るかもしれないと考えた。すると公園でマットがブランコから落ちて唇を切った。傷をティッシュで押さえながら、彼女は必死に泣くまいとした。あたしいったいどうしちゃったんだろう。何が不満だというの？　ほら、もっといいものを見るようにしなきゃ。彼女が無理に顔を上げてあたりを見まわすと、まさに桜の花が咲いていた。前から少しずつ咲きはじめていたが、今日がちょうど満開だった。すると、まるで彼女が桜を見たのが合図になったかのように、噴水から水が上がりはじめた。みて、ママ！　マットが叫んで走りだした。公園じゅうの子供とその母親が、いっせいにきらめく噴水めがけて走りだした。その横を郵便屋さんがいつものように歩いていった。噴水が始まったことにも気づかずに、しぶきを浴びて、いち・に。いち・に。

カサンドラはマットを家に連れて帰ってお昼寝させた。自分もいっしょに寝ることもあったが、たいていは縫い物をするか台所仕事をした。まどろむようなこのひとときが彼女は好きだった。飼い猫はあくびをし、往来をバスが行き来し、どこかで電話がいつまでも鳴っている。ミシンが夏の羽虫のような音をたてる。

けれどもこの日、昼下がりの太陽はガス台のクロームめっきにぎらぎら反射し、ミシンの針が折れた。通りからは急ブレーキやスリップの音。フォークやスプーンは流しの水切り台でガチャガチャ鳴り、包丁がホウロウをこすって耳障りな音をたてた。カサンドラはパセリを刻む。いち・に。いち・に。

マットが目を覚ましたので、唇に気をつけて顔を拭いてやった。二人でミルクセーキを飲み、チョコレート色の口ひげをつけたまま、デーヴィッドが帰ってきてブザーを三度鳴らすのを待った。

自分のこの苦しい気持ちを彼に言いたかったけれど、好きでもない仕事をして、小説を書く時間もなく、つらい思いをしているのは彼のほうだった。だから彼から今日はどうだったと訊かれて彼女は言った。

「素晴らしい日だったわ。桜の花が咲いて、噴水の水が出たの。もう春ね！」

「そうか」デーヴィッドはにっこりした。

「あの郵便屋さん、濡れちゃって」と彼女は言った。
「郵便配達員」
「郵便配達員」

「今日はお店には行かない日なの」カサンドラはマットに言った。いっしょにピーナツバター・クッキーを焼き、マットがフォークで一つひとつに筋をつけた。さあできた！　サンドイッチを作ってミルクを持ち、ブランケットと枕を洗濯物用のカートに積んだ。今日は五番街を通って、いつもとまったくちがう道でワシントン・スクエアに行った。公園の入口の凱旋門と、アーチに囲われた木や噴水を正面から見るのは素敵だった。

二人でボールを投げっこし、マットはすべり台や砂山で遊んだ。一時になったので彼女はブランケットを広げてピクニックの用意をした。マットとサンドイッチを食べ、通りかかった人々にクッキーをおすそ分けした。食事のあと、マットは自分用のブランケットと枕があるのに、最初なかなか寝ようとしなかった。それでも彼女が「あの娘《こ》は僕のテクサーカナ・ベイビー」、お人形みたいに可愛い子、母さんはテキサス育ちで父さんはアーカンソー育ち」と何度も何度も歌っているうちにやっと眠り、彼女も眠った。ずいぶん長いこと眠っていた。目が覚めて、最初に目に飛びこんできたのがピンク色の花と青い空だったので、彼女はこわくなった。

帰り道はいっしょに歌いながら歩き、コインランドリーに寄って洗濯物をピックアップした。

重いカートを押して店から出ると、そこに不意打ちのように郵便屋さんがいた。今日は一日姿を見ていなかった。彼女は重い足取りで、交差点に向かう彼の後ろを歩いた。彼女がカートから手を放すと、カートは歩道をひとりでに滑っていって彼の踵にどすんと当たった。車輪が片方の足にひっかかり、靴が脱げた。彼は憎々しげに彼女のほうを振り返り、それからかがんで靴ひもをほどき、靴をはき直した。彼女がカートをつかまえると、彼は通りを渡りはじめた。だが時すでに遅く、道の真ん中で信号が赤になった。角を曲がってきたグリスティーズ・スーパーのトラックが彼をあやうく轢きかけて、大きな音でブレーキを踏んだ。郵便屋さんはぎょっとなって立ちすくみ、それから向こう側まで渡りきると、十三丁目の通りをとうとう走りだした。

カサンドラとマットは十四丁目をずっと歩いてアパートまで帰った。その道を通って帰ったのははじめてだった。

五時四十五分にデーヴィッドがブザーを鳴らした。おかえり！　おかえり！　ただいま！

「今日はどうだった？」

「いつもと同じだよ。そっちは？」

マットとカサンドラは先を争って話しはじめた。今日あったこと、ピクニックのこと。

「とってもいい日だった。桜の花の下で二人でお昼寝して」

「そうか」デーヴィッドはにっこりした。

彼女もほほえんだ。「帰り道に、わたし郵便屋さんを殺したの」

「郵便配達員」デーヴィッドはネクタイをはずしながらそう言った。

「デーヴィッド。お願いだからわたしと話して」

楽園の夕べ

人は何年も経ってからその時のことを振り返って、あれがそもそもの始まりだった、とか、あのころは幸せだった、とか、昔は……だの、今は……だのと言う。あるいは、いついつになれば、これこれのことさえすれば、こうなりさえすれば幸せになる、などと思う。エルナンは今の自分を幸せだと思っていた。オセアノ・ホテルは満室だったし、配下のウェイターたちは三人ともフル回転で働いていた。

彼は先のことを心配したり、昔をくよくよ思い出したりするタイプの人間ではなかった。チューインガム売りの子供たちをバーから追い払うときも、浮浪児だった自分の子供時代を思い出しはしなかった。砂浜をあさり、靴を磨いていた、あのころ。

彼が十二のとき、このオセアノ・ホテルの建設は始まった。エルナンはオーナーのために使い走りの仕事をした。白いスーツにパナマ帽をかぶったセニョール・モラレスは彼の憧れだった。顎の下の肉と、それに合わせたような目の下のたるみ。エルナンの母親が死んでからは、モラレスさんが彼を名前で呼んでくれるただ一人の人になった。〝おい小僧〟でも〝こっち来い《アンダレ・イホ》〟でも

〝失せろ《ベテ・カジェヘロ》〟でもなく、エルナンと。おはよう《ブエノス・ディアス》、エルナン。ホテルの建設が進むと、セニョール・モラレスは彼を工事現場の掃除夫として正式に雇った。そしてついにホテルが完成すると、厨房での働き口をくれた。それに寝起きするための屋上の部屋も。

並の人間だったら、経験のある働き手をほかのホテルから引き抜いただろう。新しくできたオセアノ・ホテルでは、シェフやフロント係こそアカプルコから来ていたが、それ以外の従業員はみなエルナンと同じ、読み書きもできない浮浪児だった。誰もが屋上に自分の部屋を持てて大得意だった。男女それぞれにシャワーとトイレもあった。あれから三十年が経った今も、男の従業員は全員ここに残っていた。洗濯係やメイドの女たちはチャカラやエル・トゥイトのような山奥の町から来ていた。彼女たちは結婚したり、ふるさとが恋しくなると辞めていった。入れ代わりに、また山から若い娘がやって来た。

ソコーロもチャカラから来た。エルナンがはじめて見た日、彼女は白いワンピースを着て、お下げ髪にピンクのサテンのリボンを結んで自分の部屋の入口に立っていた。縄で結わえた荷物を床に下ろそうともせずに、電気のスイッチを切ったり入れたりしていた。はっとするほど愛らしかった。二人はにこっと笑いあった。ともに十五歳で、その瞬間から互いに恋に落ちた。

次の日、セニョール・モラレスは厨房のソコーロを見つめているエルナンに気がついた。

「きれいな娘さんじゃないか、ん?」

「はい」とエルナンは言った。「おれ、あの子と結婚します」

それから二年間、エルナンは二つのシフトを掛け持ちし、やがて所帯を持つとホテルのそばの小さな家に引っ越した。上の娘のクラウディアが生まれるころにはバーテンダー見習いになっていた。アマリアが生まれると正バーテンダーに昇格し、ソコーロはホテルを辞めた。あと二週間もすると、下の娘のアマリアの社交界デビューのパーティが開かれる。両方の娘の名付け親であるセニョール・モラレスが、ホテルでパーティを開いてくれることになったのだ。独身のモラレスさんは、ソコーロや娘たちのことをエルナンに負けず劣らず愛していて、いろんな人に彼女たちのことを吹聴した。

「じつにいい、美しい女性たちなんだ。たおやかで純粋でしっかり者で、おまけに……」

「賢くて強くて働き者、でしょう」エルナンが横から言う。

「ああそうだ《ディオス・ミオ》……それに度胸もいい……まったくもって素晴らしいよ《タン・ペロ・タン・ブリジョーソ》」

バーカウンターにはいつものようにジョン・アップルがいて、海沿いの遊歩道《マレコン》を眺めていた。石畳の道をトラックやバスがひっきりなしに行き来した。ジョンはビールをちびちびやりながらつぶやいた。

「エルナンよ、あの真っ黒な煙を見たか？　それにこの騒音。最近じゃこのあたりはどこもこの調子だ。もう楽園でもなんでもない。あの平和だった小さな漁村は、もう死んじまうんだ」

エルナンの英語は達者だったが、ジョンの言うこの手の意見は理解不能だった。わかっているのは、同じことをもう何年も聞かされつづけているということだった。ジョンがこれ見よがしに空のグラスを飲み干してみせるのに、エルナンは気づかないふりをした。次の一杯はほかの誰かにおごってもらえばいいだろう。

「死ぬんじゃない」とエルナンは言った。「新しいプエルト・バジャルタの誕生だよ」

高級リゾートホテルがいくつも作られ、新しいハイウェイが完成し、立派な空港も開業したばかりだった。昔は週に一便だった国際線のフライトが、今では日に五便も六便も飛ぶ。エルナンは、この町がまだのどかで、まともなバーはここ一軒しかなく、そこを自分ひとりで切り盛りしていた昔をすこしも未練に思わなかった。店にたくさんのウェイターがいる今が、彼は好きだった。もうくたびれ果てることもなく、家に帰ればソコーロと二人で夕食をたべ、新聞を読んで、すこしのあいだ話もできる。

店が混んできた。エルナンはメモに厨房にいるボーイたちを呼びに行かせ、予備の椅子を出すよう指示した。ホテルの宿泊客の大半は、新聞記者か『イグアナの夜』〔ジョン・ヒューストン監督の一九六四年のアメリカ映画。メキシコ西岸の小村ミスマロヤでロケが行われた〕の出演者と撮影クルーだった。その連中がみんなこのバーにやって来て、町の〝ハイソ〟な人々や地元民、アメリカ人たちといっしょに飲んでいた。旅行客やハネムーンのカップルは、エヴァやバートンやリズがいやしないかときょろきょろしていた。

この時代は、町の映画館でメキシコ映画が週に一本かかるだけだったし、テレビもなかったから、町の人間は誰も『イグアナの夜』の出演者に関心がなかった。ただしエリザベス・テイラーの名前は誰もが知っていた。そのリズの夫のリチャード・バートンがこの映画に出ているのだ。

エルナンは彼らのことも、監督のジョン・ヒューストンのことも好きだった。老監督はソコー口にも娘たちにも礼儀正しく接した。スペイン語で話しかけ、町で見かければ帽子をちょっと持ちあげた。ソコーロはセニョール・ヒューストンのために、兄に頼んでチャカラの近くの山からライシージャという密造のメスカルを持ってこさせた。エルナンはそれをマヨネーズの大瓶に詰めてカウンターの下に隠し、なるべくゆっくりのペースで出して、セニョール・ヒューストンに気づかれないよう、極力べつの酒で割るようにした。

メキシコ人の銀行家や弁護士たちは、ブロンドの初々しいスー・リオンにたどたどしい英語で話しかけていた。ルビーとアルマという、アメリカ人の離婚女性の二人組は、カメラマンたちといい雰囲気になっていた。どちらの女も金持ちで、海を見おろす崖の上に家を持っていた。オセアノ・ホテルのバーに来ればロマンスの相手が見つかると信じているのだ。二人が出会うのはいつも、釣り旅行に来た妻子持ちの男や、今ならば新聞記者やカメラマンだった。ずっとここに留まるなどと夢にも思っていない男たちだ。

アルマは美人で気立てがいいが、夜更けになると目と口は腫れ涙声になり、まるでさっさと殴られて捨てられるのを自分から望んでいるように見えた。ルビーは五十がらみで、あちこち引っぱりあげたり、染めたり、継ぎあわせたりしていた。陽気でよく人を笑わせたが、酒を過ごすと口汚くなり足元もあやうくなるので、そうなるとエルナンが誰かに家まで送らせた。ジョン・アップルが二人のテーブルに行って座った。アルマが彼のためにマルガリータをダブルで注文した。

ルイスとビクトルが戸口に来て立った。しばらくそうして人々の視線をたっぷり引きつけておいてから、すっと店に入ってきて目立つ席に腰かけた。二人とも黒髪のハンサムで、ぴったりした白のズボンに胸元の開いた白いシャツを着ていた。靴下ははかず、片方の足首にアンクレットが光っていた。白い笑顔、濡れたような黒髪。娼婦たちが「キュートな小ネズミたち《ラトンシトス・ティエルノス》」と呼ぶ、若くセクシーな男たちだ。

まだ子供だった二人をはじめて見たとき、エルナンはすでにオセアノの厨房で働いていた。旅行客相手に物乞いをし、酔っぱらいから金を抜いていた。ともにクリアカンの出で、互いを相棒《コンパ》と呼んでいた。

夜はヨットでござ《ペタテ》をかぶって眠り、昼は金をくすねる暮らしを何年も続けていた。エルナンはそんな彼らに理解を示し、盗みを働いても問い詰めることはしなかった。二人が女たちを手玉に取るやり方にも驚かなかった。だが、彼は女たちには手厳しかった。ある日、ビクトルが海辺の遊歩道《マレコン》で娘のアマリアに近づくのを彼は見た。アマリアは学校の制服のチェックのスカートに白いブラウスを着て、ふくらみはじめた胸に教科書をきつく抱えていた。エルナンはバーを飛び出し、通りを猛然と渡った。「家に帰りなさい！」彼はアマリアに言った。それからビクトルに言った。「つぎにうちの娘たちに話しかけたら、お前を殺す」

エルナンは冷やしたグラスにマティーニを注ぎ、メモのトレイにのせた。それからカウンターを離れて二人のところに向かった。

「よう《キューボ》。お前さんがたが店にいると、どうにも気分が落ちつかないんだがな」

「そう言うなよ《カルマテ》、おやっさん《ビエホ》。おれたち、世紀の大事件を二ついっぺんに見物に来たんだからさ」

「二つ？　一つはトニーだろうが、もう一つは、ならベトか。ベトがどうかしたのか」

「もうじき映画の連中とお祝いに来るはずだよ。『イグアナの夜』で役をもらったのさ。これであいつも大金持ち、大金《ラナ》がっぽりさ」

「本当か《ノメ・ディガス》！　そいつはめでたい。これでもうただのビーチボーイじゃなくなったってわけだ。で、どんな役なんだ」

「そのビーチボーイさ！」

「あいつがドジを踏まないように祈ってやろう。もう一つのほうは私も知ってるぞ。トニーがエヴァ・ガードナーといい仲になったんだろう」

「そんなのは事件じゃないよ。そら《フィハテ》、その事件が来たぞ！」

　堂々たる真新しいクリスクラフト〔マホガニーを使った高級モーターボートのブランド〕がしぶきを上げて船着場に入ってきて、夕陽でマゼンタ色に染まる水面を揺らした。トニーが立ちあがってこっちに手を振り、〈エヴァ号〉の錨をおろした。子供が一人、手漕ぎボートで彼を迎えにいった。

「なんと《イホラ》！　まさか彼女があれを買ってやったのか？」

「それもトニーの名義でね。ゆうべ彼女がハンモックの上に裸で寝て、おっぱいに証書をテープで貼っつけてトニーを待ってた。そしたらあいつ、真っ先にどうしたと思う？」

「ボートを見に行った、だろう」

　三人がどっと笑っていると、美しく危ういエヴァが階段を降りてきて、みんなに微笑みかけた。そしてブースに一人で座り、トニーを待った。店じゅうの人間が彼女に見とれていたが、誰ひとり話しかけようとしないのがエルナンには誇らしかった。うちの客は礼儀をわきまえている。

エルナンはカウンターの中にもどり、手早く遅れを取りもどした。かわいそうに《ポブレシータ》。内気で、寂しい女性だ。彼はペドロ・インファンテの映画の歌をハミングした。「金持ちだって泣く」。

恋人たちがあいさつのキスをするのを、エルナンもみんなといっしょに見守った。店じゅうにカメラのフラッシュが花火のように炸裂した。彼女を知らないアメリカ人はいなかったし、トニーは町の人気者だった。歳はまだ十九そこそこ。ブロンドの筋がまじった長い髪、琥珀色の瞳、天使の笑顔。もう何年も船の上で荷を積んだり下ろしたり、タクシーがわりに人を乗せたりして働いていて、貯めたお金でいつか自分の船を持って、観光客相手に水上スキーをやるのが将来の夢だった。

なれそめについては諸説あった。サイコロゲームがきっかけだったと言う人もいれば、トニーがディエゴに金を払って、スターたちを毎日船でミスマロヤのセットまで運ぶ役を代わってもらったのだと言う人もいた。彼の黄金《きん》色の瞳が彼女の緑の瞳を見つめること三日、ついに彼女はオフの日に彼と船に乗るようになり、やがてトニーいわく〝運命が微笑んだ〟。メモに言わせればトニーはろくでもないジゴロだった。

「だが見てみろよ」とエルナンは言った。「あれは恋してる目だ。彼女を悲しませたりなんかしないよ」

カウンターの前を通りかかった年配のアメリカ人女性に、向こうからルイスが声をかけた。

「マダム、よかったらごいっしょしませんか。おれはルイスでこっちはビクトル。おれの誕生日をいっしょに祝ってくださいよ」

「あらまあ、喜んで」女性はびっくりしてほほえんだ。彼女は二人のために飲み物を頼み、ウェイターに札をひとつかみ渡した。二人に声をかけられたことに気を良くして声をたてて笑い、きょう買ったものを二人の前に並べてみせた。

ルイスはすでにビーチボーイを卒業していた。今は小さな婦人服の店をもって、大いに繁盛していた。コロニアル風の絵画や先住民族のアートも売っていたが、それをどこから仕入れているのか、作者は誰なのかを知る人はいなかった。アメリカの女たちにヨガを教えていて、その同じ女たちが店の服を色ちがいで全部買っていった。いったいルイスが女性を好きなのか嫌いなのかは判然としなかった。彼は女たちを喜ばせ、どんな女からも何らかの方法で金を得ていた。

ルイスは女たちに体を売っているんだろうか、とメモがエルナンに訊いた。さあ、どうだろう《キエン・サベ》ね。おそらく女たちをデートに誘い、家に連れこみ、酔いつぶれたところを盗んでいるのだろうとエルナンはにらんでいた。盗《と》られたほうは恥ずかしくて訴え出ることもできない。エルナンは女たちに同情しなかった。自ら蒔いた種だ。一人で旅をして、酒を飲み、行きずりの野良犬《カジェヘロ》に身を任せたのだから。

ベトがオードリーと店に入ってきた。十五歳ぐらいのヒッピー娘で、絹のような金髪、女神の顔。記者たちにいっせいにフラッシュライトを浴びせられて、ブロンドの女優はふくれっ面をした。蜜のような身のこなしで、瞳は彫刻のように虚ろだった。

ビクトルが誰かと話をしにカウンターまでやって来た。オードリーは何のクスリをやっているんだとエルナンが訊ねた。

「セコナールかツイナールか、そんなとこだろう」

「お前さんが売ってるんじゃないだろうな」

「いいや。眠剤なんて薬局で誰でも買えるさ。あれのおかげであの娘《こ》、おとなしく感じよくしてられるんだ」

ベトは映画のクルーたちの輪に加わった。みんなたどたどしいスペイン語で彼のために乾杯した。ベトは笑顔で酒を飲んだ。例によって、たったいま居眠りから覚めたバスの乗客みたいにきょとんとした顔つきをしていた。

セニョール・ヒューストンがライシージャをくれと身振りで合図をよこした。エルナンはその酒を自分で運んでいった。監督がオードリー相手になにをあんな剣幕で怒っているのか知りたかったのだ。セニョール・ヒューストンは礼を言い、奥さんや娘さんたちは元気かねと言った。それから、オードリーは大事な友人で偉い舞台女優の娘なのだと言った。それが去年、その母親の元から家出してきたのだ。

「母親の気持ちを思うとつらいよ。お宅の娘さんたちよりまだ若い歳の娘に消えられたんだからね」

オードリーは監督に、自分の居場所は絶対に知らせないでほしいと懇願した。

「ベトと愛し合ってるの。やっとあたし一人を愛してくれる人とめぐり会ったのよ。それにベトだってもう無職じゃない。二人でアパートを借りられるわ」

「何のクスリをやっているんだ?」

「ばかね、ちょっと眠たいだけよ。あたしたち、赤ちゃんができたの!」

彼女は立ちあがると老監督にキスをした。「お願い、ね?」そう言うとベトのところに行って彼のちょっと後ろに座り、小さく歌を口ずさんだ。セニョール・ヒューストンが弾かれたように立ちあがり、椅子が後ろに倒れた。それからベトのところに歩いて行き、彼に何か言いかけて、首を振って店を出ていった。そのまま通りを渡って遊歩道《マレコン》まで行くと、座って煙草を吸いながら海を見つめた。

エルナンが見ていると、新聞記者も女たちも撮影クルーも、みんなビクトルと知り合いのようだった。人がしょっちゅう立ち止まっては彼と話していく。ビクトルは何度も立って、アメリカ人がトイレに行く前か後にトイレに入る。彼は町で最大手のマリファナの売人で、何人かの顧客にはこっそりヘロインも売っていた。ヘロインはものがちがう。それの後では、だれも浜のほうに散歩に出かけない。

ヘロインはすでにアカプルコまで入ってきているとエルナンは聞いたことがあった。だが、プエルト・バジャルタにはプエルト・バジャルタでコカインがあった。

サム・ニューマンがタクシーで乗りつけて、エルナンのほうに手を振ってホテルの中庭を横切り、チェックインして荷物を部屋に運ばせた。それからトニーとエヴァのところに行ってトニーをハグし、エヴァの手に口づけた。カウンターまで来る途中のテーブルでいちいち立ち止まっては握手し、知り合いの女たちにキスし、新しく紹介された女たちはみな見るからにはしゃいでいた。ハンサムで人あたりのいいアメリカ人で、年上で金持ちの女と結婚していたが、妻は彼を自由にさせていた。家はイェラパの海沿いにあったが、何週間かに一度、買い出しと息抜きを兼ねて町にやって来た。楽園暮らしも疲れるよ、が彼の弁だった。サムは笑顔でカウンターのスツールに腰をおろし、ファン・クルスのコーヒー豆の袋をエルナンに渡した。

「ありがたい。ソコーロがコーヒーに飢えていてね」エルナンは彼のためにバカルディの水割りをダブルで作った。「ここへはパラディン号で？」

「ああ、運悪くね。観光客で満杯さ。ジョン・ラングレーも乗っていた。彼がなんて言ったと思う」

「われわれはみんな運命共同体《イン・ザ・セイム・ボート》だ、だろう」

「お得意のやつさ。今日は新作もあったぞ。船が映画のセットの横を通りかかったとき、どこかのご婦人が彼の腕をつかんで『あれ、ミスマロヤじゃないこと？』と言ったんだ。ラングレーはその手をどけて、例の厭味な英国風アクセントで『ミスター・マロヤですよ、マダム』。で、トニーの船以外でなにかニュースはあったかい？」

エルナンはベトが俳優の仲間入りをしたこと、オードリーが家出娘で妊娠していてクスリもやっていることを話した。エルナンはサムをアマリアのお披露目《キンセアニェーラ》パーティに招待した。もちろん出席するよとサムは言った。エルナンは喜んだ。

「セニョール・ヒューストンも来るんだ。すごい人だ、人として偉大だよ」

「そいつは素晴らしいな。だって、それでなくてもあの人〝すごい〟んだからね。つまり有名ってことだ」

アルマがやって来て、サムの口にキスをした。ジョン・アップルもカウンターにもどってきたので、サムがマルガリータのダブルをおごってやった。

ルイスがさっきのアメリカ人女性とタクシーに乗りこむのが見えた。ビクトルは新聞記者たちといっしょに座っていた。ビクトルをどうしたものかとエルナンは考えた。警察に突き出すようなまねはしたくなかったが、このオセアノを商売に使ってほしくなかった。今晩ソコーロに相談してみよう。妻はいつだってどうすればいいか知っていた。

「サム、あたしをエヴァ・ガードナーに紹介してちょうだいな」とアルマが言った。「あたしの家にご招待したいの」彼女はサムと連れ立って、うっとりと見つめあっている恋人たちと同席した。途中、サムが立ち止まってビクトルと話をした。互いにうつむいて話し、何度かうなずいた。

セニョール・ヒューストンが店にもどってきて〝特等席〟の大きなブースに座った。リチャードとリズが到着した。二人の行くところはどこでも窓から手榴弾を投げこまれたみたいになる。フラッシュが爆《は》ぜ、人々は呻き、わめき、「ああ！　ああ！」と叫ぶ。椅子が引かれて床に倒れ、グラスが割れる。ばたばたと駆けまわるいくつもの足音。

夫妻はカーテンコールのように全方位に笑顔を振りまき、手を振ってから監督のブースに入って座った。リズがエルナンに投げキスをした。エルナンはすでにリズのためにマルガリータのダブル、酒を飲まないバートンには〈アグア・デ・テワカン〉をトレイの上に用意しはじめていた。監督用にはふつうのテキーラで割ったライシージャ。ワカモレとサルサはリズ好みにガーリックをたっぷりきかせて。彼女が何やら悪態をついている。情が厚くてあけすけで、エルナンは彼女が好きだった。リズとバートンが腹の底から大声で笑った。二人ともお互いを、この場所を、人生そのものを、全身全霊で楽しんでいた。

人々がディナーにそなえて着替えに帰りだしたので、店はじょじょに空いてきた。歩いていく人もいれば、ホテルの前に何十台と連なったタクシーに乗りこむ人もいた。ビクトルは五、六人の男たちと連れ立って北の方角へ歩いていった。町の〝悪い〟界隈に行くのだろう。サムとアルマは、トニーとエヴァとともにアルマのジープで消えた。

ルビーとベト、それにオードリーはすっかり眠っていた。ジョン・アップルがルビーの車で三人を送り届けようと申し出た。彼女の家の戸棚の酒と冷蔵庫の中を狙っているのだろうとエルナンは思った。だが、すくなくともまだ運転ができるくらいにはしっかりしていた。メモとラウルの二人がかりで三人を車まで運んだ。

店には大きなスニフターでマデロ・ブランデーをやっている老人二人組が残っていたが、チェス盤を出して勝負をはじめた。新婚旅行の若いカップルが遊歩道《マレコン》の散策から帰ってきてワインクーラーを注文した。

エルナンはカウンターを拭き、ボトルを並べなおして向きをそろえた。メモは厨房わきの椅子に座り、兵隊のように背筋をしゃんと伸ばして眠っていた。エルナンは向こうの海と椰子の木に目をやりながら、リズとバートンとジョン・ヒューストンの会話を聞いていた。三人は議論し、笑い、『イグアナの夜』や、もしかしたらべつの映画のセリフを引用していた。エルナンが飲み物のお代わりを運ぶと、あたしたち騒がしすぎやしないかしらとリズが言った。

「いえいえ」とエルナンは言った。「自分の職業を愛している人たちが仕事の話をするのは、いつ聞いたっていいもんです。みなさん仕合わせなお方だ」

彼はカウンターの中に座り、両足をスツールの上にあげた。ラウルがカフェ・コン・レチェと甘い菓子パン《パン・ドゥルセ》を運んできた。彼は菓子パンをコーヒーに浸して食べながら新聞を読んだ。ここからしばらくはほっと一息つける時間だ。もうすこし遅くなれば、寝酒を所望する客が何人かやってくるだろう。それが済んだら、ここからそう遠くない、ソコーロが待つ家まで歩いて帰るだろう。そうして二人で食事をしながらお互いの昼や夜のこと、娘たちのことを話しあうだろう。彼がゴシップをあれこれ披露する。議論になる。ソコーロはいつも女たちの肩をもつ。誰も守ってくれる人のいないアルマやルビーをかわいそうだと言う。彼はビクトルとドラッグのことを話す。サムまでがあいつとクスリの話をしているようだ。寝床に入ると、ソコーロが彼の背中をさする。何かでくすくす笑いあう。

「ああ、おれは仕合わせだ」彼は声に出して言ってから、はっとなってあたりを見まわした。誰にも聞かれなかったようだ。彼は微笑んで言った、「おれはものすごく仕合わせだ！」

「エルナン、あなた寂しいの？　そんなところで独りごとなんか言って」エリザベス・テイラーが声をかけた。

「女房が恋しいんですよ。あと四時間も顔を見られないなんて！」彼らがどこかおすすめのレストランはないかと訊ねた。教会の裏のイタリアン・レストランに行くといい、と彼は言った。旅行客は絶対に来ません、メキシコまで来てイタリア料理を食うなんて馬鹿げてると思ってますからね。静かだし、料理もうまいです。

彼らは出ていき、新婚カップルとチェスの老人たちも部屋に上がっていった。ラウルは厨房のドアの外でメモと向かい合わせで眠っていた。黒のボレロに赤のサッシュベルトを締め口ひげを生やした二人は、まるで置物か、大きな土産物の人形のように見えた。

エルナンも眠りかけたとき、タクシーのドアがばたんと鳴った。ルイスが例のアメリカ女性といっしょに降りてきた。彼女は足腰も立たないくらい酔っていた。パンチョが出ていって彼女を部屋まで上げるのを手伝った。ルイスはそれきり降りてこなかった。

何分かして、べつのタクシーのドアの音がして、女が「この大馬鹿野郎！」とわめく声、ついでハイヒールを片方だけはいたエヴァ・ガードナーが、中庭に不規則な足音をひびかせて部屋に上がっていった。その同じタクシーのドアがまた開いて、出てきたのはなんとサムだった。裸足で、上半身も裸だった。片方の目のまわりがみごとに黒くなり、唇は切れて腫れあがっていた。

「彼女の部屋はどこだ？」

「階段を上がって二つめ、海側の部屋だ」

サムは階段をのぼりかけたが、途中でやめてもどってくると、エルナンが差し出した酒に手を伸ばした。唇がひどく腫れているせいで、局所麻酔を口に打たれたようなしゃべり方だった。
「誰にも言うなよ、エルナン。おれの評判が地に落ちちまう。まったくおれは最低野郎だ。とんだ名折れだ。彼女に恥をかかせちまった。ああ！」

　またあらたなタクシー、あらたなドアの音。トニーが頬を涙で濡らしながら走って出てきた。階段を駆けあがり、彼女の部屋のドアを叩いた。「ミ・ビーダ《おれの命》！　ミ・スエニョ《おれの夢》！」まわりじゅうでドアが開いた。「おい馬鹿、静かにしないか！　シャダップ！　シャダップ！」

　トニーが階下《した》におりてきた。サムと抱きあい、彼の手を握ってあやまった。子供のようにしゃくりあげながら泣いていた。

「サム、彼女に説明してくれよ。あんたならできるだろ。おれは英語がしゃべれない。あのときは暗かったんだって、そう彼女に言ってくれよ、お願いだ！」

「それはどうかな。彼女、本気でおれに怒ってるからな。心配ない、ただ行って、キスして、嘘の涙の一つも見せればいいさ」

　エルナンが割って入った。「いったい何があったのかはわからんがな。ただ今夜どんなひどいことがあったにせよ、明日には彼女はなんにも覚えちゃいない。ヤブヘビはよせ！」

「名案だな。さすがはエルナンだ」サムはトニーを連れて階段を上がり、クレジットカードを使ってエヴァの部屋のドアを開けると、トニーの背中をそっと押して中に入れた。しばらくドアの外に立っていたが、トニーは出てこなかった。

　サムは中庭の石畳に立ち、見えないカメラに向かってクレジットカードを掲げてしゃべりだした。「やあみんな！　僕の名前はサム・ニューマン。世界を股にかける美食家にして遊び人。そんな僕がどこに行くにも手放せないのがこのアメリカン・エクスプレスさ！」

「サム。そこで何してる《ケ・アセス》？」

「何でもないよ。なあエルナン……誓ってだれにも言わないか？」

「おふくろの墓に誓ったっていい。さあ、何があったか話してもらおう」

「ああ……どこから話せばいいんだ。とにかくおれたちはアルマの家に行って、アルマが料理女に夕食を作るように言った。おれたちはテラスに出て、また酒を飲んだ。音楽がかかってた。トニーは酒がからきしダメで、ふだんから一滴も飲まないし、おれもまだ飲みはじめてもいなかった。だが女二人はへべれけだった。テラスは暗く、おれたちはみんなウォーターベッド・ソファに寝そべっていたんだが、急にアルマがトニーの手を引っぱって、その、寝室に連れていった。エヴァはそのとき星を見ていて、おれ一人があわてててたんだが、やがて二人がいなくなったことに気づいた彼女、がばっと起きあがるとおれを引っ立てて二人を探しにいった。二人はアルマのベッドの上で、素っ裸でよろしくやってる最中だった。エヴァが二人を鈍器でぶん殴るかと思いきや、にっこり笑っておれを引っぱってテラスにもどった。ああ、まさかあんなヘマをするなんて。まったく恥さらしだ。いやになる。かのエヴァ・ガードナーがおれの目の前で、堂々と服を脱いでソファに横たわってるのに。おお神よ。エルナン、彼女は神々しかった。肌はどこもかしこもバタースカッチ・プディングの色だった。胸なんかこの世のものとは思えなかった。それにあの脚。彼女はまさしくアルバ公爵夫人、いや裸足の伯爵夫人そのものだった！〔アルバ公爵夫人はゴヤ「裸のマハ」のモデルと言われる女性、『裸足の伯爵夫人』はエヴァ・ガードナー主演の映画〕おれももちろん服をかなぐり捨てて彼女の隣に飛びこんださ。夢のようだった、生身の、血の通ったエヴァがすぐ目の前にいて、あのグリーンの瞳でおれをじっと見つめてるんだから。おれの一物はどっかに消えちまった。息子はティファアナにお出かけ、タマはオハイオまで飛んでった。わが伯爵夫人は、女神さまは、ありとあらゆることをしてくれた。なのにからきし駄目だった。情けなくて死にそうだった。おれは謝って、ああっ、間抜けにもこう言っちまったんだ、『ほんとに申し訳ない。あんまりあなたのことが好きすぎて――なにしろガキのころから大ファンだったから』。そしたら彼女、思い切りおれの横っ面をひっぱたいた。そこにトニーがやってきて、おれをさんざっぱら殴りつけた。そのとき料理女がのこのこやって来て、電気を点けて言ったんだ、『お食事の用意ができました』。おれは彼女に金を渡してタクシーを呼ぶよう頼むと、ズボンをはいておもてに飛び出した。料理女がタクシーを拾ってもどってきたからおれは乗りこんだ。ところがエヴァも後から乗ってきた。トニーが後ろから走って追いかけてきたけれど、彼女は車を停めさせなかった。エヴァ・ガードナー。ピストルで自分を撃ち殺したいよ」

トニーが軽やかに階段を降りてきてカウンターまでやってきた。

「彼女、許してくれた。おれを愛してるって。いまは眠ってる」

「じゃ、晩メシ食いにもどろうか」サムがにやっと笑って言った。トニーは腹を立てたが、しばらくすると、ほんとは腹ぺこで死にそうなんだと言った。メモはいつの間にか目を覚ましていて、事情をすっかり飲みこんだようだった。おれも腹ぺこだから、みんなで厨房に入ってなにか夜食をつまみましょうや、と言った。

ビクトルが一人でもどってきて、明かりの落ちた奥のテーブルに座った。ラウルがホットチョコレートとパン・ドゥルセを持っていった。ビクトルは酒もクスリもやらなかった。きっと今ごろはひと財産築いていることだろうとエルナンは思った。ルイスはまだ上にいる、とラウルがビクトルに言った。「待つよ」と彼は言った。

メモが厨房から出てくると、ちょうど夕食のあと一杯やりにきた客が何人か入っていた。トニーはビクトルのテーブルに座っていっしょにルイスを待った。トニーもチョコレートを飲み、エルナンは彼のところにアスピリンを持っていかせた。トニーはビクトルには今夜のことは言わず、ただ新しい船の話をした。

サムがカウンターに来てカルーアとブランデーのカクテルを頼んだ。両手で頭を抱えている。エルナンは酒を差し出しながら、「あんたにもアスピリンが要るな」と言った。

ルイスがあのアメリカ女性のショッピングバッグを一つ提げて階段をおりてきた。仲間三人は声をひそめて話し、ティーンエイジャーのように笑った。三人は開いた窓を軽々と飛びこえて、店を出ていった。彼らの無邪気で明るい笑い声が波音にまぎれて遠ざかっていった。

「あのカチカチいう音はなんだ。マラカスか?」

「歯だよ。ルイスがあのご婦人の入れ歯を盗んだんだ」

エルナンは空になったサムのグラスを下げ、カウンターの輪じみをていねいに拭いた。

「私はそろそろ帰るとするよ。唇、氷で冷やすかい」

「いや、大丈夫だ。ありがとう。おやすみ、エルナン」

「おやすみ、サム。また明日《アスタ・マニャーナ》」

幻の船
ラ・バルカ・デ・ラ・イルシオン

家の床は細かな白砂だった。マヤは毎朝、メイドのピジャと二人でサソリがいないか調べながら熊手で砂を掃き、きれいにならした。最初の一時間はリノリウムの床にワックスを塗ったばかりのように、子供たちに「あたしの床を歩かないで！」とどなった。半年に一度、片目のルイスがロバを引いて来て、砂をサドルバッグに詰めては浜まで運び出し、何往復もして波に洗われてきらきら光る新しい白砂と入れ替えてくれた。

家はパラパと呼ばれる、ヤシの葉で屋根をふいた小屋だった。中央の背の高い四角い構造の両端に、それぞれ半円形の屋根がついていたので、屋根は全部で三つあった。家はどことなくヴィクトリア朝の旧《ふる》いフェリーボートのような風格があり、それで〈幻の船《ラ・バルカ・デ・ラ・イルシオン》〉と呼ばれていた。内部《なか》は涼しく、広い天井は黒檀の柱で高々と差し上げられ、横木をユッカの蔓《つる》でくくりつけてあった。夜、星あかりや月光がパラパのつなぎ目の天窓から射しこむと、家はまるで大聖堂のようになった。上に〝タパンコ〟のある日干しレンガの部屋のほかは、家には壁がなかった。

バズとマヤはそのタパンコ――ヤシの葉の芯で作った広いロフト――に置いたマットレスで寝

た。ベン、キース、ネイサンは、うんと寒い日には日干しレンガの部屋で寝たが、たいていは広い居間か、おもてのダチュラの木の下に吊ったハンモックで眠った。ダチュラはおびただしい数の白い花を咲かせた。花は重く不器用にぶら下がり、夜になると星あかりや月あかりを浴びてオパールがかった銀色に輝き、むせかえるほどの芳香で家のすみずみを満たし、香りはラグーンのほうまで流れていった。

それ以外の花は香りのないものがほとんどで、アリにもやられなかった。ブーゲンビレア、ハイビスカス、カンナ、オシロイバナ、インパチエンスにヒャクニチソウ。ストックとクチナシとバラはあふれんばかりに香り、色とりどりの蝶でにぎわっていた。

夜になると、マヤはお隣さんのテオドラとランタンを提げて庭とココナツの林を見まわり、せわしげに列をなすハキリアリを殺し、巣穴に灯油を注いだ。このアリが庭のトマトやインゲンやレタスや花を食い荒らす。新しい苗を植えるなら新月の夜、枝を切るなら満月の夜、マンゴーの木が実をつけないときは低い枝に水を入れた瓶を吊るすといい、と教えてくれたのもテオドラだった。彼女の七歳になる息子のファニートは毎朝マヤの授業にやってきたが、コーヒーの実が熟す季節になると、毎日山のほうに働きに出た。

ベンとキースは七歳と六歳だったが、算数か読み書きかで一年生になったり四年生になったりした。キースは分数や小数が大好きで、ベンとマヤには理解不能だった。ベンは児童書から『白ナイル』のような大人向けの本まで、字ならなんでも片端から読んだ。子供たちは毎朝大きな木のテーブルで勉強をした。茶色の背中を丸めてマーブル表紙の帳面に向かい、書いたり、嘆息したり、消したり、くすくす笑ったりした。読み書き算数。地理。ファニートといっしょのときは、スペイン語の読み書き。

家は川岸のココナツ林のへりに建っていた。川の向こうには浜、そしてイェラパのすばらしい湾が広がっていた。浜の岩場から連なる山の上には、小さな入江を見おろして村があった。湾は高い山々にぐるりを囲まれていたので、イェラパに通じる道路はなかった。トゥイトやチャカラのような街へは、ジャングルを通る馬車道で何時間もかかった。

川は年じゅう変化した。ある時は緑色で深く、ある時はほんのせせらぎだった。潮の具合によっては河口が砂でふさがって、川が潟《ラグーン》に変わることもあった。この一番いい季節にはアオサギやシラサギがやって来た。子供たちは丸木をくり抜いたカヌーに乗って、何時間でも海賊ごっこをやり、ザリガニをつかまえ、投網で魚を漁り、浜から来た旅行客を向こう岸に渡してやった。まだやっと四つのネイサンまでが上手にカヌーを操った。乾期になると水はすっかり干上がり、子供たちは村の子らとサッカーをして遊び、痩せ馬にまたがって駆けっこした。雨期が始まるとふたたび川に水が戻り、ときにそれは奔流となり、花の枝や、実のついたオレンジの枝や、ニワトリの死骸や、一度は牛まで流れてきた。泥水は逆巻きながら浜めがけて押し寄せ、音を立てて砂を呑みこみ、ターコイズ色の海に流れこんだ。何日か経つと川はふたたびおだやかに澄んで、岩場のそこここにできた温かい水たまりは、水浴びしたり洗濯するのにうってつけだった。

夕方になると、テオドラが大きなたらいを頭に載せ、中の皿をがちゃがちゃいわせて家の前を通って川のほうへ歩いていった。その数歩うしろをドナシアーノが〈アカプルコ〉と書いた麦わら帽をかぶり、山刀《マチェテ》を提げて歩いていく。テオドラは寡婦で、ドナシアーノは恋人だったが、彼は町に妻子がいた。暗くなるころ、二人はまた皿をがちゃがちゃいわせ、前よりもゆっくりした歩みで戻ってくる。毎朝ドナシアーノは山にコーヒー摘みに出かける前に、川の向こう岸のクビシメイチジクや黄花咲くパペリージョの木陰にしゃがみ、水を飲みにくる鹿を待ち伏せた。じっさいに彼が鹿を殺すところをマヤが見たのは一度きりだったが、彼はしょっちゅうそれをやり、村のみんなに肉を分けた。彼は木の後ろから素早く飛び出すと、マチェテの刃を閃かせ、ひと振りで雌鹿の首を切り落とした。首は砂の上に落ちて血が川に流れ、仔鹿たちは散り散りに逃げていった。

マヤとバズはロバや豚が入ってこないようぃっしょに柵を修繕し、畑に水をやり、雑草を抜いた。ピジャとルイスは川上や、乾期には村の井戸から、バケツに数えきれないほど何杯も水を汲んできた。ルイスとパブロとバズで木を集めて薪割りをし、それで一日じゅう火を燃やした。

「楽園暮らしも楽じゃないな」とバズは言った。

わたしたちはいつまでこの楽園の生活に耐えられるだろう、とマヤは内心思った。夜、彼女がテーブルで本を読んでいると、バズはハンモックに寝そべって、マリファナを吸いながら海を眺めていた。

「バズ、だいじょうぶ?」

「退屈だ」と彼は言った。

もし本物の農場を持っていたら。あるいは本格的な学校を始められたら。問題は、バズは何もする必要がないということだった。生まれたときからずっとそうだった。ボストンの裕福な医者の息子。容姿端麗で頭脳明晰、フィリップス・アカデミーでもハーヴァードでもハーヴァードの大学院でも成績優等生だった。医大の二年めでサキソフォンを吹きはじめ、ディジーやバードやジャッキー・バイヤードやバド・パウエルを生で聴いた。ヘロイン中毒になり、モルヒネがらみで医大を退学になった。ボストンの富豪の娘キルケと結婚してドラッグと縁を切った。二人で世界じゅうを旅した。やがてニューメキシコに落ちついて、そこで彼はサキソフォンを演奏し、ポルシェで国内やヨーロッパのレースに出た。退屈しのぎに事業を始めた。ミシシッピ以西で初めてフォルクスワーゲンの販売権を買い、たちまち億に近い金を稼いだ。彼はカーレースをやめ、サキソフォンもやめた。キルケと離婚した。夫のいるマヤと恋に落ち、関係を持った。

「生きる理由を僕におくれ——きみと、きみの子供たちを」というのが彼のプロポーズの言葉だった。マヤはそれを本気でロマンチックだと思った。二人は結婚した。バズは正式にベンとキースの父親になり、やがてネイサンが生まれた。バズがまたヘロインに手を出していることにマヤが気づいたのは、結婚してひと月経ったときだった。金持ちなら、ヘロインを隠すのは簡単だ。いつだって切らさずにいられるから。

彼がドラッグをやっていないとき、二人の生活は最高だった。愛し合っていたし、すばらしい子供たちがいた。豊かで自由で、小型飛行機に乗ってアメリカやメキシコをすみずみまで旅した。

だがけっきょくドラッグがバズにとって唯一の生きる理由になった。もうじき子供たちにも隠しきれなくなるだろう。二人が出会う人間はコネクションと売人、彼らを追う麻薬取締官だけになった。どちらにとっても、毎日毎日、一日二十四時間がヘロインを中心に回っていった。イェラパへの移住は最後の賭けだった。

　うまくいくのかもしれないと、少しずつ思えてきた。イェラパに根をおろせるかもしれない、と。バズは湾にボートを浮かべて魚を獲《と》るようになり、サワラやフエダイを提げて帰ってきた。岩場で素潜りして牡蠣やロブスターも獲ってきた。しだいにベンとキースもいっしょに行くようになった。おかしな話だが、ココナツの実が子供たちの頭の上に落ちやしないかとしじゅう気を揉むマヤが、彼らが小さなボートで沖に出ることはすこしも心配しなかった。たしかに危険な大波や、サメや、マンタがボートを脅かすことはあった。海にはアカエイやウツボもいた。それでも三人は魚や貝やロブスターや、それといっしょにイルカやザトウクジラやでっかいノコギリザメの土産話をもって戻ってきた。バズと子供たちが海での冒険に尾ひれをつけてわいわい話し合うのを聞くのが、マヤは好きだった。辛抱づよく思い切りのいいキースは優秀な漁師だった。目のいいベンは、岩陰にひそむ青いロブスターのひげの先や見事なコンク貝を見つけるのがうまかった。

　一年ほどしてバズが発電機を買い、それを岬に据えた。三人はスキューバタンクを背負い、水中銃を手に海に潜るようになった。じょじょに村の子供たちも海に潜って魚を獲るやり方を覚え、それで生計を立てられるようになった。セファリノとパブロは自分たちでボートとタンクを買い、町で魚を売った。町に小さなレストランができた。ロンコとバズは共同でモーターとファイバーグラス製のボートを購入し、それでもっと沖の島のほうまで出ていった。夕暮れどきにボートが錨を下ろすと、彼らが呼び合ったり笑ったりする声が海を渡ってここまで聞こえてきた。

月日はゆらゆらと心地よいリズムで過ぎていった。夜明けが近づくとニワトリたちが時をつくり、日の出とともに何千ものワライカモメが川上を目指して屋根を越えていった。涼しい灰色のココナツの林では、オウムの群れが痛いほど鮮やかなグリーンをひらめかせた。もう一つのナイル。緑色のイグアナたちが川の岩場で日光浴をした。豚はぬかるみで鳴き、馬車道ではチャカラから来る馬がぶるっと鼻を鳴らす。拍車。昼も夜も波は優しくささやき、ヤシの葉は海と同じリズムでさらさら鳴った。毎日正午にパラディン号が波止場に着き、十二人の旅客たちがおだやかな浅瀬を浜まで歩く。そして川を歩いて渡るか、水が高すぎればネイサンに渡しを頼む。幾人かは馬に乗って川をさかのぼるか、村を抜けて滝まで行った。ときどきベンとキースも村の子供たちのようにガイドの真似事をした。旅行客はネイサンにもよく道を訊ねたが、彼は英語がわからなかった。もし相手が川を渡りたければ、ネイサンは自分のカヌーを指さして、ひとこと「座る《シット》!」と言った。客が座ってしっかりつかまると、彼は後ろにあぶなっかしく立ち、棹《さお》で押すか、櫂《かい》でこぐ。日焼けした顔に明るいブルーの目を生真面目に見開き、黄金《きん》の巻き毛を輝かせて。

三時にパラディン号は出ていき、あとにはほんの六、七軒のアメリカ人《グリンゴ》の家と、二百人の村人たちが残される。犬の吠え声、木を伐《き》る音。暗くなるとコオロギやアマガエルがせつせつと鳴き、真夜中にはフクロウの声もする。

丘の上の家から、リズとジェイがしょっちゅうやって来た。二人はニューメキシコ時代からの古い友人だった。二組の夫婦はジャマイカジュースやカモミール茶を飲み、マリファナをふかして湾の向こうにピンク色に沈む夕陽をながめた。マヤは魚やチキンをグリルし、豆や米、庭の菜園で採れた野菜類を添えて出した。ことに雨の季節には、四人は夜おそくまでスクラブルやモノポリーやジンラミーに興じた。ときにはベンとキースがリズたちの家にお泊まりし、ファッジを作ったり星空の下でウォーターベッドに寝たりした。リズもジェイも織物作家だったので、子供たちは毛糸の切れ端で〝神の目〟〔小枝で作った十字架にカラフルな糸や毛糸を巻き付けて作るお守り〕を百個もこしらえた。

旅行者カードは半年ごとに更新する必要があった。マヤと子供たち、リズとジェイは国境まで行ってとんぼ返りしたが、バズはいつも仕事の用事で数週間ニューメキシコにとどまった。ビジネスパートナーと打ち合わせたり、税金の手続きをしたり、借地契約書にサインしたり。最初のうち、バズは行くたびにヘロインを手に入れてきたが、それもしだいに減りつつあった。一週間はハイ、つぎの一週間は半病人。あの人〝デング〟にやられちゃって、マヤはピジャとテオドラにはそう説明した。いちどテオドラが、よく効くというお茶を持ってきてくれたことがあった。そしてそれはデング熱――マラリアの一種――に効くお茶だったが、本当に効いて、禁断症状がひと晩で消えてなくなった。パパイヤの葉にカミツレや馬糞を混ぜたお茶。そして二年め、ついにバズはドラッグなしで帰ってきた。スキューバタンクを買ってきたのもその時だった。月日が経つにつれ、あの世界ははるか昔のことのように思えてきた。コネクションも売人も警察も恐怖も、すべては遠い過去のことなのだと。

家族全員がたくましく健康だった。甘いお菓子もジュースもなかった。誰も木や岩から落ちなくなった。ごくたまに誰かが病気になれば、マヤとリズとでメルク・マニュアルや医薬品便覧にあたり、必要とあれば抗生物質を使った。

　キースが咽頭炎のひどいのにやられ、アンピシリンを注射しても良くならなかった。マヤは彼を連れてパラディン号でプエルト・バジャルタまで行き、そこから飛行機でグアダラハラの病院へ行った。医者はキースの扁桃腺を切り、何日か入院させた。治ると、二人は三日間のバカンスを楽しんだ。タクシーやバスで街じゅうをめぐり、市場や店に何時間も入りびたってお土産や日用品を買った。キースは電話やテレビに大はしゃぎした。二人はルームサービスでハンバーガーやアイスクリームを頼み、映画や闘牛を観た。かの有名なエル・コルドベス〔一九六〇年代に活躍したスペインの伝説的闘牛士〕が同じホテルに泊まっていて、キースはサインをもらった。

　そうしてエレベーターを降りたところで、マヤはロビーにドラッグの売人のビクトルがいるのを見た。キースをエレベーターに押し戻そうとしたが、すでにドアは閉まっていて、ビクトルは目の前だった。刑務所から出てきたのだ。もう何年ものあいだ、ニューメキシコでも、チアパスでも、どこにいようとビクトルはバズを見つけだした。バズは何度か、彼から何千ドルぶんもの粗悪品をつかまされていた。だがそうなっても金は返ってこなかった。マヤがヘロインを買いにやらされて、中身を確かめなかったのだ。お前のせいだ。バズは思い切り彼女の横面を張りとばし、彼女は倒れて頭を切った。グアテマラでは、バズはクスリ漬けでふらふらだった。ビクトルはそんなバズに床を這わせて一回ぶんのヘロインを取らせた。

近い、彼はいつも体がにおうほど近くに立った。ほとんど黒に近い濃い肌の色、痩せた、凶暴な男。もとはメキシコシティの浮浪児だった。マヤたちが最初に出会ったのはアカプルコだった。当時の彼はジゴロもやっていて、しゃがれた笑い声とまぶしい白い歯のハンサムなビーチボーイだった。とある老婦人の金から宝石から入れ歯まで、一切合財巻き上げたこともあった。

エレベーターの前で、ビクトルはマヤの腕をつかんだ。「バズはどこだ？」

「アヒヒクよ」とマヤは言った。「今はアヒヒクに住んでいるの」こんどは彼女がキースの手首をつかんだ。お願いだから黙ってて。「来ないで。あの人はもう薬と手を切ったの」

「ま、こんど寄らせてもらうよ。なあマヤ、少し金くれないか。でなきゃディナーのご相伴にあずかることになるぜ。なにしろいま持ち合わせが……な、金くれよ」

彼女は財布にあるだけの金を渡した。五万ペソ。「さよなら《チャオ》」

翌朝、マヤとキースはパラディン号の時間に間に合うように飛行機でバジャルタまで行った。船のラジオではローリング・ストーンズが大音量でかかっていて、旅行客たちはラムを飲み、笑い、しゃべり、抱き合い、嘔吐した。海は荒れていた。やっと白い岩礁まで来てイェラパの湾が見えると、キースが歓声をあげた。周りじゅうでペリカンが海にダイブし、イルカの群れが船と並走した。バズとベンとネイサンが浜辺で手を振っていた。

お土産の包みを開けながら、マヤとキースは先を争ってしゃべった。捕虫網、ゲーム、潜望鏡、望遠鏡、地球儀。ピーナツバター！　チョコレート！　ファニートにはナイフと木の籠に入ったカナリアのお土産。マヤとテオドラには何鉢もの花と野菜、テオドラはそれを今夜が新月だからすぐに植えるべきだと言った。

バズも二人を手伝って、ツルハシで地面に穴を掘り、川からバケツで水を汲んできた。終わるとみんなで外に座った。ベンは星の光でもぜったい字が読めると言い張って、ハンモックにいた。キースは望遠鏡を手に柵のところに立ち、夜光性の魚の群れを湾に見つけては歓声をあげた。「ねえ、今すぐ泳ぎに行こう！」

あとでバズから聞いた話では、夜光性の魚のそばで泳ぐのは危険で、というのも光がサメを引きつけるからだそうだ。それでもその夜はみんなで水中マスクと足ヒレをつけて潜り、水を足でかきまわしては、魚が作るタペストリー模様をながめた。ベンとキースはやせっぽちの体でふるえながら浜辺に寝ころび、望遠鏡でかわるがわる星をのぞいた。バズとマヤは波に揺られて抱き合い、しょっぱい体をもつれあわせて濡れた笑い声をあたたかな夜空に響かせた。そのあと子供たちと並んで浜に寝て、望遠鏡を行ったり来たりさせた。バズはマヤの腕をなで、お腹にそっと手を置いた。

「きっと女の子だよ」と彼は言った。「まだこんなに小さいんだから」

マヤは肘をついて体を起こし、バズの塩からい唇にキスをした。

「この子のこと、今ではあたしもうれしいの。世界一ラッキーな赤ちゃんね！」

そのときは二人の赤ん坊が安全で優しい世界に生まれてくると、たしかに信じていた。

グアダラハラでココアに入れるマシュマロ買ったよね、とキースが言いだした。バズが居間の床で大きな銅なべに火をおこした。マヤがコールマンのコンロでホットチョコレートを淹れ、木の泡立て器で泡立てた。夜中の一時だったが、ネイサンも起こしてみんなで飲んだ。

つづく何日間か、バズと子供たちそれぞれにファニートは、授業はお休みにして蝶を何匹もつかまえてきて、蝶は薬の入ったガラス瓶の中で羽ばたきふるえ、標本箱の脱脂綿の上に並べられた。いちばん必要なものは蝶の図鑑だったが、それは買ってきていなかった。

ある朝早く、バズと子供たちはサンドイッチとジャマイカジュースを包んで、前にチャカラ行きの馬車道で紫のランタナにとまっているのを見たというネオングリーンと黒の蝶を探しに、川の上流へ出かけていった。ネイサンがいっしょに行きたいと駄々をこねたので、マヤは火をおこして水を汲んできたピジャに、今日はもう帰っていいと言った。ピジャはむくれて帰っていった。ネイサンといっしょにいるか、きれいな庭で過ごしたかったのだ。

マヤは床を熊手で掃き、ハンモックに寝て、川の上流めざして飛んでいくカモメをながめた。ときどき起きて豆の煮え具合をたしかめ、また戻ってとりとめのない空想にふけった。クビシメイチジクのはるか上空をトンビが舞い、川の向こう岸では鹿の死骸のまわりでクロコンドルたちが羽をばたつかせていた。

家に独りでいるのは心地よかった。ダチュラの香りに包まれて横たわっていると、パラディン号の汽笛が聞こえた。起きあがり、火に薪を足した。柄の長いフォークでグリーンチリをあぶり、果物ナイフで皮をむいた。チリはひりりと辛く、目から涙が流れて手の甲でぬぐった。

ビクトルは音もなく、気配も見せず、気づいたときにはもうそこにいた。川は水が深すぎて渡れない。浜づたいに歩き、馬車道を通ってやって来たのだろう。高価な靴が道の土埃にまみれていた。マヤは彼の汗とコロンの匂いをかいだ。話しも、考えもしなかった。持っていた果物ナイフで彼の腹を刺した。血が流れてビクトルの白のシャークスキンのズボンを濡らした。彼は鼻で笑ってそのへんの布をつかんだ。

「包帯くれよ」

彼女は動かなかった。彼は盗人らしい勘のよさで、救急セットが入っている籠へまっすぐ向かった。まだ血の出ている傷口にアルコールを塗り、包帯をきつく巻いた。にじみ出た血が、白い包帯と黒く硬い肌に赤かった。

ビクトルはタパンコに上がり、バズのズボンと〈健全な精神を応援します〉と書いてあるTシャツを着て戻ってきた。それは冗談でプレゼントされたものだった。彼は自分でライシージャをグラスに注ぎ、彼女のすぐ横のハンモックに寝て、靴を脱いだ片足でゆらゆら揺らした。

「気にすんな」と彼は言った。「ほんのかすり傷だ」

「帰って。バズはもうクリーンなの。赤ちゃんが生まれるのよ。あたしたちに係わらないで」

「なつかしのバズに早く会いたいぜ」

「今日は帰りが遅いの。船が出ちゃうわよ」

「待つさ」

二人は待った。ビクトルはハンモックに寝て、マヤはかまどの前に立ち、ナイフを持ったまま。パラディン号が汽笛を鳴らして出ていった。

四人は笑いながら馬車道を戻ってきた。ああなんて美しい蝶たち。だがベンとキースは髪にも脚にもモリマダニをいっぱいくっつけていた。マヤは二人を草むらにひざまずかせ、ダニを取り除いた。何匹かはタバコの火で焼いて取った。そのあと子供たちはせっけんを持ち、走って川まで水浴びに行った。

バズとビクトルはテーブルに座って、ジョイントをまわしのみしながら小声で話していた。

「ビクトルが来て驚いたか？」バズが言った。マヤは返事をせず、タコス用の肉とタマネギを刻んだ。

「驚いてたさ」ビクトルが言った。「とびきりの歓迎をしてくれたもんな」

マヤはベンとキースにグリーンチリ、それに〝ごめん、ひと晩この子たちを預かって〟と書いた手紙を持たせてリズとジェイの家に送り出した。二人は喜んで、望遠鏡と明日の朝のための捕虫網をもって出ていった。

夕暮れが近づいた。テオドラとドナシアーノが、いつものように皿を運んで門の前を通りすぎた。彼女のニワトリたちが、草むらや木の上にねぐらを求めて鳴きさわいだ。夕食が済むと、マヤはテーブルを片づけてネイサンをレンガの部屋に連れていった。ランタンを灯し、ベッドにサソリがいないかたしかめた。川に行ったあとで疲れたネイサンは半分目が閉じかけていたが、マヤは彼の髪をなで、寝入ったあとも歌いつづけた。「スウィング・ロー、スウィート・チャリオット」、「赤い河の谷間」。自分で自分に歌って聞かせながら、涙で枕が濡れた。

バズは銅なべに盛大に火を焚いていた。その前に男二人があぐらをかいて、コーヒーを飲みながらマリファナを吸っていた。マヤはライシージャのグラスを手にテーブルに座った。もう疲れたろう、先に寝ていいよとバズに言われて、彼女はおとなしく席を立った。

「いい夢をな《ドゥエルメ・コン・ロス・アンヘリートス》」ビクトルが言った。

遠くの浜で波がくだけ、外の川岸に水がひたひた打ち寄せた。どこかで誰かが薪を割り、べつの誰かがギターを弾いていた。その音にまじって交わされる男たちの声を聞くまいとしたが、聞かずにいられなかった。

「お前には五千貸しがあるはずだがな。ドルで」バズが言っていた。

「ありゃひでえだましだったんだ。とんだペテンさ……おれだってあのブツで一万損したんだぜ。だからこそ、ずっとあんたを探してたんだ。あんときの埋め合わせをしようと思ってさ。ま、おれが手に入れたもんを見てくれよ」

「ふん、どうせまたクソみたいな色のメキシコの粗悪品だろ」

「いいや。ほら、こいつは箱に封印がある。封印だぜ。中にガラスのアンプルが入ってる。純正の医療用モルヒネだよ。一本十ミリグラム。な、見てくれよ。封印あるだろ。掛け値なし、極上のハイが約束されてんだ。おれからのほんのお詫びのしるしだよ、兄弟《ブラザー》」

静寂。聞きたくない、見たくなかった。マヤはさらにライシージャをあおり、頭の上に枕をひっかぶったが、がまんしきれずにタパンコの縁までにじり寄って下を覗いた。魅入られたように火事や悲惨な事故現場を見てしまう人のように。火に照らされ、しゃれこうべのように落ちくぼんで見える二人の顔におぞけをふるいながら、それでも見た。もうすぐヤクにありつけるとわかった中毒者の顔、あからさまに性的な、貪欲でぎらぎらした渇望の顔だった。二人は体を寄せあい、互いの腕をゴムでしばった。ビクトルがスプーンを火であぶった。「ちょっとにしろよ。今までやってたブッとは効きがちがうからな」。まずバズが注射器を満たし、何度かやりそこなってから血管を探りあてた。血が注射器に逆流し、プランジャーをぐっと押しこんだ。ゴムが腕からはずれて落ちた。顔から表情が抜け落ち、目は恍惚でとろんと半眼になった。体もぐんにゃりと力が抜けていたが、ゆっくりと前後に揺れ、顔にはエトルリアの墓石の像のようなエロチックな笑みが浮かんでいた。口からは詠唱《チャント》のような低いうなり声がもれていた。ビクトルはその様子を笑いながら見ていたが、自分も注射器を満たして打った。押しこんだ瞬間、火のなかに突っ伏した。マヤは悲鳴をあげたがバズは動かなかった。マヤは飛びおり、膝で着地した。膝から血が出て涙が流れた。ひざ小僧をすりむいた子供の涙。髪と皮膚が焦げるにおいに吐き気をもよおした。マヤはビクトルの体をつかんで顔を砂に押しつけた。彼は死んでいた。バズは床にのびていた。呼吸は浅く、脈拍は遅かった。起こしたが起きなかった。彼女はバズにナバホ族のブランケットをかけた。ランタンを吹き消し、暗闇のなか座った。ふるえながら長いことテーブルに座っていた。完璧に独りぼっちだった。

ネイサンの様子を見にいった。よく眠っていた。彼の湿った塩からい髪にキスをした。居間に戻ると、注射器とモルヒネの箱をキャニスターに隠した。ビクトルのポケットの中身をすべて出し、財布と身分証を熾火《おきび》で燃やした。サングラスを〈健全な精神を応援します〉のTシャツにくるみ、タパンコに上げた。

彼女はビクトルの両足をつかんで家の外まで引きずり、草むらを越え、門の外まで出た。それから月の光を浴びて休んだ。ハキリアリの列が小径をせわしなくうごめいていた。マヤはヒステリックにくすくす笑いだしたが、すぐに黙り、ビクトルを引きずってイグサの茂みをかきわけて川岸まで行くと、やっとの思いで死体をボートに放りこんだ。焦げた皮膚と大便の臭いがした。マヤはうっとなって吐いた。舟《バンガ》を押したが、びくともしなかった。四つんばいになって肩で押すと、やっとボートはそろそろ滑って水に浮かんだ。自分も冷たい水に入ってボートを追いかけ、飛び乗ると、死体の手足を押しのけてオールをつかんだ。漕ぎだすとボートは滑らかに進み、汗で濡れそぼった髪をそよ風がなぶった。河口《ボカ》に出るとオールを引き上げ、どうか海からの波にうまく乗れますようにと祈った。ボートは波に乗り上げて宙に浮き、水面に叩きつけられて激しく回転した。それから彼女はがむしゃらに漕いだ、気をしっかり保つためにハミングし、まず片方、ついでもう片方と交互にオールを動かして。

カヌーは湾の中ほどまで出て、外海に向かって滑るように進んでいた。月も星も霧に隠れて真っ暗だったが、遠ざかっていく浜に打ち寄せる波がネオンシルバーに光っていた。村に一つだけ小さな明かりが灯っていた。両手の皮がむけていたが、それでも休まず漕ぎつづけ、白い岩礁を過ぎ、岬を過ぎた。やがて村の明かりも見えなくなり、湾の外の速い潮流にボートが南向きに引っぱられはじめた。ビクトルの死体を押したり引いたりするのにつられて小さなボートは揺れ、回転した。やっと死体を海に落とすと、それは一瞬だけ軽さを取り戻してから、すぐに沈んだ。

肺は破裂しそう、心臓は恐怖でどっどっと鳴り、彼女は強い潮の流れにさからって湾の中を目指した。湾に入ってからは何度も手を止め、自分の位置をたしかめるために浜に静かに寄せる波の音に耳を澄ませた。霧はいつしか雲に変わっていた。真っ暗なうえに両手は血まみれで、カヌーを浜に上げられそうになかった。舟が転覆し、オールを失った。彼女は水中を泳いで舟の下からのがれた。咳きこんで手足をでたらめに動かすうちに、気づくと足が立つところにいた。冷たい白い泡が彼女のまわりで渦巻いていた。川を渡れるようになるまで、しばらく砂の上に寝て休んだ。海に比べ、川の水はあたたかく重かった。カニや亀が脚に当たり、ヒメハヤの群れが雨粒のようにくるぶしをくすぐった。

小径にたどり着き、いつもの癖でハキリアリの列をたどって庭に入った。暗がりのなかでもストックやバラがアリにやられているのがわかった。ロバが二頭、菜園に入りこんでいた。マヤはロバを追い払い、門と納屋の扉を閉めた。笑い声が出た。家に入ると、バズはハンモックに移っていた。ネイサンはすやすや眠っていた。まだ暗かったが、ニワトリが時をつくり、ロバがいななきはじめていた。

ふるえながら、マヤはひどく水ぶくれになった両手に包帯を巻いた。バズが目を覚まし、朦朧《もうろう》とした顔つきで起き上がった。

「箱はどうした？」

「ちゃんとある」

「箱はどこだ？」

「青いキャニスターの中」

「ビクトルはどこにいる？」

「死んだわ。ＯＤ《オーバードース》で」

「ビクトルはどこだ？」

「もういない。ベッドで寝て」

バズは庭の隅に行って小便をした。空はラベンダーに変わりはじめていた。バズはよたよたとハシゴのところまで行き、タパンコへ上がっていった。あの箱を抱えていた。

マヤは銅なべを家の裏の馬車道まで引きずっていき、まだ赤い燃えさしと灰を川に流した。それから鍋を砂でこすった。

戻ると火をおこして湯をわかし、両手に乾いた包帯を巻きなおした。手のせいで何もかもがやりづらく、膜がかかったようだった。熊手を使うのも、ほうきで掃くのも。不器用に、それでも意地になって、マヤは居間の砂を掃いてきれいにならした。最初から誰もここに来なかったかのように。

ネイサンが起きる前にピジャがやって来た。マヤはすでに着替えて髪をとかし、テーブルでコーヒーを飲んでいた。

「奥さん《ドニャ》！　具合が悪いんですか？　それに、その手！　何があったんです《ケ・パソ》？」

「ああ、ほんとにゆうべはさんざんだった。旦那さん《セニョール》の具合がひどく悪くて、たぶんデング熱ね。それでひと晩じゅう付き添って、ハシゴから落ちて両手をついてしまったの」

ドラッグが戻れば、とたんに嘘も戻ってくる。そして恐怖も。

疑いが芽生える。このグリンゴたちは酔っぱらったにちがいない、とピジャは思った。かわいそうなあたしのネイサン！

「それと、あのメキシコ人は？」

「もういないわ」

ピジャは庭に出ていった。

「ボートもなくなってる」彼女が短く言った。

「だから言ったでしょ《ノ・テ・ディゴ・ブエス》……とにかくゆうべは大変だったの」

「ああ《アイ》、それにバラ《イ・ラス・ロサス》！　アリに食われてる！」

マヤはいらだってピジャをさえぎった。

「いいから、ネイサンに服着せて村で朝ごはんを食べさせて。夕食までには帰してね。すこし休みたいの。お腹の赤ちゃんが心配だから」

「出血とか痛みはあります？」

「いいえ、でもひどく疲れてる。ね、早くネイサンを連れてって」もうちょっとで叫ぶか、泣くか、吐くかしそうだった。それでも平静を保ち、目を覚ましてボートがなくなったと大泣きしているネイサンをだっこして優しく揺すった。ルイスが馬車道を走ってきて、手にした山刀が日にぎらぎら光った。すでに暑かった。

「大変だ奥さん《フィヘセ・セニョーラ》。ロンコが岬でお宅のカヌーを見つけたよ。ペリカン岩のところでばらばらになってたそうだ」

「で、あの男の人は？　溺れ死んだのかも！」ピジャは、村でみんなに話せるニュースができたとばかりに勢いづいた。

「いえ、あの人は歩いて帰った」とマヤは言った。「たぶんカヌーは綱がほどけたんでしょ。川は増水していたし。新しいカヌーを買いましょうね、ネイサン。もっとうんといいやつを」お願いだからみんな帰って、あんたたちみんな消えて。心の中でそう言った。

「あの人、とても嫌な感じだった。ごろつき《カジェヘロ》……悪い奴《ビシオソ》だよ、あれは」ピジャがルイスに耳打ちした。悪い奴。スペイン語でヤク中という意味だ。

マヤはマンゴーの木の下のハンモックに寝た。うとうとしかけたところにリズが来て、門の外でほほえんだ。おはよう！　ピンクのシフトドレスを着たリズは美しく、赤い髪が強い日光にはじけていた。

「入ってきて。疲れて起きられないの」

二人の女は抱き合った。リズは革の椅子を引いてきてハンモックの横に置いた。清潔な匂いがした。

「あなた、とても清潔《クリーン》ね！」マヤの頬に涙が流れた。

「いやだ、どうしたの？　ひょっとして赤ちゃんのこと？　まさか流産したんじゃないよね？」

リズはマヤの手を取った。

「ううん、バズよ。きのうコネクションがここに来たの。あの人、またドラッグを始めてしまった」

「でも今までずっとクリーンだったじゃない。きっとまたそうなるよ。ここは我慢。あんたのことも子供たちも、あんなに愛してるんだもの。彼は素晴らしい人よ、素晴らしい、高貴な魂を持ってる。あんただってバズをとても愛してるでしょ……だから辛抱しなくちゃ」

リズの話にマヤはうなずき、体がふるえて歯がカチカチ鳴った。

「本当の世界にもどりたい」彼女は言った。

リズは緑のヤシの木や青い空を手で指した。「ここが本当の世界よ。疲れているのよ。今日は一日寝てなさい。ジェイはいま子供たちとファニートを滝の向こうの果樹園に連れていってるから」

二人はお茶を飲んだ。リズはマヤの髪をなで、肩をやさしくさすった。「大丈夫」と彼女は言った。「きっとうまくいく」マヤは眠り、リズは帰っていった。

パラディン号の汽笛でマヤは目を覚ました。来たんだろうか、出ていくんだろうか？　もう何がなんだかわからないわ《カミング・オア・ゴーイング》！　ああ、なんでこんな最悪のときに冗談言っちゃうんだろう、まるでママみたい。

パラディン号は湾を出て外海に向かっていた。マヤは蒸し暑い午後の日を浴びて、またハンモックに寝た。いいえ、と彼女は思った。きっと大丈夫ではない。この恐怖もみじめさも、まるでふるさとに戻ったように彼女にはなじみぶかかった。すべては灰。

わたしの人生は開いた本

ほれ、コラーレスで一軒だけ日干しレンガでない、あの家。三階建ての白い農家《ファームハウス》で、その屋根より高くハコヤナギの林が茂ってる。ガスんとこのアンガス黒牛の牧場の隣で、二エーカーの土地がついてる。あの女が出てってからもう何年も経つけど、あすこはいまだに〝ベラミーの家〟で通ってる。クレア・ベラミーが越してくる前は〝サンチェスの家〟って呼ばれてた。中の人間がどんだけ変わっても、ずっとあすこはサンチェスの家だった。サンチェスは羊農家で、一九一〇年にあの家を建てた。

どこの馬鹿があの家を買ったのかと、そりゃもう町じゅうが興味津々だった。千ドルしなかったとはいえ、さすがにちょっと気の毒だったね。もちろん今もあの家を持ってりゃ、クレアも大金持ちになってたろうがね。誰かが教えてやるべきだったよ、ポンプがいかれかけてたことや、シロアリのことや、配線のことをさ。ただ屋根が崩れるところまでは誰も予想していなかった。あれは立派ないい屋根だったのに。

クレアは三十そこそこ、旦那とは離婚していて、四人の子持ちだった。いちばん上が十ぐらい、いちばん小っこいのはまだ歩けもしなかった。大学でスペイン語を教えてて、家庭教師もしていた。毎朝上の子たちを学校に送っていき、チビたちはルペ・バルガスんとこに預ける。家の内壁にペンキを塗るのも、家畜の囲いを立てるのも、野菜を植えるのも、ウサギ小屋を作るのも、ぜんぶ独りでやった。もちろん自分たちではウサギもアヒルも食べやしない、ただそこらじゅう走りまわらせていた。ヤギとポニーも一頭ずつ、それに犬が二頭に猫も十匹かそこらいた。ほら、裏にまわって見てみな……その家がようく見えるだろ。

クレアが住んでたころにはもっといろんなものが見えた。あんな大きい窓にカーテンってもんをいっさいつけないんだから。それにあたしは双眼鏡を持ってるからさ。いや、バードウォッチングだよ。あすこのハコヤナギの枯れ木にエボシクマゲラが棲んでてさ。彼女も鳥が好きで、よく夕方になるとガスんとこの柵に寄りかかって、ハゴロモガラスがたくさん出てくるのをながめてた。そりゃあきれいなもんよ、あの鳥が緑の草や黒い牛のまわりを飛ぶのは。

人間サイズのドールハウスみたいな家だった。子供がわんさかいた、自分の子も、近所の子たちも。木に登り、バンに乗り、三輪車やポニーにまたがってスプリンクラーの中をくぐり抜けた。窓という窓に猫がいた。夕方になると、彼女と子供たちが食卓を囲むのが見えた。下の子たちを風呂に入れて寝かしつけると、ベンとキースに本を読んでやる。洗い物をして、家畜にエサをやる。それから食堂に明かりがともって、何時間も勉強をする。夜中の十二時とか一時とかに、あたしやアーノルドが犬を外に出してやりに起きると、彼女はまだ起きていた。そのままタイプライターの上につっぷして眠ってしまってることも幾度かあった。それでも朝の六時には起きて、まず家畜にエサやって、それから子供たちに学校の支度をさせる。彼女はPTAもやってた。ベンとキースはボーイスカウトと4Hクラブに入ってて、ベンはミス・ハンディんとこでバイオリンも習ってた。町じゅうが彼女のやることに目を光らせてたが、あれは働き者だしいい母親だと、もうちょっとで思うところだった。

　それがいきなりあのケイシーって子とくっついちまった。マイク・ケイシー。不良《ワル》だよ。マイクと兄のピート、どっちも悪かった。ガキのころからずっとだ。学校はドロップアウトするわ、盗みは働くわ、ヤクはやるわ。あのマリファナってのを、アールの店の前で悪びれもせずに吸うんだからね。ふた親ともしょうもない飲んだくれでさ、まあ気の毒な子たちではあった。すくなくともマイクは家のことをやっていた。なんとか食事を作ったり、掃除したりね。たいていは、ただギターを弾くか、船を作ってるかだった。模型を一から作るんだが、これがじつに見事な出来ばえだった。なりはけったいだった。汚い長髪に耳飾り。背中にドクロのついたバイク族の服を着て、でっかいナイフを下げて。あんたにも見せてやりたかったよ。じつにおっかなかった。

　彼女がもっとまともな男とくっついたんなら、あたしらだって何も言わなかったさ。だが相手は頭がイカれてて、おまけにまだ十九にもなってない子供だ。なのに彼女はそれを隠そうともしなかった。白昼堂々、連れ立って用水路まで行ったりしていた。彼女とケイシー、子供たちと犬、それに泳ぎの好きな猫も一匹引き連れて。週末ともなると彼氏のピックアップトラックに寝袋やらコンロやらを積みこんで、どこぞやに出かけていった。

　それでも変わらず夜おそくまで勉強していたが、かたわらでケイシーも何か書いたり、ギターを弾いたりするようになった。それから彼女の部屋の電気が点く。きっといっしょに寝てるんだろう。満月の晩に、二人で屋根の上や木のてっぺんにのぼってるのも何度か見た。見るなったって見えちまうよ、昼みたいにはっきりとさ。

ある夜、ケイシーが何やら重たげなものの入った麻袋をかついで入ってくのが見えた。中身はなんと、墓地にあるあのピンクの大理石の天使だった。うんと古いもので、わざわざそれを見に来る人もいるくらいだ。あたしはジェドに電話しようと思った、州警察のさ。ところがアーノルドがまあちょっと待てと言った。案の定、クレアは目ん玉ひんむいて、手を振りまわしてわめき出した。彼氏はその夜のうちに戻しにいったよ。ただ向きを反対に、山のほうを向けて置いちまった。今でもそのままだ。

だれかが彼女にきっちり言ってきかせにゃなるまい、とベッシーは言った。あの少年はナザレスにいたこともあるし、少年院にも二度入った。いつなんどきトチ狂ってあの子供たちを皆殺しにするか、もっとひどいことをやらかすかもしれない。クレアは赤んぼを彼氏に預けて出かけることもあった。彼女が留守のとき、ケイシーは野原でベンとキースに自分のトラックを運転させたり、BB銃で空き缶を撃たせたりした。あたしたちはみんな心配でいても立ってもいられなかった。だが彼女には何も言わず、ただマティ・プライスとルペ・バルガスに、子供たちをあの家に遊びに行かせるなとだけ言っておいた。

ケイシーとはじめて会ったときの八ミリが、今も残っている。前の日にネイサンが用水路で泳げるようになって、記録に撮ってほしいと言ったのだ。夏に入って二番めに暑い日だった。わたしはブランケットに寝そべって、子供たちを見ながらカラスの声を聞いたり、ズームレンズごしにトンボを見たりしていた。目の覚めるようなネオンブルーの、羽の網目模様に日を水色に透きとおらせたトンボたちが何十匹と、ついと動いたり、空中に静止したり、緑色の水の上を瑠璃色《るり》にかすめたりしていた。

そのトンボたちのなかを、スペインのガリオン船が帆に風をいっぱいに受けて流れてきた。長さ五十センチほどの、すばらしく精巧な模型だった。その持ち主がケイシーだった。その日の朝、わたしはお兄さんのピートをノース・フォース通りで見かけていた。電話ボックスの中で、溶接用のトーチを持っていた。ケイシーも見かけは悪そうだった。全身おどろおどろしく革でかためて、ジャケットの背には骸骨が鋲《びょう》打ちされていた。でもわたしは見るたび彼に目を奪われていた。『黒いオルフェ』の登場人物みたいだった。白い砂丘や、タマリスクの木のピンクの花や、川床の濡れた赤砂を背に立っているところは、遠くからだとハーレクインのようにも見えた。

彼は用水路の土手にしゃがみ、子供たちを船で遊ばせ、どうやって作ったか説明した。しばらくすると船を丁重に子供たちから取り上げ、Tシャツでぬぐって、黒のジャケットでくるんだ。それからズボンを脱ぎ、トンボを散らして水に飛びこんだ。美しい体だった。南北戦争の顔、朴訥な南部の顔だった。こけた頬、よく動く落ちくぼんだ目、むっつりとした口、でこぼこの歯並び。彼は家までついてきていっしょに夕食をたべ、そのまま泊まった。その夜、彼が屋根に出るはね上げ扉のありかを教えてくれた。軒先に立つと、ハコヤナギのてっぺんが目の高さにあった。小さな町全体が見わたせ、真下では黒牛たちが眠っていた。フクロウが木の中で鳴いた。わたしたちはそこで、屋根の上で恋人どうしになった。朝、いっしょのベッドで目覚めたときには、彼はもうずっと前から知っている、なじみ深い人になっていた。ごく自然にそうなった。下に降りていくと、彼は子供たちといっしょにパンケーキを焼いていた。朝食がすむと、彼は上の子三人を連れて用水路に出かけていった。

みんなでどんな話をしたのだったか、考えても思い出せない。わたしも子供たちもおしゃべりだけれど、ケイシーとしたのは言葉を使わないことばかりだった。岩山《メサ》で一日じゅう陶器のかけらを発掘し、ぶつくさ独りごとを言ったりため息ついたり、たまにアワビやトルコ石や大きな陶片を掘りあてては大声で叫んだ。無言で流れに釣糸を垂れた。キャニオンデシェイ国定公園を黙々と歩き、アコマまで登った。上の子たちがケイシーの船作りを手伝うのを、ちびのジョエルが息をつめて見守った。夜はわたしが勉強したりレポートを採点したりする横で、ケイシーは絵を描き、ギターを弾いた。わたしがふと目を上げると、彼も目を上げた。

わたしたちだけの秘密の崖で何度もキャンプした。町からそう遠くないのに道が悪くて、車を降りて延々歩く。切り立った真っ赤な崖で、真下は谷、遠くにルート66やアコマまで見わたせた。インディアンが住んだ形跡がないのが不思議だった。それほど神々しい場所だった。どっちを向いても空で、聖地がすべて一望のもとに見わたせた。サンディア山脈、ヘメス山脈、リオ・

グランデ。わたしたちは探索し、登り、夕陽を背に飛ぶタカを眺めた。緑の尾羽のホシムクドリ。夕暮れのヨタカ、夜更けのフクロウ。子供たちがコヨーテだと思いこんだ野犬。ピューマが鹿を殺すところも見た。美しかった。うそじゃない。わたしたちの崖にはほかに誰も来なかった。ただ一人、そのピューマを仕留めたハンターを除いては。その人の姿は見なかったが、ピューマと彼の写真を新聞で見た。わたしたちはそのあと足跡を探し、鹿の足跡とピューマの足跡、犬の足跡、それに人間の足跡を見つけた。渓流のそばだった。

　八か月たって、わたしはやっと考えた。それまではアールの雑貨店でおばさんたちから冷たい視線を浴びせられても平気だったし、ジェニー・コールドウェルが裏のポーチから双眼鏡でこっちを監視するのもみんなで笑い飛ばしていた。あんたとケイシーのこと、町で噂になっているよ、とベティ・ボイヤーには言われた。キースによれば、プライスさんちの子たちはうちに遊びに来るのを禁じられているらしかった。わたしは裏のポーチに座った。コラーレスに越してきたのは、人生を立て直し、子供たちをまともに育てるためだった。小さいのどかな町で、地域に溶けこんで。博士号を取って学校で教え、よき教師、よき母親になるつもりだった。将来だれかといっしょになるとしても、それは初老でおだやかな、終身雇用《テニュア》持ちの男だろうと思っていた。それがどうだ。

　ケイシーは皿を洗っていた。洗いながら、何してるんだいとわたしに声をかけた。

「考えごと」

「よせやい。考えるのなんかやめてくれよ」。でも、もう遅かった。

「ケイシー、もうここを出て」
彼はギターを拾うと「じゃ、またな」と言って出ていった。わたしもつらかったが、子供たちもつらかった。ズニ族のお墓に行っても、サンフェリペで鹿のダンスを見ても、隣に彼がいないのが何よりつらかった。

同じ大学院のマージーが、しきりに遊びにいこうと誘ってきた。彼女はシエラ・クラブと独身貴族の会のメンバーで、親でもないのに〈シングル親の会〉なんていうのにまで入っていた。

ケイシーは何となくわたしたちの日常に戻ってきた。もういっしょには住まなかったし、おおむね恋人同士ではなくなっていたけれど、しょっちゅう家に来た。彼と子供たちとでアヒル池を掘った。わたしが図書館に行くときは子供たちのことも見てくれた。期末試験が近づいていた。週末になるとみんなで用水路で泳いだり崖に行ったりした。ジョエルが歩けるようになった。

ベンとキースに電話で「今日は〝赤丸の日〟よ」と話したのを覚えている。その日は期末試験の最終日で、午後には新しいフォルクスワーゲンのキャンピングカーも引き取りにいくことになっていた。マージーには、お祝いにいっしょに出かけよう、と言ってあった。ジャーマン・アメリカン・クラブに踊りに行くのだ。インテリも学者もいない、ただ自由に恋を楽しむ人たちの集まりよ、とマージーは言った。

わたしは新品のバンを運転して家まで帰った。子供たちは大興奮だった。作りつけのベッドに冷蔵庫、調理台までついていた。ジョエルはさっそく毛布とおもちゃを抱えて上がりこみ、何時間も出たり入ったりした。ケイシーがみんなをドライブに連れていっているあいだにわたしは夕食を作り、着替えをした。ミニスカートと長く垂れ下がるイヤリング。わたしが夜出かけることにびっくりしている子供たちを見て、もっと早くからこうするべきだったと気がついた。わたしはケイシーにジャーマン・アメリカン・クラブに行くと言った。帰りは遅くなるけれど、あとで電話を入れるから。それから香水をつけなくちゃと思い、寝室にもどった。

ジャーマン・アメリカン・クラブはなかなかにひどいところだった。大音量のディスコミュージックの後にレーダーホーゼンを着たバンドが出てきてドイツのポルカをやった。アコーディオン。わたしたちはカートランドのジェット機パイロットやサンディアの技術者と踊った。爆弾を作っていると言っていた。あたし、こんなところで何してるんだろう。四度か五度家に電話してみたけれど、いつも話し中だった。きっと受話器がはずれているんだ。うちに一匹賢い猫がいて、受話器がはずれていると流れてくる音声を聞きたくて、わざとはずすのだ。踊ったりビールを飲んだりしているうちに、だんだん愉快になってきた。ご承知のとおり、わたしはお酒に目がない。マージーは銀色ラメのジャンプスーツ着て、わたしよりさらにクレイジーだった。彼女はどこかに消え、わたしも最後はバックという名前のパイロットと二人になった。モノクロ映画のリチャード・ウィドマークみたいな、ナチス風の美男だった。

あのケイシーってのがいよいよ頭のタガがはずれたらしく、大暴走をはじめた。例のピックアップでもって用水路沿いの道を猛スピードで行ったり来たり、土手のところでスピンしたりして、土埃は舞うわ、カラスは騒ぐわ、しかもベラミーんとこの息子を三人とも横に乗っけてる。もうたくさんだ、あたしはそう言って、州警察に電話をかけた。ジェドはアールの店でおしゃべりしていたと見えて、ものの五分でサイレン鳴らしてライトをぴかぴかさせてパトカーが到着した。ケイシーはいったんスピードを上げて逃げようとしたが、トラックを停めて降りてきた。狂人みたいな目つきだった。ケイシーとジェドで土手に上がって、魚がかかったかどうか調べるみたいに流れをのぞきこんだ。それからジェドが自分の無線で何か話し、ケイシーは子供たちを連れてベラミーの家に入っていった。あたしはセーターと懐中電灯をつかんでガスの牧場を横切っていった。

クレアは留守だった。学期が終わったお祝いに、新しいバンでスパニッシュ・アメリカン・クラブに繰り出したのだ。なにしろあの人はスペイン語の教師だから。ケイシーは子供たちと夕飯を食べていて、その最中にジョエルがいないことに気がついた。ジョエルはつい最近歩きはじめたばかりだ。みんなで名前を呼んで家じゅうを探し、それから外に出てみたら、あの子の小っちゃい赤いスニーカーがそこにあった。あんなに悲しい眺めはなかったね、あの小っちゃい赤い靴。裸足ならそう遠くまで行けないはずだとあたしは言ったが、用水路はそう遠くないぞとジェドが言った。こうなりゃ用水路の水を抜くしかあるまい。そうしてジェドはボランティア消防団に電話をかけ、警察署にも電話をして応援を要請した。

男たちはみんな用水路に向かった。ケイシーと子供たちは林の中を探した。町のほうから人が集まりだしたので、あたしはアーノルドに言って教会のコーヒーマシンを取ってこさせ、ついでにアールの店に寄って発泡スチロールのコップとミルクをもってくるよう言った。アールが冷えたコークをひとケース届けてきた。あたしはもどってきたアーノルドに、うちの冷蔵庫にツナとマカロニのキャセロールとベリーパイが二つ入ってるから取ってくるよう頼んだ。ベッシーも負けじと家に取って返し、チキンと丸ごとのハム、それにポテトサラダを持ってきた。ルペ・バルガスがたらいに一杯タマレスをもって来た。あたしは胸が熱くなった。隣人が困っているときには、こうして町じゅうが一致団結するんだ。それにいま用水路の水を抜いているあのボランティアたち、あの人たちはみんな農家で、いまの季節、まさにその水が自分とこの作物に必要だっていうのに、文句ひとつ言わずに働いている。当たり前のように、やるべきことをやっている。

母親を探さなきゃ、とあたしは言った。さっきからあのケイシーって子の顔つきが頭に引っかかっていた。紙みたいに真っ白な顔色で、口もきけないくらい動転していた。ケイシーは彼女がお祝いに出かけたと言っていた。だが一年前に越してきてから、クレア・ベラミーが夜出かけたことなんて一度もなかった。ケイシーはおびえて、やましい顔つきをしていた。そう、あれは何かやましいことのある顔つきだった。クレアはどこに行った？　ひょっとしてケイシーが二人を殺して、どこかに埋めたのかもしれない。だがあたしに見られずにそれをするのは難しい。となると死体は屋根裏にあるのかも。あたしは電話帳でスパニッシュ・アメリカン・クラブを調べた。そんなものはなかった。大学に電話をして、先生たちの名前を聞き出した。みんなそんなクラブは聞いたことがないと口をそろえたが、末っ子が溺れたかもしれないと聞いて、大いにショックを受けていた。先生たちから彼女の生徒や友だちの名前を聞き出したが、誰もそんなお祝いの会のことは知らなかったので、あたしはいよいよ大変なことになったと思った。

彼氏の銃はどこいった？　ヤケを起こして町なかで銃の乱射でも始めたら？　そういう話を新聞でしょっちゅう見る。これはベッシーに相談しなければ。クレア・ベラミーの電話帳の名前に片っ端から電話をかけるのはメイベル・ストロムに任せて、あたしたちは家じゅうをしらみつぶしに探しはじめた。全部の引き出しとクローゼットを開けてみたが、銃は見つからなかった。そのかわりにクレアの寝室に、彼女を描いた絵がむき出しで置いてあった。素っ裸の。すっぽんぽんの。いたいけな子供たちの目に触れるかもしれない場所に。加えて、絹の乳房がどうのこうのとかいう詩も見つかった。あたしたちはあんまり恐ろしくなって、詩も絵もびりびりに破いた。だがまあ家の掃除は行き届いているね、とベッシーが言って、それはたしかにそうだった。

ヘリコプターと警察犬が相次いで到着した。ばたばたキャンキャン、大変な騒ぎだ。ベラミーの子供たちが用水路からすっ飛んできて、自分の家の庭に降りてきたヘリコプターと、小っちゃい赤い靴のにおいを嗅いでいる犬を見物した。少しは恥ってものを知りなさい、とあたしは言ってやった。小さい弟が溺れたかもしれないってときに、そんなにはしゃいで。三人は二分ほどしゅんとして、ネイサンなんかは涙も見せたが、すぐにまた犬を追いかけて原っぱを走っていってしまった。そのころにはもう人だかりができていたから、あたしとベッシーは台所でてんてこまいだった。クレア・ベラミーの知り合いがおおぜい来た。きっとメイベルが電話帳の名前ぜんぶにかけたんだろう。クレアがむかし教えてた学校の尼さんも二人来た。リオ・グランデ高の生徒たちも十人ほど、プロムから直接駆けつけたらしく、ドレスやタキシード姿のまま来ていた。大学の先生たちも来た、彼女の元夫も車で来た。それがロータスって車だっていうんで、子供たちがみんな見に集まった。元夫はフランス人の女連れで、尼さんたちとフランス語で話していた。そこにもう一人元夫がやって来た。あたしたちの驚くまいことか。そっちの元夫は母親といっしょで、これがとんだガミガミ婆さんだった。こんなのに家の中を嗅ぎまわられたらたまったもんじゃない。最初の元夫はイタリアからもどってきたばかりで、二番目の元夫とはこれが初対面だった。だが二人とも紳士的で、握手をしてから片方が言った、まあ、我々には待つことしかできませんな。あんたたちにはいくらでもやれることがあるだろう、そう言ってやりたかったけれどもぐっと我慢した。目つきの悪いメキシコ人どもが二人来た。それから感じのいいご婦人が二人、この人たちは最初の姑と知り合いだった。さらにもっと大学の先生たち。この人たちは、大言壮語癖のベッシーから末っ子は溺れたらしい、クレア自身も手にかけられたかもしれない、と聞かされて真っ青になった。

男たちがくたびれた様子で用水路からもどってきた。ケイシーも子供たちといっしょにもどってきて、食事をさせ、寝室に連れて上がった。男たちはみんな物を食べ、外に出てってタバコを吸い、酒瓶を回し、ちょっとしたパーティみたいだった。家の中では誰もが食べたりしゃべったりしていた。ジェドが近づいてきて、さっきのあの手にかけられたとか何とかいうのは一体どういうことだと言った。だからあたしは二人が恋仲だったこと、破局したこと、ケイシーがこそこそ林の中にいたことなんかを話した。ケイシーが二階から降りてくると、ジェドと保安官代理のウィルトが彼を裁縫室に連れていって、一時間ちかく出てこなかった。出てくるとジェドが「彼女はまだ見つからないか？」と言い、ウィルトと二人で林のほうへもどっていった。ケイシーが憤然とあたしのところにやって来た。生きた心地がしなかった。けれど彼は「糞ったれが」とだけ言って、裏口から出ていった。

わたしはバックといっしょに彼の家に行き、彼のエクササイズ用バイクやローイング・マシンやバーベルのあいだを通りぬけてウォーターベッドにたどり着いた。終わると彼は言った、「やあ、すごく良かったよ。きみも良かったかな？」「ええ」とわたしは言った、「ちょっと家に電話しないと」。まだ話し中だった。バックが腹ぺこだと言った。「きみも腹ぺこじゃないかい？」ええ、とっても。わたしたちはロマスのトラック・サービスエリアに行き、ステーキと卵を食べて笑った。愉快だった。だんだん彼のことが好きになってきた。もうすぐ夜明けだった。『ジャーナル』のトラックが来て、朝刊の束を落としていった。バックが行って一部買ってきて、スポーツ欄を読みだした。わたしは何の気なしに一面を見て、下のほうに見出しを見つけた。〈コラーレスで幼児溺死か　用水路の水を抜き捜索中〉。その下にジョエル・ベラミー、と書いてあった。わたしの息子。

バックに自分のバンのところまで送ってもらい、点滅する赤信号も黄信号もぜんぶすっ飛ばして家へ急いだ。涙は出なかったけれど、胸が風のむせび泣くような音をたてた。コラーレスに入る手前、デッドマンズ・カーヴの曲がりっ鼻で、もそもそと物音がして、「ハイ、ママ！」とジョエルの声がした。彼はシートを乗り越えてわたしの膝の上にあがった。車をスリップさせて停めた。シートに座ったまま彼を抱きしめ、彼のにおいをかいだ。やっと体のふるえがおさまると、残りの道のりを走った。

そのあとの出来事はまるで夢のようだった。といっても夢のように素敵、というのではない。すべてがいびつに歪んで、ピントがぼやけていた。いろんな人が脈絡なしにぼんやりとやって来ては消えた。わたしたちの庭先は悪夢の巨大パーキングと化していた。警官が懐中電灯を振って停まれと合図した。裏のポーチに酔っぱらったベティ・ボイヤーがいた。「『ディス・イズ・ユア・ライフ』〔著名人をスタジオに招き、サプライズで過去かかわりのあったさまざまな人と会わせるテレビ番組〕へようこそ！」

まず目に入ったのは、かのジェニー・コールドウェルが皿を洗い、ケイシーが拭いている光景だった。彼はジョエルを見たとたんうめき声をあげ、気を失いかけた。ベティとわたしで支えて椅子に座らせた。彼はジョエルを抱きしめて揺らしながら、なおもうめきつづけた。家じゅうが知らない人であふれかえっていた。いや、知らない人ばかりでもなかった。みんなが走りまわり、子供が見つかった、無事だったと叫んだ。ひととおり安心したり喜んだりが済むと、なんだか嫌な空気が流れだした。これじゃあまるで自分たちはかつがれたようなものじゃないか。おまけにもう朝の四時だ。一人の農家が、前に用水路の水抜いたときゃ、ちゃんと死体が出たもんだがな、と言った。まあ同情すべき面もあった。みんな疲れと不安でぴりぴりしていた。それでも、ジョエルが無事だったことを心から喜んでくれているのはケイシーとシスター・セシリア、それにシスター・ルルデスだけのように見えた。あとの人たちはみんな、何もかもわたしが悪いと言いたげだった。うちの子たちでさえそうだった。そもそもわたしが夜出かけたのがまちがいだったと思っているのだ。元夫のトニーとジョン、それに元義母にいたっては、もう話す気すらしない。あれこれ非難がましいことを言ってきたが、ぜんぶ無視だ。スペイン語学科の先生がたも全員そろっていて、学科長のダンカン教授まで来ていた。ダンカン先生は一丁目の一件以来ずっとわたしに不信の目を向けていたが、それをここで話すつもりはない。わたしは自分のことをぺらぺら話すようなタイプではないのだ。すくなくともわたしはバック宅でシャワーを浴び、朝食も済ませていた。けれどもわたしがそんなふうに小ざっぱりしているのも、みんなの神経を逆なでしたらしかった。

いちばん頭にきたのは銀行のミスター・オグルスビーだ。一度も会ったことすらなかった。前に電話をかけてきて、口座に貸し越しがあるんじゃないかと言ってきた人物だ。「やあクレア、こちら銀行のオグルスビーですがね。口座にお金を入れていただけませんかねえ」。そのオグルスビー氏が、いったいわたしのキッチンに何の用だろう。キースのベビーシャワーで会ったきり九年間なしのつぶてだった女二人も来ていた。

やっと警察がみんなに帰るように言った。けれどもだれも帰ろうとせず、わたしとケイシーといっしょに食卓に座った。ヤギとポニーが窓から顔を入れてきた。おれエサやってくる、とケイシーが言った。いいやきみはここを一歩も動いちゃならん、と警官が言った。まるで犯罪でも行われたみたいな口ぶりだ。出かけたときジョエル君はどこにいたのか？　バンの扉は開いていたのか？　いいえ、あたしスパニッシュ・アメリカン・クラブだなんて言ってません。夜中の二時から四時までどこにいた？　バックというのはどこの誰だ？　家には七回ぐらい電話しました、とわたしは言った。

「だがねお嬢さん」とジェドが言った。「家でなにか大変なことが起こっていると夢にも思わない人間が、どうしてそんなに何度も電話をしたのかね？」

「ハローって言うためよ」とわたしは言った。

「ハロー。夜中の三時にベビーシッターに電話してハローって言うのか、あんたは」

「ええ」

ケイシーがにっこりした。とてもうれしそうだった。わたしもほほえみ返した。

「やってられん」とジェドは言った。「おいウィルト、帰るぞ。こんなイカれた家はとっとと出て、飯でも食いに行こう」

妻たち

ローラの記憶のなかのデッカは、いつも舞台のセットにいるようだった。はじめて会ったのはデッカがまだマックスと結婚していたころで、ローラが彼と結婚するより何年も前のことだった。場所はアルバカーキ、ハイ・ストリートの二人の家。ローラはボーに連れられてそこに行った。開けっぱなしのドアを入ると、汚れた鍋やフライパンや皿、猫、ふたのあいたジャー、溶けたファッジの皿、栓を抜いたボトル、テイクアウトの中華料理の箱などが散乱するキッチンがあり、ついで床に積まれた服や靴や新聞雑誌の山やメッシュのセーター干しやタイヤで足の踏み場もない寝室を通りぬける。ほの暗い照明に照らされた舞台中央には張り出し窓があり、くたびれてヤニで汚れたサフラン色の日除けがおりている。デッカとマックスはそれぞれ革の椅子に座り、スツールに置いた小さなテレビのほうを向いていた。二人のあいだのテーブルの上には吸殻で満杯の大きな灰皿、マリファナの山とナイフののった雑誌、ラムのボトルとデッカのグラス。マックスは黒のベロアのバスローブをはおり、デッカは赤いシルクのキモノを着て、長い黒髪をおろしている。息を飲むようなカップルだった。文字どおりの意味で。二人がそこにいるだけで、殴られたような物理的な衝撃を感じるのだ。

デッカは無口だったが、マックスはよくしゃべった。彼のまつげの濃い、薬でとろんとなった黒い瞳が、ローラの胸の奥までのぞきこんだ。「ようボー、調子はどうだ?」彼がしゃがれ声で言った。そこから先のことは思い出せない。ボーが車かお金を貸してくれと頼んだのかもしれない。ボーはニューヨークに向かう途中で、二人の家に滞在していた。サキソフォン吹きで、ローラは赤ん坊を乳母車に乗せてエルム通りを散歩していたとき、偶然彼と知り合いになったのだ。デッカ。どうしてイギリスの貴族やアメリカの上流階級の女たちは、みんなプーキーとかマフィンなんていう名前なんだろう。子供のころ子守《ナニー》に呼ばれていた名前をそのまま使っているんだろうか。NBCにはコーキーというニュースキャスターがいる。彼女だってオハイオあたりの中流家庭の出なんかでは断じてない、たしかどこかの裕福な旧家だ。フィラデルフィア、それかヴァージニアだったか。デッカはボストンでも指折りのBという名家の娘だった。社交界の新星で、ウェルズリーを出たのに、ユダヤ系のマックスと駆け落ちしたために半ば勘当された。その何年もあと、ローラ自身もマックスと駆け落ちしたことが知れて両親から勘当されたが、のちに彼がうんと金持ちであることがわかると態度をやわらげた。

その夜、デッカが十一時ごろ電話をかけてきた。ローラの息子たちはもう眠っていた。息子たちが目を覚ましたときのために〝すぐ戻ります〟というメモにデッカの電話番号を添えた書き置きを残してきた。

行くたび舞台のセットみたいだと思うのは、とローラは頭のなかで考えた。デッカがドアに鍵をかけず、ベルを鳴らしてもノックしても、けっして出てきて返事をしないからだ。そのまま入っていくと、彼女はいつも暗い照明の当たる舞台下手の定位置にいる。座って飲みはじめる前に、暖炉の松の薪や壁のくぼみのキャンドルやランタンに火を灯したらしく、柔らかな明かりがつややかに波うつ彼女の髪を照らしている。まだじゅうぶん美しい体に、手の込んだ刺繡のついた緑色のキモノをはおっている。近寄って見てはじめて、彼女がすでに四十を越えていて、酒のために肌がむくみ、目が充血しているのがわかる。

古い日干しレンガの大きな家の、広々とした部屋だ。暖炉の火が床の赤いタイルに反射している。白い壁にはハワード・シュリーターやディーベンコーンやフランツ・クラインの絵、それに年代物のみごとなスペインの聖人像がいくつか。ジョン・チェンバレンの彫刻にショーツがひっかけてある。部屋の隅のベビーベッドの上では本物のカルダーのモビールが揺れている。目のいい人なら、サント・ドミンゴやアコマのすばらしい壺にも気づくだろう。古いナバホの敷物は、山と積まれた『ネーションズ』『ニュー・リパブリック』『I.F.ストーンズ』『ニューヨーク・タイムズ』『ル・モンド』『アート・ニュース』『マッド・マガジン』、それにピザの空箱やバカのテイクアウト容器に埋もれてほとんど見えない。ミンクのカバーをかけたベッドの上には服、玩具、おむつ、猫たち。藁苞《わらづと》をかぶせたバカルディの空き瓶が部屋のそこここに転がり、たまに猫が前足でつつくとくるくる回転する。まだ封を切っていないボトルがデッカの椅子の横に一列に並び、ベッドの脇にもべつに一列ある。

ローラが知っている女のアル中で、酒を隠そうとしないのはデッカだけだった。ローラはまだ自分の飲酒癖を自分で認めていなかったが、それでも酒瓶は隠した。息子たちに中身を捨てられないように、自分の目に触れないように、現実を見ずにすむように。

　あの豪華な椅子に座ってランプの明かりに髪を輝かせているデッカがつねに舞台の上にいるというなら、ローラの登場のしかたもまた堂に入っている。戸口に立った彼女はエレガントに、無造作に、床まで届くイタリア製のスウェードのコートを着て、こちらに横顔を見せて部屋を見まわす。三十を少し出ているが、歳には見えないあどけない美しさだ。

「何しに来たのよ」デッカが言う。

「そっちが呼んだんじゃない。それも三度。今すぐ来てって、あなたが言ったのよ」

「そうだっけ？」デッカはグラスにラムを注ぎ足す。それから自分の椅子の下を手で探り、もう一つグラスを出すと、キモノでぬぐう。

「あたしが呼んだって？」彼女はローラのグラスになみなみとラムを注ぎ、ローラはテーブルをはさんだもう一つの椅子に座る。ローラはデッカのデリカドスに火をつけ、咳きこみながらグラスを受け取る。

「あなただってすぐにわかった。あたしのことを〝バケツ尻《バケット・バット》〟だの〝馬鹿ったれのデカっ尻〟だのって呼ぶ人はほかにいないもの」とローラは言う。

「まちがいない、あたしだわ」デッカは声をたてて笑う。

「すぐに来てって言ったのよ。緊急事態だって」

「だったらどうしてそんなに長くかかったのよ。最近あたし健忘症にかかってるのよ。あんた、相変わらず飲んでるの？　ま、見りゃわかるか」

　デッカは二つのグラスにさらにラムを注ぐ。二人とも飲む。デッカが笑う。

「それにしてもあんた、立派な酒飲みになったものね。あんたたちが結婚したばかりのころのこと、思い出すな。あたしがマティーニをすすめたら、あんた言ったのよ、『やめておくわ。お酒を飲むと頭がくらくらするの』って」

「今だってそうよ」

「ふしぎよねえ、あの人の元妻が二人ともアル中になっちゃうだなんて」

「ヤク中にならなかったのはもっとふしぎ」

「あたしはなったけどね」とデッカが言う。「半年ほど。ヘロインをやめたくて、それでお酒に手を出したの」

「ヘロインやって、あの人との距離は縮まった？」

「ちっとも。でもどうでもよくなった」デッカは複雑なオーディオシステムに手を伸ばし、コルトレーンのテープをマイルス・デイヴィスに替えた。「カインド・オブ・ブルー」。「そのマックスが牢屋とはね。あの人がメキシコの刑務所なんかに耐えられるわけがない」

「でしょうね。枕カバーにアイロンがかかってなきゃ嫌な人だもん」

「馬鹿ね。この状況で、言うに事欠いてそれ？」

「あたしが言いたいのはね、枕カバーひとつとってもその調子なんだから、あとは推して知るべしってこと。とにかく、アートがすべて取り計らってくれるから心配ないって言いに来たの。彼がお金を積んで、あの人を出してくれるはず」

デッカがうめき声を上げる。「あーっ、それで思い出した。そのお金といっしょに何があっちに行くか、あんた知ってる？　カミールよ！　ボーがメキシコシティ行きの飛行機であの女といっしょになったんだって。彼が空港から電話で知らせてきた。それであんたに電話したんだった。マックスのやつ、カミールと結婚するのよ！」

「なんてこと」

デッカが両方のグラスにラムを注ぎ足す。

「なんてこと？　お上品すぎてヘドが出る。結婚祝いにクリスタルでも贈りゃいいわ。ちょっと、そのタバコ二本めよ」

「い、いあなたがあたしたちの結婚祝いにクリスタルくれたんじゃない。バカラのグラス」

「そうだっけ？　たぶんジョークのつもりだったんでしょ。とにかく、カミールが新婚旅行でアカプルコに行くってボーに言ったんだって。あんたのときといっしょ」

「アカプルコ？」ローラは立ちあがり、コートを脱いでベッドの上に放り投げる。猫が二匹飛びおりる。コートの下は黒のシルクのパジャマにスリッパという姿だ。内心の動揺なのかラムの飲みすぎなのか、体がぐらぐら揺れている。ローラは座る。

「アカプルコ？」もう一度、今度は悲しげに言う。

「ほらね、ショックでしょ。どうせミラドール・ホテルの同じスイートよ。ブーゲンビレアとハイビスカスの香りが窓からいっぱいに流れこんで」

「どっちも香りなんかありません。香ってたのはチュベローズ」ローラは両手で頭をかかえ、思い出す。

「縞もよう。木の鎧戸ごしに射しこむ太陽が縞もようを作ってた」

デッカは笑い、ラムの新しいボトルを開けてグラスに注ぐ。

「ちがうな。ミラドールじゃ古くてシックすぎて、カミール向きじゃない。マックスならきっともっとチャラチャラした海辺のモーテルに連れてくはず。プールの中にバーがあって、スツールが水に沈んでる。ココナツのカクテルに傘。フリンジのついたピンクのジープで街を観光。認めなさいよローラ。あんた頭にきてるんでしょ。あんな頭空っぽの女事務員。薄っぺらで安っぽい小娘」

「やめてよデッカ。彼女そこまでひどくない。ただ若いってだけ。あたしたちが彼と結婚したのと同い年よ。頭だって空っぽってほどじゃないし」

まったく馬鹿がつくほどのお人好しだ、とデッカは思った。さぞや彼にも優しくしてあげたことだろう。

「カミールは頭空っぽよ。ま、あんたもそうだったけど。でもあの人のことは本気で愛してた。息子をプレゼントするほどに。すばらしく可愛い子たちよね」

「でしょう?」

たしかにあたしは馬鹿だ、とローラは思った。それにひきかえデッカは聡明だ。きっとあの人はデッカが恋しくてたまらなかっただろう。

「あたしはすごく子供が欲しかった」とデッカが言う。「二人で何年も努力した。本当に、何年も。あんまりあたしが必死なので、そのことでしょっちゅう喧嘩して、それでお互いを責めて。あのリタとかいう産婦人科医が彼の子供を産んだときは、本気で殺してやろうかと思った」

「彼女は街じゅう調べまわって彼に狙いを定めたのよ。恋人が欲しかったんじゃなく、ただ赤ちゃんが欲しかっただけ。サッフォー。まったくなんて名前だろ、ねえ？」

「どうかしてる。もっとどうかしてるのは、彼と離婚して四十になってからあたしが妊娠したってこと。たったひと晩、ううん、ひと晩どころかほんの十分かそこら、サンブラスで蚊にたかられながらオーストラリア人の配管工とヤッただけで、ビンゴ！」

「それで赤ちゃんにメルボルンってつけたわけ？　かわいそうに。どうしてパースにしなかったのよ。パース、可愛いのに」ローラはぐらぐらと立ちあがり、子供を見にいく。ほほえんで、ふとんを掛けなおす。

「大きい子ね。きれいなジンジャーの髪。どう、順調？」

「完璧よ。この世で最高の赤ちゃん。もうしゃべり始めてるの」

デッカは立ちあがり、すこしよろめきながら部屋を歩いて赤ん坊の様子を見、それからバスルームに行く。ローラは酒を飲み干し、立ちあがって帰ろうとする。

「もう帰るね」戻ってきたデッカに彼女は言う。

「座って。もう一杯飲んで」デッカは注ぐ。二人はティーカップで酒を飲んでいるが、お代わりの頻度に比べて馬鹿馬鹿しいくらいに、そのカップは小さい。

「あんたは事の深刻さをまるでわかってない。あたしはいいのよ、一生安泰だから。慰謝料をたっぷりもらったし、実家も金持ちだし。でもあんたはどうなの、子供たちに何を残してやれるの？　このままじゃ、あの女に根こそぎ持ってかれちゃうわよ。養育費ももらわないなんて、あんたほんとに馬鹿。コンコンチキの大馬鹿者」

「そうだよね。自分ひとりでやっていけると思ったの。それまで一度も働いたことがなかったから。彼は一日八百ドル使うような暮らしで、おまけにしょっちゅう車を潰してた。だからあたしは子供たちの大学の費用しかもらわなかった。ここだけの話ね、あの人はそんなに長く生きないだろうって思ってた」

デッカは膝を叩いて笑う。「だと思った！　彼女なんて名前だっけ、あの人もやっぱり養育費はもらわなかった。あんたの離婚が成立したあと、おなじみのトレブ弁護士が電話かけてきてこう言ったのよ、どうしてお宅ら三人ともマックスに巨額の生命保険をかけてたんですかって」

デッカはため息をつき、テーブルの上に置いてあった太いジョイントに火をつける。ジョイントはぱちぱち爆《は》ぜ、小さな火花が散って彼女の美しいキモノに大きな穴を三つあける。一つはイタリアの形のラム酒の染みのちょうど真ん中にあく。デッカは咳きこみながらばたばたと火を叩いて消すと、ジョイントをローラに回す。ローラが吸いこむとやはり火花のシャワーが散って、シルクのパジャマの上着に穴があく。

「あの人、すくなくともあたしには葉っぱから種を取ることを教えてくれたけどね」煙を吐きながらまわらない口で彼女は言う。

「とにかくさ」デッカは続ける。「あの人はクリーンになって刑務所から出てくる。でもって意気揚々とアカプルコ行き。あたしは人生の最良の時をあの人に捧げたあげく、このざま。あの人はピンピンしてどっかのウェイトレスとアカプルコでよろしくやってるってのに」デッカは呂律《ろれつ》があやしくなり、最後のほうは涙声で鼻をすすっている。「あたしの人生最良の時!」

「あらデッカ、あたしなんか人生最悪の時をあの人に捧げたけど?」二人の女はそれが可笑しくてヒステリックに笑い、互いをばしばし叩き、腹を抱え足を踏みならし、勢いあまって灰皿をひっくり返す。ローラは酒を口に運ぼうとして、パジャマの前にこぼす。

「でも真面目な話」とローラが言う。「これで良かったのかも。あたしは二人が幸せになるよう願ってる。彼はカミールに世界を見せてあげる。カミールは彼を崇拝して、そして彼の世話をする」

「でもって骨までしゃぶりつくすのよ。なによあんな商売女。場末のドライブインのウェイトレス」

「あんただって男とデートしてるじゃない。それに彼女、どっちかっていうとウェイトレスじゃなくてクリニークの美容部員って感じよ。たしか元ミス・レドンド・ビーチとかだったはず」

「あんた本当にお上品だこと、BB《バケツ尻》。お行儀よくて趣味がおよろしくてヘドが出る。どうせ二人の結婚式でも心から祝福してるような顔するんでしょ。なんなら米粒まで投げちゃってさ。でもさ、正直に言いなさいよ、あの二人がアカプルコにいるとこ考えると、どんな気分? 想像してみて。いまは夕暮れどき。太陽が一瞬緑色の点になって、そして消える。バンドが『太陽は燃えている』を演奏してる。リズミカルなサックスにマラカス。ちがうな、曲は『シナモンの肌《ピエル・カネラ》』で、でも二人はまだベッドの中。彼女は太陽と水上スキーの疲れで眠ってる。それと汗まみれの激しいセックス。あの人は彼女の背中にぴったり身を寄せている。彼女のうなじに唇を這わせ、それから首を伸ばして耳たぶを噛み、息を吹きかける」

ローラは注いだばかりの酒をパジャマの胸元にこぼす。「あの人、あんたにもそれをしたの？」デッカが酒を拭くように彼女にタオルを渡す。

「あのさBB。この世に耳たぶは自分のしかないとでも思ってんの？」彼女はにやにや笑って、ローラをからかって楽しみはじめる。「それから彼は手のひらであんたの胸をかすめるように撫でる。でしょ？　するとあんたはうめき声をもらして向きを変え、彼はあんたの顔を両手で……」

「やめて！」

いまや二人ともすっかり気落ちしている。そしてひどく酔った人特有ののろのろと慎重な動作で飲み、そして吸う。猫たちが寄ってきて体をすりつけるが、二人とも上の空で足で追い払う。

「すくなくとも、あたしの前には誰もいなかった」デッカが言った。

「エリノアがいたじゃない。彼女いまだに夜中にあの人に電話かけてる。ずっとめそめそ泣くらしいわ」

「あんなの数のうちに入らないわよ。ブランダイスで彼の教え子だった娘《こ》でしょ。雨のトゥルーロで一度きりのお熱い週末。親が学部長に電話して、それでロマンスも教師のキャリアも一巻の終わり」

「セアラは？」

「セアラ？　それってセアラ？　彼のお姉さんの？　あんたの目もそう節穴じゃないのね、BB。セアラこそはあたしたちにとってもっとも手ごわいライバル。口に出して言ったことはないけどね。あの二人、一度ぐらい寝たと思う？」

「まさか。でもあの二人は本当に仲がいい。ちょっと普通じゃないくらい。彼女みたいにあの人を崇拝してる人はいないと思う」

「あたし彼女に嫉妬してた。ああそうよ、嫉妬してた」

「デッカ、聞いて。あ、ちょっと待って、その前におしっこしてくる」ローラは立ちあがり、ふらふらとバスルームのほうに歩いていく。彼女が転んで便器に頭をぶつける音が聞こえる。

「ちょっと、大丈夫？」

「うん」

ローラは四つんばいになって自分の椅子にもどる。

「人生いたるところ危険だらけ、てね」そう言って低く笑う。額に早くも大きな青いたんこぶができている。

「聞いてデッカ。あたしたち、何にも心配しなくていい。あの人、絶対カミールと結婚しないから。あっちに呼び寄せるためにそんなこと言ったかもしれないけど、でも結婚はしない。十億ドル賭けたっていい。なぜだかわかる？」

「うん。いまぴんと来た。シスター・セアラ！　あの娘《こ》がセアラ様のお眼鏡にかなうはずがない！」

デッカはヘアゴムで髪を頭のてっぺんで結んでいて、それがまるで斜めに生えたヤシの木のように見える。ローラはシニヨンが半分ほどけ、髪の束がばらりと頭の片側に垂れさがる。焼け焦げて濡れた服を着た女二人は、呆けたような笑みをかわす。

「そうよ。セアラはあんたやあたしのことは気に入ってる。なぜだかわかる？」

「育ちがいいからね」

「レディだからね」二人はあらたに注いだ酒で乾杯し、げらげら笑って足を踏みならす。

「そうだそうだ」とデッカが言う。「ま、今この瞬間はあんまりレディとは言えないかもしれないけどね。で、どうなの、あんたもやっぱりセアラに嫉妬してた？」

「ううん」とローラは言う。「あたしはちゃんとした家庭を知らないから。彼女のおかげではじめて家族の一員になれた気がした。今もそうだし、うちの息子たちのことも愛してくれてる。それよりあたしが嫉妬してたのはドラッグの売人たち。ジュニ、ベト、ウィリー、ナチョ」

「ああ。あのろくでもないチンピラども」

「あいつらはいつだってあたしたちを見つけだした。一年半クリーンな日が続いていたのに、ある日チアパスでベトに見つかった。山の上の教会の入り口。サン・クリストバル。あいつのミラーサングラスに雨の筋がついていた」

「あんた、フランキーは知ってる？」

「知ってた。最低のクズだった」

「フランキーが捕まったとき、あいつの犬が死ぬのを見た。自分のトイプードルまでヘロイン漬けにしてたの」

「あたしはコネクションの男をナイフで刺したことがある。イェラパで。じっさい大した傷にはならなかった。でもたしかに刃が体に刺さるのを感じて、血が出るのをこの目で見た」

いまやデッカは泣いている。子供のように、悲しくすすり泣いている。彼女は『チャーリー・パーカー・ウィズ・ストリングス』をかける。「エイプリル・イン・パリ」。

「あたしとマックスは四月のパリにいたの。ずっと雨が降ってて。ねえローラ、あんたもあたしもすごく幸運だった。なのにドラッグがすべてをぶち壊した。短いあいだだったけど、あたしたちは女が望むものはすべて手にしていた。あたしは彼の黄金時代をいっしょに過ごした。イタリア。フランス。スペイン。マヨルカ島。あの人が触れるものすべてが黄金に変わった。書くものは面白かったし、サックスを吹き、闘牛をやり、レースに出た」彼女は二つのグラスにさらにラムを注ぐ。

ローラもなんとか言葉を継ごうとする。「あたしがいっしょに過ごした彼だって、彼だって……」

「幸せだった。そう言おうとした？　あの人は一度だって幸せじゃなかった」

「そんなことない。幸せだった。二人とも。あたしたちほど幸せな人間はこの世にいなかった」

デッカはため息をつく。「そうなのかもね。あんたたちを見てそう思ったもの。でも彼はそれだけじゃ足りなかった」

「いちど二人でハーレムに行ったの。マックスとミュージシャンの友だちが二人でヘロインをやりにバスルームに消えた。そしたらその人の奥さんがキッチンテーブルごしにあたしを見て言ったの、『ね、男はみんな〝湖の乙女〟〔アーサー王伝説に登場する精霊。アーサー王の国力が削がれる原因となる〕のところに行っちゃうのよ』って。ねえデッカ、あたしたちまちがってたのかも。彼にとって大切な何かになろうとするなんて、思い上がりだったのかも。もしかしたらあの娘、名前なんだっけ、彼女はただあの人のそばにいるだけなのかも」

デッカは何やらぶつぶつぶつぶやいていたが、はっきり声に出して言う。「だれも、だれひとり、あたしにとって大切な男になんかなれっこない。あんた、彼にかなう男に一人だって会ったことがある？　あの知性、あのウィットに？」

「一人も。それに彼ほど優しくて可愛げのある人もいなかった。音楽聴いて涙を流したり、子供たちにおやすみのキスをしたり」

二人の女はすすり泣き、鼻をかむ。「あたししんそこ寂しくて、それで誰かいい人を見つけようとはするの」とローラが言う。「ＡＣＬＵの会員にまでなったの」

「何のって？」

「サンダウナーのハッピーアワーにまで出かけてった。でもだめ、どの男もただカンに障るだけ」

「そこよ。マックスを知ったあとじゃ、男はみんなただ耳障りなだけ。〝ええと〟と何度も言いすぎるし、同じ話を何度もするし、笑い声がやかましすぎるし。マックスといるとすこしも退屈しなかった。耳障りでもなかった」

「前に小児科医の人とデートしたの。優しそうな人で、蝶ネクタイして、凧揚げが趣味で。まさにパーフェクトだった。子供が好きで、健康体で、ハンサムで、お金持ちで。ジョギングして、お酒はロゼのワインクーラー」

二人は天をあおぐ。「ともかく、あたしは完璧に準備した。子供たちは寝かしつけた。白のシフォンドレスも着た。テラスに出したテーブルに二人で座った。キャンドル。スタン・ゲッツとアストラッド・ジルベルトのボサノヴァ。ロブスター。夜空に星。そこにひょっこりマックスが現れた。ランボルギーニで芝生に乗りつけ、白のスーツ着て。彼はこっちに向かってちょっと手を振ると、子供たちに会いに家の中に入っていった。子供たちの寝顔を見るのが何より好きでねとかなんとか、他愛のないことを言いながら。それでもう何もかもおじゃん。あたしはロゼのワインクーラーのピッチャーをレンガに叩きつけ、ロブスターの皿をぶん投げた、がしゃん、がしゃん、サラダの皿もがしゃん。で、その男にとっとと失せろって言ったわ」

「で、とっとと失せたんでしょ?」

「そう」

「そこなのよ。マックスだったら絶対にそこで帰ったりしない。『ハニー、きみには愛が足りていないんだね』って言うとか、いっしょになって皿を割って、しまいに二人とも笑いだしちゃうとかしたはず」

「そう。じっさい彼、家から出てきてそれに近いことをした。グラスを何個かとフリージアの花瓶を割って、でもロブスターは拾いあげて、二人でそれを食べた。じゃりじゃりしてたけど。それからニヤッと笑って言うの、『あの小児科医が僕よりマシとは言いがたいね』」

「彼みたいな男はいなかった。おならもげっぷもしなかった」とデッカが言った。

「したわよ。しょっちゅう」ローラが言った。

「まあね、でもすこしも嫌じゃなかった。なによあんた、わざわざあたしを悲しませに来たの？　帰ってよ！」

「こないだはあんた、あたしの家にいるときに帰れって言ったよね」

「そうだっけ？　じゃああたしが帰るわ」

ローラは立ちあがって帰ろうとする。コートを取ろうとしてよろけながらベッドに近づき、方向感覚を失って立ちつくす。デッカが後ろから近づいて彼女を抱きしめ、うなじに唇を這わせる。ローラは息をつめ、動かない。ソニー・ロリンズの「あなたの好きにして《イン・ユア・オウン・スウィート・ウェイ》」がかかっている。デッカが首を伸ばし、ローラの耳にくちづける。

「それからあの人はあんたの乳首を手のひらで軽くかすめるの」

彼女はそのとおりのことをローラにする。「するとあんたは振り向いて、彼は顔を両手ではさんで唇にキスをする」だがローラは動かない。

「ローラ、横になって」

ローラはよろけながら、ミンクのカバーをかけたベッドに崩れるように横たわる。デッカはランタンの灯を吹き消し、やはりベッドに横になる。だが二人は互いに背を向けたままだ。どちらもマックスがしてくれたように相手が自分に触れてくるのを待っている。長い沈黙が流れる。ローラは静かに泣くが、デッカは声を立てて笑い、ローラの尻をぴしゃりと叩く。

「おやすみ、馬鹿ったれのデカっ尻」

ほどなくデッカは眠りに落ちる。ローラはそっと部屋を出て家に帰り、シャワーを浴び、子供たちが起きてくる前に服を着る。

聖夜、一九七四年

親愛の上にも親愛なるゼルダさま

本当に残念なのですけれど、ちょうどあなたの休暇の時期、うちはばたばたなんです。クリスマスやら、学校のことやら。わたし、いまは学校の先生をしていて——だから期末のレポートの採点もあるし、クリスマス劇の台本も書かなきゃなりません。それにうち、すごく狭いんです。大家さんは、うちに息子が二人しかいないと思っているの、小さな寝室が二つしかないし。だから大家さんが来ると一人は隠れなきゃなりません。ベン（もう十九歳！）はガレージで寝て、キース（十七）はリビングのカウチで寝てます。ジョエルが小さい寝室（ほとんどクローゼットみたいなもの）の片方、わたしがもう片方に寝ています。そう言うと、きっとあなたは床の上で結構とおっしゃるでしょうけど、いまニューメキシコからベンの友だち（ジェシー）が来ていて、リビングの床はもう埋まっています。とってもお会いしたいけれど、今のこのありさまでは、皆がきゅうくつになってしまうでしょう。新生活のお話、いずれぜひ聞かせてくださいね。

「これで説得力あるかしらねえ」マギーは手紙を清書して封筒に入れ、郵便屋さんがもっていってくれるように外のメールボックスに入れた。

「ていうか、ゼルダおばさんってだれ?」ジョエルが言った。

「あんたのお父さんのお姉さん《ビッグ・シスター》よ。ほんとに大きいの。あたしもロードアイランドでだれかのバーミツバ〔ユダヤ教の、十三歳になった男子に行う成人の儀式〕をやったときに一度会ったきり。メイベルっていう娘がカリフォルニア大学にいるにはいるんだけど、コミューンの規則で親は泊められないの。メイベルにはたまにばったり会うんだけど、すごくいい子よ、ただ彼女いまはゲイで、お母さんにそのことを言うのが怖いのね。ま、とにかくゼルダ伯母さんはうちには来られないし、この話はこれでおしまい」

　ところがゼルダはやって来た。六日後、カポックの鉢植えとスモークサーモン一・五キロをぶらさげて。メイベルが空港まで迎えに行って、あとでまた来るからと言ってうちで降ろしていった。マギーはしぶしぶゼルダにあいさつし、ジョエルを紹介して、彼に荷物を二階のマギーの部屋まで運ばせた。ゼルダがそのあとについていき、荷ほどきを始めた。

　ベンとキース、ジェシーの三人はガレージでポーカーをしていた。ステレオからは「ジャンピン・ジャック・フラッシュ」。

「ああ、いったいどうすればいいんだろ。クリスマスまでずっと居すわられたらどうしよう?」

ジェシーがブーツの足をベッドの上に伸ばした。「マギー、おれに出てってほしいだろ? つまり、もっと早くにさ——おれ、クリスマスより前にここを出るよ」

「ううん、もちろんそんなことない。何度も言ってるけど、あなたのことは大歓迎。彼女にはだめだって、言ったはずなのに。まったく図々しいったらありゃしない」

ジョエルがドアをノックして入ってきた。

「母さん、喜べ。ゼルダおばさん、今なにやってると思う?」

「さあ。何なの」

「皿を洗ってる。我が家に素敵な〝ユダヤの母〟が来てくれたんだ」

「あたしはどっちかっていうと日本人のボーイが欲しいんだけどな」それでもマギーは笑って、ジョエルについて家にもどった。

ゼルダは前とはすっかり別人だった。離婚して三十キロ痩せ、耳にピアスをして卵管結紮《けっさつ》もしていた。「これからうんと人生を楽しむの!」彼女が言い、マギーはきっとあそこの毛も整えているんだろうと想像して笑いを噛みころした。ゼルダは全力で陽気にふるまい、誰かれなくハグしては「ゴキゲンね!」だの「最っ高よ!」だのを連発した。

キースは二階のジョエルの部屋に移り、ジョエルはリビングの、足元にジェシーの寝袋があるカウチに移動した。マギーは食堂のハンモックで眠った。彼女にはゼルダをもてなす時間も気力もなかった。それはメイベルも同様で、学校の授業とフォルクスワーゲンのエンジンを直すのとで手一杯だった。だがゼルダは何がなんでも楽しんでやると決めていて、それを実行に移した。ガンプスやアイ・マグニンやコストプラスで買い物をした。サウサリート行きのフェリーに乗り、ケーブルカーに乗り、ジャック・ロンドン広場でランチをした。それ以外のときは皿を洗ったが、汚れた皿ばかりか、食器棚の皿や鍋やフライパンまでぜんぶ洗い、棚の中敷を新しいのに貼りかえた。冷蔵庫の霜を取り、アイロンをかけた。ジェシーはリビングで曲を書いたりギターを弾いたりしていたので、自分がいるときはゼルダに掃除をさせなかった。ゼルダはゼルダで、ジェシーにワックスかけたてのキッチンの床を踏ませなかった。キースは二人を〝ちぐはぐコンビ〟と命名した。だが内心マギーは助けられていた。学校からくたくたになって帰ってくると、ロールキャベツが湯気を立てていた。ゼルダは毎晩の〝お楽しみタイム《ファン・タイム》〟用にオードブルを作り、ワインとチーズを買った（彼女の別れた夫は「ファン・タイム」〔ココナツ・チップスの商品名〕パーティ・ミックスの営業マンだった）。

ベンは毎日学校の帰りに、テレグラフ通りで手作りのアクセサリーを売っていた。そのあときまってストリート・アーチストを四、五人引き連れて帰ってきた。ガラス作家のグレッグは毎回かならず。キースの彼女のローレンも、ほかの女の子たちを連れて毎晩のように家に来た。みんなニューメキシコから来たスリムで長髪のハンサム、ジェシーをひと目見たいのだ。シカゴから来たバイカーのリーも常連で、革の服にたくさんついたジッパーがロシアの橇《そり》みたいにチリチリ鳴った。リーはハモニカを吹きボンゴを叩き、メイベルといい雰囲気になっていた。メイベルが母親の手前リーに気のあるようなふりをしていたので、彼は彼女がゲイだとは気づいていなかったが、彼女はケーブルリール製のコーヒーテーブルの下で、ちぢれっ毛の恋人の〝ビッグ・マック〟の太腿をなでていた。〝ビッグ・マック〟が歌い、メイベルとジェシーがギターを弾いた。

ゼルダ伯母さんは笑い、頬を上気させ、マリファナにむせた。食卓ではキースとローレンが宿題をしたりチェスをしたりする横で、マギーがレポートを採点し、翌日の授業のために本を読み、〝お楽しみタイム〟のビールやワインとはべつに取っておいたジム・ビームを飲んだ。

ジョエルとその友だちが階段をのぼったりおりたりする。ステレオにラジオ、テレビ、ギターとボンゴとハモニカ、フットボールのボードゲーム。洗濯機に乾燥機にパチンコ・マシン。マギーはノートの余白に、お金や大家さんがらみの心配事を書きとめた。給料はクリスマスプレゼントにすべて消えた。家賃を払うために、とうとう最後のズニ族の宝飾品まで売った。神経がささくれ、疲れはて、自分のベッドが恋しく、そのベッドに永遠にエスティ・ローダーの匂いが染みつきやしないかと心配だった。

「ああ、最っ高!」マギーが暖炉の前に来て隣に座ると、ゼルダが言った。メイベルと〝ビッグ・マック〟が「レイ・レディ・レイ」を演《や》るのを聴きながら、目をうるませ顔は赤かった。ゼルダは鼻をかんだ。「ずっとここにいたいわあ!」と彼女は言った。ジェシーがマギーに向かってにやりと笑い、マギーは寄り目を作ってみせた。ジェシーは彼女にマントルピースの上のトラックのキーを取ってくれと言った。彼が玄関ドアを開けると外気は冷たく、雨が静かに降っていた。トラックがダブルクラッチで発進し、バックで車寄せから出ていく音がした。マギーも外に出た。犬のチャタと二人、BART〔サンフランシスコの高速鉄道〕の空っぽの駐車場を、どちらも水たまりをよけずに歩いた。トラックがギアをローにしてもどってくるのに最初に気づいたのはチャタだった。

「奥様、乗ってくかい?」

「ハイ、ジェシー。そうね。あたしはちょっと外の空気を吸いに出ただけ」

「おれがドライブに誘うって、わかってただろ? 乗んなよ。ちがうチャタ、お前はだめだ。ほら、降りろったら」犬は二ブロック追いかけてから、やっとあきらめた。

オークランド南西部の道は、どこまで行っても車一台いなかった。家から離れるとほっとして、ジェシーが黙っているのもありがたかった。マギーがゼルダのことを言いかけると、ジェシーがさえぎった。

「ゼルダのことはもう聞きたくないよ。子供たちのことも、学校のことも」

「それじゃ何も話すことがなくなっちゃう」

「そうだね」ジェシーは座席の後ろに手を伸ばしてジム・ビームのボトルを取り、ひと口飲んで彼女に渡した。

「あなたの飲み方、心配になる。十七歳はアル中になるには早すぎるわ」

「おれは中身はずっと年とってるんだ。三十五歳だって、燃えつきるには早すぎるぜ」

二人はいつの間にかウェスト・オークランドの郵便局の集配所に迷いこんでいた。見渡すかぎりずらりとトレーラーが並び、一台一台にちがう州の行き先が書いてあった。

「あんたら、どうやって入った?」ルイジアナ州のトレーラーの人が言ったが、すぐまた郵便の仕分け作業に戻っていった。ジェシーとマギーは州から州へ歩いていった。彼女はニューヨーク州を探し、彼はワイオミングやミシシッピのほうへ行った。ミシシッピ、彼女が最初にスペルを覚えた単語。ジョン叔父さんから教わった。ニューメキシコのトレーラーのあたりで風が吹いたが、音は聞こえず、ただ手紙が鳥のように羽ばたいた。二人は係員が仕分けをするのを、窓ごしに見るように黙って眺めた。「早くここから出たほうがいいぞ」ニューメキシコの人が言った。

入ってくるとき〈立入禁止〉の文字は見えなかった。トラックで帰ろうとすると、小屋の中から小さい警備員が出てきて停まれと合図した。

「車から降りろ」警備員は言ったが、いざ降りてみると、二人とも見上げるほど背が高いのにたじろぎ、「車に戻れ!」と言った。無線で何か言いながら、銃をまさぐっているのが見えた。ジェシーがギアを入れて急発進した。ピン、銃弾がバンパーに当たった。「ひゃあ、おっかない!」マギーがげらげら笑った。大した冒険だった。

家に着くと、みんなもう寝たあとだった。ジェシーは熾火《おきび》になった暖炉の前の寝袋にすぐにもぐりこんだ。マギーはまだ起きて、レポートの山を片付けながら気つけにジム・ビームを飲んだ。

クリスマスは忙しかった。ジェシーとベンはテレグラフ通りでアクセサリーを売り、雨降りのわりによく売れた。マギーとジョエルはそれぞれの学校に遅くまで残って、クリスマスの演《だ》し物の練習をした。マギーは『クリスマス・キャロル』のパロディ劇を書いた。スクルージをヘイワードの中古車店オーナー、タイニー・ティムは下半身不随の喧嘩っ早いキャラにした。コミカルなドタバタ劇だ。

ゼルダ伯母さんは買い物をした。夜になると、マギーがケーキを焼いたりプレゼントをラッピングしたりするのを手伝いながら、生まれ変わった自分について、新たな恋人探しについて、際限なくしゃべり続けた。マギーは黙っていた。ゼルダは彼女が離婚の痛手から立ち直っていないのだろうと単純に思いこみ、きっと何もかもうまくいくわよと言った。

「そのうちきっと弟も正気に返るはず。あなたたち二人、本当に素敵な夫婦だったもの。マーヴィンのバーミツバのときのあなたたち、今でも目に焼きついてる。幸せそのものだった！　それにあなたのあのスーツ。ノレル？」

「B．H．ラグよ」たしかにあれはいいスーツだった。

「弟がいつもタバコ二本くわえていっしょに火をつけて、一本あなたに渡すの、さまになってたな」

マギーは笑った。「あれはね、ジョン・ガーフィールドの真似だったの」。あれに勝てるのはシェリー・バーマンぐらいのものだ——相手の女に一本渡すのを忘れて、二本ともせかせか吸いつづけるというやつ。正気に返る《カム・トゥ・センセズ》？　人の感覚《センセズ》。味わう、嗅ぐ、聴く、触れる。

「あたしはもう気が触れちゃってる《テイク・リーヴ・オブ・マイ・センセズ》から」マギーは言った。

ゼルダはにっこりして、またいつもの「最っ高ね」を言った。そんな彼女の口からも、ごくたまに自然な感想が飛び出すことがあった。ちょっと、だれもスリッパはかないの？　え、朝からお酒？　この家にはトイレのブラシってものはないの？

みんなでジョエルの学校の学芸会を観にいった。ゼルダとマギーは、最初の「あめにはさかえ」を聴いただけでもう涙ぐんだ。ジェシーとベンは途中何度か外にジョイントを吸いにいった。キースとローレンもちょくちょく席を離れ、かつての先生や友だちと話をした。

傑作だったのは、四年生の女子たちがミニスカートをはいて頭にトナカイの角をつけて、マーヴィン・ゲイの「レッツ・ゲット・イット・オン」に合わせてバーレスクばりに腰を振ってみせたことだ。客席からは恐怖のどよめきが上がった。つぎに五年生が出てきて「梨の木のウズラ」をやった。ベンがひとこと言ったのをきっかけに、みんなラッセル通りのあの家にこれだけのプレゼントがぜんぶ届けられたらどんな惨事になるかと想像して、笑いが止まらなくなった。フランスめんどりにガチョウ、ぴょんぴょん跳ねるお殿様〔クリスマスに歌われる定番の数え歌。十二日間に恋人から贈られるプレゼントが、梨の木にとまる一羽のウズラから始まり十二人のドラマーまで、一日ずつ増えていく〕。

ジョエルのクラスはトリで、これが一番よかった。とてもシンプルな、バレエのような寸劇だった。ジョエルとあと二人の男の子が雪合戦をしていて、彫像のように固まってしまう。三人が完璧に動きを止めている横で、雪だるま（じつはダリル）が溶けて、少しずつ、少しずつ小さくなっていく。そこにクリスマスの精が登場し、みんなを元通りにする。彫像になったジョエルは、最初にちょっと茶色の目をしばたたいたが、あとは家族と再会する場面までまばたき一つしなかった。

演し物がすべて終わると、拍手喝采のなか、サンタクロースと校長先生のミセス・ベックが舞台に上がった。そしてスリー・ドッグ・ナイトの「ジョイ・トゥ・ザ・ワールド」が大音量で流れるなかプレゼントを配りはじめた。トンカのトラックの玩具。バービー人形。国からの手厚い貧困対策予算のたまものだ。たちまち壇上に人が殺到した。おもにティーンエイジャー、だがなかには大人もいた。まるでオルタモントだ〔一九六九年十二月にローリング・ストーンズが開催した野外フリーコンサート。会場は混乱をきわめ、死者も出た〕。ジョエルは突き飛ばされて転び、唇を切って血が出た。ベンとジェシーが舞台に駆けあがった。ベンがジョエルを助け起こした。ジェシーはほかの子からジョエルのものだったトラックを奪いかえした。校長先生の白髪まじりのカツラが傾いた。彼女はマイクに向かって絶叫した。

「玩具は子供たちのものです！　子供たちだけ！　えいどけったら、このマザファッカー！」

「もう出ましょ」マギーが先に立って歩きだした。ジェシーがジョエルの手を引いた。

「マギー、アイスクリームでもどう？　おごってくれたら、おれひとっ走り買ってくるぜ」

「ねえジェシー――ぼく、ちゃんと止まって見えた？」

「ああ、あんなに長い時間、よくがんばったな。そら、ハイタッチ」ぱちん、ぱちん。


ゼルダ伯母さん最後の夜。ジェシーとジョエルがマルティネスまで行って木を伐ってきた。香りの高い、みごとなツリーだった。マギーはほっとひと息ついていた。寝室にあったナバホ族のラグを売ってさらにプレゼントを買い、当面は不安にならずにすむだけのお金が手に入った。彼女とゼルダはおしゃべりしながらナツメに詰め物をした。家ではこれを作るのがならわしだったが、クリスマスの定番のスイカの皮のピクルス同様、作ってもだれも食べない。

キースとローレンは食卓でクランベリーに糸を通し、ほかの人たちは喧嘩しながらツリーの飾りつけをしていた。ベンとジョエルは何もかも飾りたがったが、キースとマギーはシンプルなのが好みだった。つらら飾りがないとかあり得ないだろ、とジェシーは言った。去年はベンとジョエルが飾っていたのだ。

「あっちに帰るのが待ちどおしいよ」ジェシーが言った。彼はクリスマスに間に合うように、二日後にヒッチハイクでニューメキシコまで帰ることになっていた。彼がツリーの下にいた猫を踏んづけて、ひと騒動あった。犬のチャタは濡れた毛でうろうろ歩きまわり、みんなの邪魔になった。ストリート・アーチストが三人、暖炉で体を乾かしながらデコレーションや電球を手渡していた。キッチンではメイベルと〝ビッグ・マック〟がファッジとディヴィニティ〔卵白を使ったヌガーに似た菓子〕を作製中だった。コストプラスで買ったキャンドルがゼルダ伯母さんのようにあかあかと輝いていた。

ドアにノック。お隣のリンダがシャワーを借りにきた。生理中は風呂に入るのがいやなのだ。やけにしょっちゅう生理がくんだな、とジェシーが言った。ううん、たぶんうちに来たいのよ、ことに何かにぎやかにやっているときにはね、とマギーは言った。へえ、だったらいっそリンダも誘えばいいじゃんか？

またノックの音。ジョンとイアン、どちらもマギーが教えている学校の同僚教師だ。二人のコートを預かっていると、リーが派手な音とともにハーレイで家の前に乗りつけた。黒い革が濡れてしたたり、ウェットスーツのようだった。マギーは全員を全員に紹介し、教師たちを食卓に座らせた。

「ちょうどよかった、ゼルダが帰る前に間に合って」。ゼルダがトレイにピロシキ、クッキー、キャンディ、ナツメの詰め物を載せて運んできた。ストリート・アーチストの一人が彫物細工のキセルにジョイントを差したのをイアンにまわした。

「おいおいマギー。きみは子供たちの前でマリファナを吸ってるのか?」

「あたしは吸いません。吸えたらよかったんだけど。二日酔いもないし、太らないし。うちの子がだれも酒飲みじゃなくてほっとしてるわ」

「勝手に押しかけるつもりじゃなかったんだがね」ジョンがおかしな声で言った。ひと口吸ったらしい。口ひげにエッグノッグがついていた。

「あら、お二人とも大歓迎よ」とゼルダが言った。「エッグノッグもっといかが」

イアンとジョンがひと口飲んでから、咳ばらいをした。

「マギー、じつは話があってね」ジョンが言った。リンダがシャワーを浴びて上から降りてきた。コーラルピンクのシュニール地のバスローブをはおり、濡れた髪を一つに編んでいた。

「ナツメ! お宅のナツメの詰めたの、あたし大好き」

「どうぞ食べて。よかったらもって帰って」

「ぜひぜひ」キースが言った。ゼルダとリンダはリビングのほうに行った。

イアンが低く落ちつきはらった、マギーをいつもいらいらさせる声で話しはじめた。いちばん年長の教師だった。

「ほかでもないデイヴ・ウッズのことだよ」

「やれやれ」マギーは言った。このホライズン校で、出席数を重視し、及第／落第方式ではなく段階評価で成績をつける教師は彼女ひとりだった。

「わたしはあの子に可能なかぎりチャンスをあげました。なのに英語もスペイン語も両方落とした。もしそのことで来たんだったら、考えを変えるつもりはありませんから」

「それはあんまり情がなさすぎるだろう。こんなに自堕落な生活をしている人間が、生徒にはどうしてそこまで厳格になれるのかね？　一人ひとりの生徒個人に見合ったやり方をするべきじゃないのかね」

「で、その個人がわたしの受け持つ科目を二つとも落第したんです」

「きみはわが校の理念に賛成できないとでも？」

「理念？　年間三千ドル、おきれいなキャンパス、上等のドラッグ、宿題いっさいなしの学校に？」キースがテーブルの下でマギーの足を蹴とばした。

「そうカッカしないでほしい。我々は善かれと思って来ているんだから」イアンが言った。

「ディヴィニティ、どうぞ召し上がれ」メイベルがトレイを持ってテーブルをまわった。ジョンの目が彼女の形のいいノーブラの胸に釘付けになった。マギーは食べ物も飲み物も何もかも、こんなに大盤振る舞いしなければよかったと思った。リンダはストリート・アーチスト二人にはさまれてすっかり上機嫌でくつろぎ、バスローブの前がはだけてルーベンスふうの太腿があらわになっていた。

「このお菓子、何という名前だって?」ジョンが指をべたべたにしながらメイベルに言った。

「ディヴィニティでございます——ナッツ入りの」メイベルが芝居がかった調子で言った。

「なんだかイカれたルター派のお坊さんみたいな名前だわね」ゼルダがげらげら笑って言って、マギーをつっついた。二人は涙を流さんばかりに笑いころげた。イアンがマギーの煙草を一本抜いた。

いっそ禁煙をやめて自分で煙草を買ってくれたらいいのに、とマギーは思った。ただ さいわい教師二人はデイヴ・ウッズの落第点にはもう興味をなくして、メイベルと〝ビッグ・マック〟がまた「レイ・レディ・レイ」をやるのに聴きいっていた。マギーはキッチンに行って自分のエッグノッグにジム・ビームを注ぎ足した。ベンとリーはローレンがディヴィニティをさらに四角く切りわけるのを見物していた。

「心配すんなって——おれがあした学校燃やしといてやるからさ」リーがにやっと笑った。またノックの音だ。

「ガサ入れじゃないか」ジェシーが言った。近かった。大家さんだった。ベンとキースがそっとみんなをガレージのほうに誘導したが、手おくれだった。大家さんはガレージに人が住んでいるのを見た、ヒッピーどもがマリファナを吸っているところもだ、と言った。

「いまはクリスマス休暇で知り合いが泊まりに来てるんです」とマギーは言ったが、大家は庭が荒れていることを持ち出した。

「荒れている？　ここの草花を植えたのぜんぶあたしだし、あたしが二年間ずっと手入れしてきたのよ。荒れてるのは雨のせい」

「この家はもう売ろうと思ってるんだ。このブロックで白人世帯は四軒しか残ってないからな」

「だったら最初からそう言えばいいじゃないですか――そんな嘘っぱちの理由を持ち出して人に責任をなすりつけないで」

「賃貸契約を切るにじゅうぶんな〝嘘っぱち〟な理由なら、こっちにゃまだまだいくらだってあるんだからな」

マギーはため息をついた。「もう帰ってください」そう言ってドアを開けた。彼女はエッグノッグにさらにウイスキーを足して飲み、食堂にもどった。そしてイアンとジョンといっしょに座った。

「さっきはひどいこと言ってごめんなさい。デイヴはうちの学校でいちばん頭のいい生徒だと思います……あなたたちもあの子を数学と理科で落としてくれたほうがよかった。今のままじゃ、彼はたぶんどこの大学も受からないでしょう。本人もやればもっとできるって自分でわかっているし、あの子ならできるはずよ」

「エッグノッグのお代わりいかが？」ゼルダが言った。

「いや結構。あす学校ですのでね。マギー、クリスマス劇のほうはもう完成したのかね？」

「いいえまだ、でもすごくいいものになりそう」

みんなが帰るか、ガレージのベンの部屋に引きあげた。ジョエルがカウチ、ジェシーは寝袋の中だった。明かりは消えていたが、二人が話すのが聞こえた。二階でゼルダとメイベルが言い争う声がした、と思ったらメイベルがどたどたと階段を駆けおりてきた。

「あたし、言ってやったわ」そう言うと、ドアをぴしゃりと閉めて出ていった。マギーは皿を洗い、食べ物をしまい、床を掃いた。やがて泣き声がやんだので、足音を忍ばせて二階のバスルームに行った。

「マギー！」

ゼルダはベッドの上に座り、つやつやのエリザベス・アーデンの層の上に涙の筋が重なっていた。

マギーは彼女をハグした。「疲れたでしょ。あたしもへとへと。さ、もう――」だがゼルダは彼女にしがみつき、濡れた頬をマギーの髪にうずめた。

「メイベル！　あたしの子供！　いったいどうすればいいの？」

マギーは彼女の腕をほどき、バスルームに行って顔についたクリームをぬぐい、二枚のフェイスタオルをウィッチヘーゼルで湿らせた。

「はい、これをこうして目にのせて。もう泣かないで」そしてベッドの端に腰掛け、もう一枚を自分の目に当てた。

「あたしの娘」ゼルダは言った。「あなたにはわからないでしょうね」

「そうかもね。でも、あたしだったら息子たちがゲイでもべつに気にしないかな。それより、だれか一人でも警官かハリ・クリシュナにでもなったら、自分の頭を銃でふっとばしそう」

ゼルダがまた泣きだした。「あたし、もうほんとに――」

「つらいのね。メイベルならだいじょうぶ。睡眠薬は持ってる？」

「ヴァリウムが」ゼルダが化粧ボックスを指さした。

マギーは彼女に薬の瓶と水を渡し、自分も一錠飲んだ。それからゼルダのために枕を整えてあげ、電気を消した。窓から射しこむベキンスのネオンサインに照らされて、彼女は老けこんで、心細げに見えた。

「だいじょうぶ？」

「だめ。老けこんで、心細いわ」

マギーは彼女を抱きしめ、ぬるぬるする額にキスをした。「でもうれしいわ、来てくれて」


下に降りてから、着替えも洗顔もし忘れたことに気がついた。もうその気力がなかった。クローゼットから毛布を出し、グラスにバーボンを注ぎ、ハンモックに上がり、煙草のことを思い出し、降りて、また上がり、毛布を体に巻きつけ、グラスと灰皿を床に配置してから、やっと心ゆくまで泣きはじめた。

「えいくそ」リビングのほうでジェシーが言った。起きあがり、寝袋を肩にひっかけた。

「どこに行くの?」

「トラックで寝るよ。そんなふうにめそめそするあんたを見たことがない」

彼が出ていくと、マギーは泣くのをやめ、煙草を一本吸い、グラスの残りを飲み干した。ラシーヌ作『フェードル』第二幕。あの人が行ってしまった! 彼女は自嘲ぎみに笑い、起きてキッチンのシンクで顔を洗い、ジム・ビームのボトルを朝に備えて洗濯機の中に隠した。

ああ、でももう朝だ。あと二日も学校がある。劇。クリスマス。とてもできそうにない。いやできる、まず飲むのをやめないと。あっと言う間に逆戻りしてしまった。明日から少しずつ量を減らそう。あと何日かでジェシーもいなくなる。そしたらずっとやめやすくなる。そうだろうか。明日学校の帰りにジョエルのラジオを買わないと、それとローレンに例の本も。ゼルダはもうじき帰る——ばんざい! わがベッド! ジョエルともう何週間も話してない。ひどい母親だ。子供たちのために治さなきゃ。あたしはめちゃくちゃだ。この家もめちゃくちゃだ。

彼女はグラスにワインを注ぎ、グラスとボトルをいっしょに移動させながら部屋じゅうの埃をはらい、家具を磨いた。床を掃き、モップで拭き、ワックスがけをした。カウチごと動かしてもジョエルは起きなかった。雨のなかゴミを捨てに出て、リンダのところのピンクのポインセチアを抱えるほど摘んだ。リンダの寝室の窓が勢いよく開いた。「ちょっと何やってんのよ? まだ朝の四時よ!」窓はまたぴしゃんと閉まった。やれやれ。朝コーヒーを一杯飲まないとまっとうにならない人種ってのはいるものね。家に入るとマギーは摘んだ花を真鍮の花瓶に活けた。よし、と。これでだいぶましになった。壁の絵をまっすぐに直し、ツリーの電気のスイッチを入れた。チーズを削ってチーズマカロニを作る、それから学校の帰りにラジオと本を買う。

「なんで窓なんか拭いてんだよ母さん。まだ五時だぜ?」キースは寝ぼけまなこで、服に着替えていた。

「おはよう。眠れなくって。暖炉の煤で汚れてたから。ずいぶん早起きね」

「校外授業だよ。わるいけど、ワインの瓶はどっかやるよ。学校行けなくなっちゃうだろ。ほらもう窓やめて、いっしょに朝めし食お」

キースはボトルを二階に持っていった。彼がそれをバスルームの壁の裏の作業スペースに隠すのをマギーは知っていた。コーヒー用に湯をわかし、オレンジジュースを作り、ソーセージを焼きフレンチトーストを作った。彼女もキースも無言で新聞を読んだ。荷物を提げたゼルダが青い顔をして降りてきた。マギーは彼女のぶんの朝食も作った。キースが二人に行ってきますとさよならのハグをして出ていくのと入れちがいに、母親を空港まで送りにいくメイベルが到着した。三人の女は世間話ひとつせずに無言でコーヒーを飲んだ。

まだ暗いうちにゼルダとメイベルは出発した。マギーは外でふるえながら〈シスターフッドは力〉のバンパーステッカーに向かって手を振り、家に入ってジョエルとベンにもフレンチトーストを作った。二人がそれを食べているあいだに、彼女は洗濯機のボトルのことを思い出した。ジェシーが外からもどってきた。「おれのめしは自分で作るよ」

高速道路は深い霧に包まれて、マギーはゼルダの飛行機が飛ばないのではないかと不安になった。ほかの車にぶつけるんじゃないかと不安になり、しまいにこれは本当に高速道路なんだろうかと不安になった。出口。丘をのぼってぐるっと回る。モルモン教会が魔法のように輝いて、『オズの魔法使い』のお城みたいだった。電話ボックスの石柱、白い光。ホライズン校に電話をかけ、車が故障したと言った。午後の授業も休まないといけないかもしれません。ええ、リハーサルも——そっちはわたしなしでも問題ないでしょうから。いえ、だいじょうぶです。特大の発作が今にも始まりそうだった。丘を下ってマッカーサーまで来ると霧は晴れたが、まだ不安だった。オークランドのダウンタウンまで53系統のバスの後ろにぴったりくっついて走り、一ブロックおきに乗客が乗り降りするあいだも追い越さなかった。ダウンタウンからは43系統のバスの後ろについてテレグラフ通りを走り、家に着いた。酔いすぎて、目がかすんで見えなかった。

玄関を開けてコートと教科書の入った手提げを放ると、階段をのぼって自分の寝室に行った。部屋はカーテンが引かれて暗かった。ベッドにジェシーが寝ていた。「ちょっと、どういうつもり?」そう訊いたが、ジェシーは動かなかった。彼女はジェシーの体を乗り越えてベッドに上がり、あっと言う間に眠った。だが彼は目を覚まして彼女のほうを向き、ブーツを脱ぎすてた。

「ハロー、マギー」

ポニー・バー、オークランド

完璧な音、というものがこの世の中にはある。真芯に当てたテニスボールやゴルフボール。革のグラブにすぽんと収まるフライの打球。ノックアウトされてゆっくり崩れ落ちるボクサー。わたしはビリヤードの音を聴くとうっとりする。完璧なブレークショット。バンクショットのカンと乾いた音、ついで三つ四つが柔らかく転がっていき、たてつづけにコツンコツンと鳴る。キューの先にチョークを愛撫するようにキュッキュッと擦りつける。ビリヤードはどこを取ってもエロチックだ。いつもジュークボックスの光が暗く脈打って。

サンチャゴのクリケット試合。赤いパラソル、緑の芝生、白いアンデス山脈。プリンス・オブ・ウェールズ・カントリークラブの赤と白の縞のキャンバスチェア。わたしはレモネードの伝票にサインし、タキシードを着たウェイターにチップを渡し、ジョン・ウェルズに声援を送った。胸のすくようなバットの音。純白のワンピースに芝生の染みがつくのを気にしながら、グレーのネルの制服、夏は青のブレザーを着たグランジ校の男の子たちとじゃれ合った。紅茶にキューウリのサンドイッチ、日曜日にビーニャ・デル・マルに遊びにいく相談。

ポニー・バーのカウンターでバイク乗りの隣に座ったわたしは、あの芝生のときと同じくらい、よそ者の気分だった。バイク乗りは両手首と肘の内側、それに膝の後ろに蝶番《ちょうつがい》の刺青があった。

「首の後ろにも蝶番をつけないとね」とわたしは言った。

「あんたのケツにもネジをぶっこまねえとな」

娘たち

わたしの信条？　考えなんて五分おきに変わる。ピックアップトラックのカーラジオみたいに。スピードあげて道をすっ飛ばし、ウェイロン・ジェニングス、スティーヴィー・ワンダー……それががたん、牛よけの溝《キャトル・ガード》を踏んだ拍子にテキサス州クリントの説教師に変わってしまう。汝らのお笑いは無意味なり。お笑い《ラーフ》？　それとも人生《ライフ》？　40系統のバスは日によって様子が一変する。ある日はチョーサーやデイモン・ラニアン〔ブロードウェイを舞台にした短編小説などで知られる作家、ジャーナリスト〕、ブリューゲルの農民の祝祭から飛び出たみたいな人たちだ。わたしは彼らを近しく感じ、しっくりとなじむ。乗客たちの織りなす活き活きとしたタペストリー。と思ったら突如だれかの口から汚いののしり言葉が飛びだし、それが伝染病のごとく車内に広がり、蒸れたカプセルに永遠に閉じこめられた気分になる。あるときは誰もかれもが疲れ、バス全体がぐったりうなだれている。重たい買い物袋、かさばるカートやベビーカー。段差を上がって息が切れる、停留所を寝すごす、力なく背を丸める、棒からだらんとぶら下がって海草のように気だるく揺れる。またある日は誰もかれもが頭から何か生やしている。並んで座ってるの、立ってるの、ぎゅう詰めになってるの、どの頭からも髪が生えている。ヤナギとかユーカリとか苔とか、そんなおとなしいのではなく、何十億という毛が、ぼうぼうぽわぽわ繁茂している。パンクロッカーの髪、ご婦人の青い髪、濡れたようなアフロヘア。おっと、わたしの前の男の人には毛が一本もない。毛の生え出るべき小さな穴が一つも見当たらない。なんだか目まいがしてくる。小さな女の子が一人乗ってくる。聖イグナチウス校の制服だ。だれか、たぶんこの子のお祖母さんだろう——〝ほら、ちょっとじっとおし〟——お下げ髪をきつく編みすぎて、目が吊り目になっている。お下げの先には白いリボンが結んである。本物のサテンのリボンだ。女の子は運転席のすぐ後ろに座る。朝陽が完璧な分け目に当たって輝き、後頭部が後光に包まれている。なんてきれいな髪だろう。わたしは自分の髪に手をやり、短くてごわごわの、サモエド犬かチャウチャウみたいな毛をぽんぽん叩く。よしよしいい子だ。殺《や》れ、〈白い牙〉！

　真珠を大きさの順に糸に通す、あの仕事にしとけばよかった。お医者の下で働くというのは、畢竟《ひっきょう》、朝から晩まで死ぬの生きるのだ。わたしは慈愛の天使さながら音もなく滑らかに動きまわる。あるいは悪鬼《グール》。ちょっとB先生《ドクター》……このモービドさんの骨髄の数値、すごく面白いですよ。誓って、そういう名前の患者さんなのだ〔「モービド」は〝病的な〟〝不気味な〟を意味するmorbidを連想させる名前〕。事実はわたしの想像力なんかよりはるかに奇だ。とはいえ透析マシンを前にすると、その想像力もとめどなく暴走する。近代医学の偉大なる一歩。でも夕方ちかくなると、その救世主が首なしのプラスチック製吸血鬼に見えてくる。マシンにぐんぐん血を吸われ、患者たちはどんどん青くなる。うなりをあげて血を吸う合間に、たまにごぼりと鳴るのが、まるで高笑いしているみたいだ。

夕方、わたしはリーヴァ・キレンコの娘を絞め殺してやりたくなる。本当の名前は知らない。だれも彼女をミセス・トマノヴィッチと呼ばない。ミスター・トマノヴィッチの妻にしてリーヴァ・キレンコの娘。かつアイリーナ・トマノヴィッチの母親。鈍重な体を右往左往させてみんなの世話に明けくれる彼女は、われら女の不仕合わせを煮詰めたような女だ。けれどもべつの時、その同じリーヴァ・キレンコの娘を、わたしは心から尊敬し、あがめたくなる。自分もあんなふうにすべてを受け入れられたら。受容は美徳である、そう言ったのはヘンリー・ミラーだ。あの男も絞め殺してやりたい。

昨日は透析センターのクリスマスパーティだった。このわたしの目から見ても、とてもいい、祝祭の集いだった。患者とその家族がみんな来た。ロッキー・ロビンソンも来た。死体臓器移植を受けてから誰も姿を見ていなかったけれど、元気そうだった。透析患者のあいだには、断酒会のメンバーや地震の被災者どうしに似た連帯感がある。みんな自分が死刑執行を猶予されている身だと自覚しているから、ふつうの人間よりもずっと互いに優しく思いやりぶかくなれるのだ。

わたしはビュッフェとパンチをやるので大忙しだった。食べ物が山ほどあって恰好がついた。すべて添加塩不使用。トマノヴィッチ氏、すなわちリーヴァ・キレンコの娘婿も大いに手伝ってくれて、テーブルの端に立ってみんなに向かって叫んだ。おいしい食べ物！　おいしい飲み物！

人を動物として見ていたころのほうが、ずっと精神衛生によかった。トマノヴィッチ氏はさしずめ汗っかきのマナティ。でも今はだれも彼もが病気に見える。帯状疱疹に毒素ショック。赤ら顔で、パウダーブルーのシャツの脇に汗染みができているトマノヴィッチ氏はまちがいなく高血圧だ。糸球体硬化症や腎不全もありかもしれない。彼の妻、リーヴァ・キレンコの娘（チベット牛）……彼女はいずれ子宮摘出手術が必要になるだろう、子宮が彼女の苦痛の源だから。

　当のリーヴァ・キレンコは病気なんぞどこ吹く風だ。世にいる高齢の女性はたいてい小柄で、なぜなら大柄な高齢女性はみんな死んでしまうからだ。だがリーヴァ・キレンコだけは別だ。八十歳で百三十キロ。ストレッチャーの縁から、赤いベルベットの襞《ひだ》のごとく垂れ下がっている。赤い血がふつふつと流れ、点滴薬が台地《メサ》みたいにこんもりとした彼女の腕にせっせと落ちる。リーヴァ・キレンコはサンタクロースに似ている。白い髪と眉、バラ色の頬、顎にも白いひげが生えている。娘にロシア語で何やらわめくと、娘は彼女をあおぎ、おでこに冷たいおしぼりを当て、ロシア語の歌を悲しげな声で歌って聞かせる。何度も食堂まで往復しては、赤いお皿に食べ物をひと口ぶんずつ運んでくる。スウェーデン風ミートボール、クロワッサンとハム、ローストビーフ、デビルドエッグ、アスパラガス、キッシュ、ブリーチーズ、オリーブ、オニオンディップ、パンプキンパイ、シャンパン、クランベリージュース、コーヒー。すべてリーヴァ・キレンコの驚異的に可愛らしいおちょぼ口の中に音もなく消えていく。

「B先生はどこですか？」トマノヴィッチ氏が何度も訊いてくる。わたしはここで働いて二年になるが、B先生がどこにいるのかわかったためしがない。スクリブナー・シャントから血の塊を取り除いてる？　お昼寝の最中？　それともユダヤ式の喪に服してる？「いま手術中です」わたしは答える。

　リーヴァ・キレンコの娘は、母親の皿にお代わりをよそってくるたびに、自分の娘アイリーナの髪をなでてあなたも食べなさいと言う。ロシア語で言う、「クヽシャイヽ、ドヽシュヽカ」。アイリーナの父親もときどきやって来ては言う、

「テベ・ネ・コヽロヽショ？」

こう言っているのだ、「行儀よくしろ、このくそガキ！」。もちろんちがう。本当はこうだ、「お食べ、かわいいお姫さま」。

娘のアイリーナは食堂に一つきりの椅子に座っている。味気ないプラスチックの椅子で、ひどくそぐわない。わたしは今すぐその椅子を捨てて、飛んでいって彼女のためにもっとべつの椅子を借りたくなる、買いたくなる。横から見ると長い首がカーブを描いて、まるでアルビノの恐竜、大理石のコブラ、拒食症のウィペット犬のよう。ああ、わたしはなんてひねこびているんだろう。彼女をグロテスクなもののように言うなんて。これほど美しい生き物を、わたしは見たことがない。淡い緑の瞳、白ハチミツのような、梨の果肉のような髪。歳は十四、真っ白な服を着て、いま流行りの指のない白レースの手袋をしている。膝に置かれた骨ばった両手は、まるでグアダラハラで頭から食べる小鳥みたい……ただしシナモンを効かせすぎの。足首までの白いレースのスパッツをはいて、くるぶしで青い網目もようが脈打っている。母親が彼女の白に近い髪に触れる。アイリーナはぴくりと身を硬くして、母親を完全に無視する。父親が同じことをすると、彼女は何も言わずに完璧な白い歯並びを見せる。

ついにB先生が登場する。歓声があがる。患者とその家族がわっと彼を取り囲む。みんなのアイドルなのだ。B先生は疲れて見える。トマノヴィッチ氏が妻に通訳させる。アイリーナがハワ

イに行ったときの写真を見せようと待ち構えていたのだ。アイリーナはスキャッグス薬局の父の日作文コンテストで優勝した。題して「わたしのパパは世界一!」。賞品は本人と両親のハワイ旅行。もちろん母親はリーヴァ・キレンコのそばを離れるわけにいかなかった。アイリーナはスキャッグス薬局の母の日作文コンテストにも応募したが、そっちは佳作どまりで、そのときの賞品のポラロイドカメラで父親が撮りまくったのがこの写真だ。極楽鳥と並んだアイリーナ。レイを首にかけ、サトウキビ畑に立ち、テラスにたたずむアイリーナ。ビーチの写真はない。日光が嫌いなのだ。

B先生はにっこりする。「こんなに可愛らしくて才能のある娘さんを持って、お父さんは幸せですな」

「神様は親切です!」リーヴァ・キレンコの娘がいつものセリフを言う。「神様がわたしたちをロシアからここに連れてきてくださいました。神様が母に透析マシンを与えてくださいました」

B先生がアイリーナを見る。アイリーナは軽蔑もあらわにつんと顎を上げて座っている。雪がはらはら舞い落ちる。彼女は先生に向かって小さな白い手を差し出す。握手、それとも接吻のため? 軽く曲げた手が中空で止まり、ゆるくカーブを描いている。彼女はエジプトの壁画と化す。B先生は彼女に見入る。目が釘付けになる。

「きみ、ちゃんと食べてるか?」そう訊ねる。ああ。この子はもう何年も食べてないのだ。B先生は患者や客たちに挨拶をしに行ってしまう。アイリーナは差し伸べた手をそのままクロークルームの方角に向ける。トマノヴィッチ氏がすっ飛んでいって毛皮の縁取りのついたコートを取ってきて、彼女に着せかける。母親が来てボタンを全部とめてあげ、髪を毛皮から出して、手でなでる。アイリーナはぴくりとしない代わりに口もきかない。回れ右をして出口に向かう。父親が彼女の腰の後ろに手を当てる。アイリーナがぴくりとして立ち止まる。父親は手をどけてドアを開けてあげ、彼女の後に続いて出ていく。

わたしは食堂を片付ける。ほとんどの客は帰ったか、帰り支度をしている。透析の患者さんたちは、あと一時間このままでいないといけない。吐いている人もいれば、眠っている人もいる。テープの音楽が鳴っている。「遠い厩《うまや》の飼い葉桶、幼き御子《みこ》に褥《しとね》なく」。わたしの祖母のお気に入りのクリスマスキャロルだけれど、わたしはこれが怖かった。祖母からつねづね「〝飼い葉桶の犬〟〔飼い葉桶に居座る犬のように、自分には不要なものを独占する利己的な人のたとえ〕になってはいけないよ」と言い聞かされていたからだ。犬が赤ん坊イエスを食べてしまったと思ったのだ。

食べ物の量はちょうどよかった。全部きれいにはけて、残ったのはアナ・フェラザが持ってきた大きなタッパーウェアのボウル二つだけだ。ひどい代物だった。ストロベリーとクランベリーのジェロ、どっちも沼のように苦い。わたしはそれをそのままにしておく。色がきれいで、赤い皿とポインセチアによく似合う。

残っているのはナースと技師が何人かだけになった。B先生はオフィスで電話をかけている。広い部屋の真ん中では、クリスマスツリーに飾られた何百という豆電球が、COBEⅡよりも大きな音でごぼごぼ、しゅうしゅう音をたてている。なんだかツリーに輸血しているみたいだ。青い松の香りがツリーから漂う。リーヴァ・キレンコは眠ってしまったが、それでも娘はまだ母親をあおいでいる。やっとあおぐのをやめ、立ちあがる。膝が曲がって痛そうだ。骨粗鬆症だ。閉経による骨量減少。彼女は母親に柔らかなショールをかけてから食堂にやって来て、ちょうどゴミの袋を下げて出ていこうとするわたしと鉢合わせる。わたしはリーヴァ・キレンコの娘が何も食べていないことに気づく。彼女がわたしの頬にキスをする。「パーティをありがとう！　メリー・クリスマス！」彼女の瞳は娘と同じ緑色だ。その目が喜びに輝いている。虐げられた子供の暗い笑みでもなければ狂信者のそれでもない。混じりけのない喜び。

わたしはゴミを捨て、技師の一人とちょっと話をする。生理食塩水のこと、奥さんにプレゼントするセーターをどこで買えばいいか。それから新しいメッセージがないか、留守電サービスをチェックする。ラトル用の高カロリー輸液のオーダーが一件、それだけだ。オペレーターのメイジーに明日は休みなのと訊かれる。ええ！　神様は親切！　とわたしは言う。メイジーは笑って、あたしには親切じゃないけどね、と言う。

わたしはコートを取りにいく。クランベリーのジェロのことを思い出し、リーヴァ・キレンコの娘ならあれを食べるかもしれない、心からおいしいと言うかもしれない、と思う。

雨の日

ちょッ、雨の日はいっつも混んでやがるぜ、ここのデトックスは。俺はさ、もう路上暮らしがほとほと嫌んなってるのよ。だからうちの奴と二人して、球場の外野席に移ったわけ。あそこはいいね。なんたって人がいないし、広々してる。そしたら雨が降ってきて、うちの奴が泣き出しやがんのよ。俺は何度も訊いたよ、おい、どした？　なに泣いてんだよ？　って。そしたらあいつ、なんて言ったと思う？「道に落ちてるシケモクがみんな濡れちゃう」だとよ。俺はぶん殴ったね。そしたら女房の奴キレちまって、そんであいつはブタ箱にぶちこまれて、俺はここに連れてこられたってわけ。俺はさ、酒抜くこと自体はそんなに苦じゃないの。困るのは、素面《しらふ》に戻るといろいろ考えちまうってことなんだ。あんた知ってるか？　アル中ってな、並の人間より考えすぎちまう人種なんだ。頭ん中の声を黙らせたくて、そんで酒を飲む。あーあ、いっそドラマーにでもなってりゃよかったぜ。前にここに来たとき『サイコロジー・トゥデイ』が置いてあって、ドヤ街の飲んべえの記事が載ってた。そこにアル中の人間のほうが物を考えるって、はっきり書いてあったんだ。普通の連中よりテストの点も高いし、記憶力もいいんだと。ただ一個だけ悪いのがあって、まあぜんぜん大したことじゃないと思うが、それが何だったか、どうしても思い出せねえんだよな。

われらが兄弟の守り手

プールに投げた小石のように、死んで、ただ消え去る人がいる。日常はすぐに平穏をとりもどし、何事もなかったように続いていく。いっぽう死んだあとも長く生きつづける人がいる。ジェームズ・ディーンのように世間の注目の的だった人もいるけれど、とにかく忘れがたい魂の持ち主だったという人もいる。友人のセアラがそうだった。

セアラが死んで十年たつが、いまだに彼女の孫が何か賢いことや生意気なことを言うたびに、誰かが「ほんとにセアラそっくりだねえ！」と言う。わたしも女が二人で車に乗って腹の底から笑いあっているのを見るたび、ああ、セアラだ、と思う。それにもちろん春だ、草花を植えるころになると、二人してペイレスのごみ箱からイチジクの木を拾ったことや、イーストベイでサンゴ色のミニバラの苗をめぐって大げんかしたことを思い出す。

いまこの国は戦争を始めたばかりで、だから彼女のことを思い出す。政治家にあんなに腹をたて、それを言葉ではっきり表明した人を、わたしはほかに知らない。いま彼女に電話したい。彼女はいつだってするべきことを教えてくれたし、自分にもできることがあるのだという気にさせてくれたから。

わたしたちはみんないまだにセアラの思い出話をするけれど、彼女の死にざまについては、あれきり口をつぐんだままだ。ひどい殺され方をしたのだ。〝鈍器様のもの〟で頭を叩き割られて。彼女は付き合っていた恋人から何度も殺すと脅されていた。そのたびに警察に相談したが、できることは何もないと言われるだけだった。男はアル中の歯科医で、十五歳年下だった。彼女を脅迫していたし、殴ったこともあったのに、現場からは凶器も、男の犯行を裏付けるような証拠も見つからなかった。彼は罪に問われなかった。

友だちが恋したときのことなら、あなたも覚えがあるだろう。もっともこれは女たち、強い女や年取った女にかぎった話かもしれない（セアラは六十歳だった）。わたしたちは独りで生きていくって素晴らしいとか、自分の人生満ち足りているとか言う。それでもやっぱり心はそれを求めているし、懐かしんでいる。ロマンスをだ。セアラがうちのキッチンで笑いながらくるくる回って「あたし恋してるの。信じられる？」と言ったとき、わたしはうれしかった。みんながそうだった。レオンは魅力的な男だった。学があり、セクシーで、言葉が巧みだった。彼といっしょにいてセアラは幸せそうだった。いろいろあっても、彼女が彼を許したので、わたしたちも許した。約束をすっぽかす、心ない言葉の数々、思いやりのなさ、暴力。わたしたちはみんな二人にうまくいってほしいと思っていた。恋というものの存在をまだ信じていたかった。

セアラの死後、息子のエディが彼女の家に移り住んだ。わたしは毎週火曜にエディの家を掃除していたから、結果的にセアラの家を掃除することになった。最初のうちはつらかった。陽のふりそぐキッチンからは植物がすっかり消え、なのに思い出はそのままだった。他愛ないおしゃべり、神や子供たちについて交わした会話。リビングはエディのCDやラジオやコンピュータや二台のテレビや三つの電話でいっぱいだった(あんまり電気製品が多いから、いちど電話がかかってきたときテレビのリモコンに向かってもしもしと言ってしまった)。セアラと二人で向かい合わせに寝てキルトにくるまり、延々おしゃべりした大きな麻のソファは消え、かわりに安っぽくてちぐはぐな家具が置いてあった。雨降りの日曜日、二人ともふさぎこんで、ボウリングや『名犬ラッシー』を観ていた、あのソファ。

初めて寝室を掃除したときは恐怖だった。セアラのベッドがあったあたりの壁に、まだ血しぶきや血糊が残っていた。吐きそうだった。血を拭いたあと、庭に出た。彼女と植えたラナンキュラスやスイセンやツツジを見て、笑みがもれた。ラナンキュラスの球根はどっちが上だかわからなかったから、半分は尖ったほうを下にして、もう半分は上にして植えたのだった。だからいまだにどっちが芽を出したのかわからない。

家に入って掃除機をかけ、ベッドを整えていたら、エディのベッドの下にリボルバーと散弾銃が一丁ずつあるのを見つけた。わたしは息をのんだ。レオンが戻ってきたらどうしよう。あいつは狂人だ。わたしまで殺されるかもしれない。わたしは銃を二つとも出した。ふるえる手で、どうやって撃つのだろうと考えた。いっそレオンが来ればいい、これで吹っ飛ばしてやるから。

ベッドの下に掃除機をかけ、銃を戻した。自分の考えに自分で胸がわるくなり、必死にべつのことを考えようとした。

これはテレビドラマなのだと考えてみることにした。お掃除おばさん探偵、刑事コロンボの女版みたいな。ぼーっとガムなんか嚙んで、でも実ははたきをかけながら手がかりを探っている。彼女が掃除に行く先々で、必ず殺人事件が起こる。透明な彼女がモップをかけているすぐそばで、容疑者が犯行を裏付けるような電話をかけている。掃除婦は聞き耳をたて、リネン戸棚の中で血のついたナイフを見つけ、指紋を消さないように火かき棒を拭わずにおく――。

もしかしたらレオンはゴルフクラブでセアラを殺したのかもしれない。二人の出会いはクレアモント・ゴルフクラブだったのだ。バスタブをこすっていると、庭の木戸がぎいっと開き、木のデッキに椅子がこすれる音がした。庭に誰かいる。レオンだ！　心臓がどきどきした。窓はステンドグラスで外が見えなかった。寝室まで忍んでいってリボルバーを取り、足音を忍ばせて庭に通じるフレンチドアのところまで行った。銃をかまえて外をのぞいた。手がひどくふるえて、とても撃つどころではなかったけれど。

アレグザンダーだった。ああ、なんだ。アディロンダック・チェアに老アレグザンダーが座っていた。ハイ、アル！　わたしは声をかけておいて、銃を元の場所にもどしに行った。

彼はセアラにずっとあげるつもりだったピンクのフリージアの素焼きの鉢を抱えていた。ふとこの庭に来たくなって立ち寄ったのだ。わたしは家に入って彼のためにコーヒーを淹れた。セアラは一日じゅうコーヒーを切らさなかった。それとおいしい食べ物も。スープやガンボ、上等のパンにチーズにお菓子。エディが常備しているウィンチェルのドーナツや冷凍のマカロニとは大ちがいだ。

アレグザンダーは英文学の教授だった。ジェラード・マンリー・ホプキンズの〝黄金紅《きんくれない》の傷口を開く〟詩について何時間でも講釈した。セアラとは四十年来の知り合いで、若かりし日は理想に燃える社会主義者の同志だった。彼はずっと彼女に恋していて、どうか自分と結婚してほしいと懇願していた。ロレーナとわたしは事あるごとに彼女を焚きつけた。「いいじゃないの、セアラ……奥さんになっちゃいなさいよ」。彼はいい人だった。上品で、信頼できる人柄だった。ただ、女が男を「いい人」だと言うときは、たいてい退屈な男という意味だ。それにわたしの母の口癖ではないけれど、「だれが聖人君子なんかと結婚したいと思う?」

まさに今そのことを、アレグザンダー自身が言っていた。

「セアラにとって私は面白みのない、平々凡々な人間だった。あの男が災厄なのは最初からわかっていたんだ。私はただ、彼女があいつに捨てられたときにそばにいて、慰めてあげようと、それしか考えていなかった」

彼の目に涙が浮かんだ。「私のせいなんだ。あの男にひどい目に遭わされていると、この先もひどい目に遭わされるだろうとわかっていた。どうにかして阻止するべきだったんだ。なのに私は自分の憎しみと嫉妬にばかりとらわれていた。私がセアラを殺したんだ」

わたしはなんとか慰めようと彼の手を握り、それからしばしセアラの思い出を語りあった。

彼が帰ると、わたしはキッチンの掃除にとりかかった。でも待って、本当にアレグザンダーが犯人だったとしたら? あの夜、フリージアの鉢を持って、あるいはいっしょにスクラブルでもやろうとして、彼女を訪ねたのだとしたら? それでフレンチドアのレースのカーテンごしにセアラとレオンがいたしているところを見てしまったのかもしれない。で、レオンが帰るまで玄関の外で待って、中に入り、嫉妬に猛り狂って彼女を殺した。まちがいない、彼は容疑者だ。

次の火曜日はいつもほど家が散らかっていなかったので、最後の一時間は庭の草抜きや草花の植え替えをして過ごした。小屋で植え替えをしていると、鈴とタンバリンの音がした。ハリ・ハリ・ハリ。セアラの末娘のレベッカがプールのまわりで歌いながら踊っていた。

娘がクリシュナ教徒になって、最初のうちセアラはうろたえたが、ある日わたしとテレグラフ通りを車で走っていたら、クリシュナの一団の中に彼女がいるのが見えた。サフラン色の衣をまとって歌いながら跳びはねている彼女は美しかった。セアラは路肩に車を停め、じっと彼女を見つめていた。そして煙草に火をつけ、笑って言った。「ねえ、あの子は大丈夫よ」

わたしはレベッカに座ってもらって、ハーブティーでも飲みながら話をしようとしたが、彼女はトルコのダーヴィッシュみたいにびゅんびゅん回ってうなり声をあげていた。そのうちに飛び込み板の上で回ったり跳ねたりして、詠唱の合間に大声で「悪は悪より生ず！」と叫びはじめた。そうして自分の母親の喫煙癖やコーヒー好き、畜肉や凝固剤かなにかの入ったチーズを食べることを延々とあげつらいはじめた。それと姦淫。いまや彼女は飛び込み板のぎりぎり端に立ち、高らかに「姦淫！」と叫んでは一メートル近くも跳ねていた。

容疑者その二だ。

エディの家を掃除するのは週に一日だったが、必ず一人は誰かが庭にやって来た。たぶんほかの曜日にも来ていたのだろう。セアラはそういう人だった、他人のために心も扉もいつも開いていた。地域の自治のような大きな場で人助けをしていたけれど、困っている人のために小規模な人助けもしていた。かかってきた電話には必ず出たし、ドアに鍵もかけなかった。わたしが行けば、いつでも相談に乗ってくれた。

ある火曜日、いきなり最大にして最凶の容疑者が庭に現れた。クラリッサ。エディの元恋人だ。驚いた。セアラのことをそれは憎んでいたから、以前はこの家には寄りつかなかったはずなのに。クラリッサはなんとかしてエディを母親の法律事務所から辞めさせ、メンドシーノで自分と暮らしてフルタイムの作家になるよう画策した。セアラに何通も手紙をよこして、暴君だ、過干渉だとなじり、エディとも彼の弁護士のキャリアや母親のことをめぐっていさかいが絶えなかった。わたしはそれまでクラリッサと友だちだったが、とうとう二人の女のどちらかを選ばなければならなくなった。けれども彼女が何度も何度も「ああ、セアラのやつを殺してやりたい」と言うのを聞いて、迷いもふっきれた。その彼女が門にからみつく藤の花の下に立ち、サングラスのつるをくわえていた。

「ハイ、クラリッサ」とわたしは言った。

彼女はぎょっとした。「あら。人がいるとは思わなかったわ。ここで何してるのよ」（いかにも彼女らしい――迷ったらまず攻撃だ。）

「エディの家を掃除してるの」

「あなたまだ掃除婦なんかやってるの？　最悪ね」

「患者さんにもそんな口のきき方してなければいいけど」（クラリッサは精神科医なのだ――こ

ともあろうに。）わがお掃除おばさん探偵だったらここで彼女にどんな質問をするだろうと、わたしは脳みそをしぼった。でもだめだった、とにかく敵がおっかなすぎた。この女はどんなことでもやりかねない。でもどうやってそれを証明すればいい？

「セアラが殺された夜、あなたどこにいた？」思わず言ってしまった。

クラリッサは笑った。「ちょっとやめてよ……あたしが犯人だとでも言いたいの？　ちがいます。今さら何よ」そう言うと、背を向けて出ていってしまった。

週を追うごとにわたしの容疑者リストは長くなっていった。判事から警官から窓拭き屋まで、誰もかれもが怪しかった。

窓拭き屋は、凶器の一点で引っかかった。いつも長い棒をバケツといっしょに持っていた。カーテンごしに見える彼のシルエットは恐ろしかった。棒をもった大男。前から怪しいと思っていた。ホームレスの若い黒人で、夜はオークランドのバスの中か、たまにアルタベーツ救急センターのロビーでも寝ていた。昼間は一軒一軒家をまわって、窓拭きのご用聞きをしていた。つねに本を一冊持ち歩いていた。ナサニエル・ホーソーン。ジム・トンプソン。カール・マルクス。声がよくて、テニスセーターとかラルフローレンのTシャツとか、いつもいい服を着ていた。

セアラは窓拭きの代金を払ったあと、きまって目もあてられないようなエディの着古しを彼にあげていた。ありがとうございます、彼はそのたびに礼儀正しく言っていたけれど、きっと家を出たらすぐに捨ててしまったのにちがいなかった。もしかしたら彼の中で彼女は何かの象徴になっていたのかもしれない。ジッパーの壊れたジャンプスーツが最後の一本のワラだったとか？

「こんにちはエモリー。元気にしてた？」

「ええ、おかげさまで。セアラさんの息子さんが今ここに住んでるんですね。それで、もしかしたら窓拭きのご用があるかなと思って」

「いえ、今はあたしがここの掃除をしていて、窓も拭いているのよ。プリンス通りのエディの事務所を当たってみたらどうかしらね」

「そりゃいい考えだ、ありがとうございます」彼はにっこり笑って出ていった。

オーケイ、とわたしは自分に言い聞かせた。あんたもいいかげん頭を冷やしてこんな探偵ごっこはやめなさい。

家の中に入ってコーヒーを淹れ、庭に出て座った。あ、ハナショウブが咲いている。セアラ、あんたにも見せてあげたかった。

あの日セアラはわたしに何度も電話をかけてきて、レオンに脅されていると言った。わたしはもういいかげんレオンがらみの話にはうんざりしていた——なんでさっさと別れてしまわないのよ？　わたしは彼女の話を聞いて、「警察に電話なさい。あっちからの電話には出ちゃだめよ」みたいなことを言った。

あのとき、どうして「今すぐうちに来て」と言わなかったんだろう。どうして「セアラ、すぐに荷物をまとめて、いっしょに町を出よう」と言わなかったんだろう。

わたしには、その夜のアリバイがない。

ルーブルで迷子

子供のころ、自分に眠りが訪れる瞬間をなんとかしてとらえようとした。横になってじっとその時を待つが、次に気づくともう朝だった。大人になるまで、ときどき思い出したようにこれをやってきた。同じことをやったことがあるかと人に訊いても、何の話をしているのやら、という顔をされるだけだ。はじめてそれが起こったのは四十を過ぎてからで、それも狙ってやったのではなかった。夏の暑い夜だった。車のヘッドライトが弧を描いては天井を流れていった。隣の家のスプリンクラーがシュンシュンいう。眠気がやってきた。それが近づいてきて涼しいシーツのようにそっと自分を包みこむ瞬間、光がまぶたをなでた。眠りが自分をとらえる瞬間を、わたしははっきり感じた。翌朝は幸せな気分で目を覚まして、以後二度とそれをやらなくなった。

死の瞬間をとらえようなどと考えたことはなかったけれど、パリでそれを経験した。人に死が訪れる瞬間を感じたのだ。

言えばきっと感傷的に聞こえるだろう。パリでわたしはとても楽しく、悲しくもあった。前の年に恋人と父を亡くしていた。母もつい最近死んだばかりだった。通りを歩いたりカフェに座ったりしながら、わたしはその人たちのことを考えた。ことにブルーノだった、頭の中で彼に話しかけたり、いっしょに笑ったりした。子供のころは女の子の友だちと芝生や砂浜に寝そべって、いつかパリに行ってみたいなあと話し合った。その子たちもみんな死んだ。それに『失われた時を求めて』をわたしにくれた、アンドレも。

最初の何週間かは、パリじゅうの観光名所を片っ端から訪れた。オランジュリー美術館、晴れた日の美しいサント・シャペル。バルザックの家、ヴィクトル・ユーゴー博物館。ドゥ・マゴ・カフェの二階に座ると、人はみんなカリフォルニア人かカミュのどちらかに見えた。ボードレールの墓を見にモンマルトルに行ったときは、あの女権論者のシモーヌ・ド・ボーヴォワールがサルトルといっしょのお墓に入っていることに奇妙さを感じた。医学史博物館や郵便博物館なんてものにまで行った。クールセル通りをさまよい、シャンゼリゼ通りを歩いた。ナポレオンの墓、日曜の小鳥市《いち》。カフェ・ラ・セルペンテ。当てずっぽうにメトロを乗り継いで、はじめての地区をとことん歩く日もあった。コレットの住んだアパルトマンに面した広場に座り、フローベールからガートルード・スタインまで、みんなでいっしょにリュクサンブール公園を歩いた。ブーローニュの森やオスマン通りをアルベルチーヌ〔プルースト『失われた時を求めて』の語り手の恋人〕とともに歩いた。目に入る何もかもが鮮やかなデジャヴに感じられたが、それは本で読んだものを見ているせいだった。

プルーストが、その多くをコンブレーのモデルに使った村と伯母の家を見に、列車でイリエに行った。朝うんと早い列車に乗り、シャルトルで降りた。その日は吹き降りで、大聖堂のステンドグラスからはほとんど光が入ってこなかった。内陣の脇にある礼拝堂でお婆さんが一人祈り、男の子がオルガンを弾いていた。ほかには誰もいなかった。暗くて石の床はよく見えなかったが、つるつるにすり減ってサテンのように滑らかだった。汚れた無色のガラス窓から射しこむわずかばかりの光が、くっきりとしたレリーフの細かな彫刻を浮かび上がらせた。みごとな石像はどこにも色がないせいで、モノクロームの映画が真に迫って見えるように、ひときわ精妙に見えた。

イリエまでの小さな列車はイメージそのままだった。どこまでも続く眠たげな風景、労務者や農婦、籐の座席。教会の尖塔が見えた！　なんとか扉が閉まる前に降りることができた。車は不気味なほど一台も見あたらず、駅舎の壁に自転車が一つ立てかけてあるきりだった。道順はわかっていた。駅前の通りのライムの並木は十月の今はあらかた葉を落とし、濡れた落ち葉がわたしの靴音をやわらげた。シャルトル通りを右に折れ、フロラン・ディリエ通りを町の広場まで。人影はどこにもなかった。

家のツアーが始まる十時まで、村を歩きまわって時間をつぶした。やっと人の姿が見えはじめたが、みな時代が逆戻りしたかと思うほど古風な服を着ていた。

アミヨ伯母〔プルーストの伯母。作中のレオニー叔母さんのモデルとなった〕の家に行くと、門のところに年配のドイツ人夫婦がいた。二人がベルを鳴らしてほほえみ、わたしもベルを鳴らしてほほえんだ。きっとこんな音だろうと思っていたとおりの音だった。老人がくわえ煙草で何かもぐもぐ言いながら出てきて門を開けた。あんまり早口なのでドイツ人たちもわたしも何を言っているのかわからなかったが、かまわなかった。わたしたちは老人の後について小さな家の中を歩いた。マルセルの母親がのぼったはずの階段はほんの数段しかなかった。踊り場のベゴニヤの鉢が、なにか取ってつけたようだった。カビくさい、窓のない台所はちっとも〝ミニチュアのヴィーナスの神殿〟のようには見えなかった。

わたしたち三人は長い時間をマルセルの寝室で無言のうちに過ごした。互いにほほえみあったけれど、夫婦もやはり深い悲しみを感じているのがわかった。水差し、幻灯機、小さな寝台。

わたしはセメントで固めた庭に立った。これは陰気でわびしい家なのだ、ここはどこにでもある平凡な村なのだと思おうとしたが、そのたびに庭はあの庭に、家はあの家に、村はコンブレーの村に変わって、わたしの目に美しく映った。

食堂はことに悪趣味だった。緑色のフロック加工の壁紙に重厚な家具。そこは今では博物館になっていて、ハガキや本が陳列してあった。ガラスケースの中には作家の直筆の原稿が一ページ展示してあった。茶色く変色した紙に、ひらひらと細長い筆跡がセピア色のインクで書きつけてあった。〝一ページ〟と言ったものの、一センテンスごとにべつのセンテンスが襞飾りのように糊づけされ、そのセンテンスの上にさらにべつの節が、節の上にべつの単語がそこここで重ねられ、そのためにページは何インチもの厚さになっていた。付け足した紙はアコーディオンのようにきちんと折りたたまれていたが、厚みのためにほどけていた。ガラスケースは密閉されているはずなのに、糊付けされた紙はかすかに伸び縮みして、まるでページ全体が呼吸しているようだった。

「時間《フィニ》だよ」と老人が言って、わたしたちを出口に案内した。ドイツ人の妻のほうがいっしょに

〃メレグリーズのほう〃を散策しようと誘っているらしいとわかった。わたしはありがとう、でも列車の時間が迫っているのでと答え、二人には通じなかったが、わたしがサンジャック教会と言うと、うなずいた。わたしたちは冷たい霧雨のなか心をこめて握手し、すこししてから振り返ってまた手を振りあった。

教会に着くころには雨は本降りになっていたが、教会の門は閉まっていた。がっかりしてカフェを探しかけていたら、リウマチで節々の曲がったお婆さんが、杖を振り振り「いま行くよ！《ジャリーヴ》」とこちらに向かって叫んだ。お婆さんが建物脇の扉をぎいっと開けて、中に入れてくれた。内部《なか》は暗く、お供えのロウソクが唯一の明かりだった。お婆さんは十字を切ると、祭壇前の手すりの裏からハタキを出して、教会の中を案内しながらあちこちの埃をはらい、歯のない口でひそひそと話した。彼女の名前がマチルダで、八十九歳だということは理解できた。ここの管理人をしていて、床を磨き、埃をはらい、祭壇に花を供えていた。白に近い灰色の瞳はもうほとんどわたしが見えず、十字架にかかるクモの巣も枯れたキクの花も、さいわい見えていないようだった。彼女は歩きながらこの教会について説明した。「十一世紀、建て替えられたのは十五世紀」というのが聞き取れた。献金箱に少しお金を入れ、ロウソクを三本ともした。それから自分のためなのか彼女のためなのか、もう一本つけ加えた。冷たい木の上に膝をつき、天使祝詞をとなえた。疲れて空腹だった。ああ、でも〈ゲルマント公爵夫人の定席〉があった。わたしはそこで静かに座りたかった。そう、〃失われ《ロスト》〃たかった。なのにかわりにマチルダに面食らわ《ロスト》された。マチルダはもう一度十字を切り、祭壇の前で片膝を曲げてお辞儀をして、わたしの隣でひざまずいた。

と、いきなりわたしの腕をつかんで「ベレニス！　ああ、ベレニスじゃないか！」としゃがれ声で叫び、わたしを抱きしめ、両頰にキスをした。そして、また会えてうれしいよ、お母さんのアントワネットは達者なのかい、会うのは何十年ぶりだろうねえ、と言った。わたしが自分の生まれ故郷のタンソンヴィルに住んでいると思いこんでいるらしく、イリエ（わたしの母親の故郷だ）の人たちのことを話し、わたしの家族は元気か、と矢継ぎ早に質問を浴びせた。耳が遠いので、わたしのフランス語がたどたどしいのにも気づいていなかった。もう結婚はしたのかと訊くので、「ええ、でも夫はもう死んでしまったの《ウィ・メ・イレ・モール》！」と答えた。マチルダは気の毒がって目にいっぱいに涙を浮かべた。もうそろそろ列車の時間だ、今はパリに住んでいるのだと言うと、彼女はわたしの頰にもう一度キスをした。それから泣きもせず、ひどく冷静に、もう二度と会うことはないだろう、自分はもうすぐ死ぬだろうから、と言った。

駅に向かう道すがら、わけもなく涙が出た。町に一つしかない宿屋で食べた昼食はおそろしく不味かった。

パリに戻る列車の中で、自分の子供時代のベッドを思い出そうとしたが、だめだった。自分の子供たちのベッドさえちゃんとは思い出せなかった。幌つき揺りかご、ベビーベッド、二段ベッド、トランドルベッド、ハイダベッドにウォーターベッド。たくさんあったはずのそれらよりも、イリエで見たあの寝台のほうがずっと本当らしく思えた。

次の日はペール・ラシェーズ墓地にプルーストのお墓を見に行った。よく晴れた日で、古びた墓石はネヴェルソンの彫刻のようにひしめきあって立っていた。ベンチでお婆さんたちが編み物をし、そこらじゅうに猫がいた。時間が早すぎたせいか、編み物の人たちと墓地の係員、それに青のウィンドブレーカーを着た太った男のほかに人影はなかった。地図を手にショパンやサラ・ベルナールやヴィクトル・ユーゴーやアルトーやオスカー・ワイルドの墓を探すのは楽しかった。プルーストは両親と弟といっしょの墓に入っていた。弟も思えば気の毒だ。黒い墓石の上にパルマすみれの新しい花束がたくさん置かれていた。墓地全体の白々とした古さのなかにあって、彼の黒くぴかぴかの墓石は不粋に見えた。エロイーズとアベラールの墓のような、あるいは〈冷たき者〉と彫られたあそこの墓のような古さびた美しさになるまで、あと百年はかかるだろう。

冷えて風が出てきたうえに、さっきのウィンドブレーカーの男が半ブロックぐらい離れてずっと後を尾《つ》けてくるので、わたしは並木の小径を足を速めて歩きだした。手に持っていた地図が風で吹き飛ばされ、雨脚が一気に強くなった。出口の見当をつけて走りだしたが、たまらず柵を飛びこえて、苔むしたお堂の中で雨宿りした。寒くはあったけれど、赤や黄の葉がつむじ風にちぎれて舞い、銀色の雨のとばりが墓石を黒く濡らしていく眺めは美しかった。とはいえどんどんあたりは暗く寒くなり、風の音に混じって呻くような、唸るような苦悶の叫びまでが聞こえはじめた。悲哀にみちた葬送歌、悪魔じみた笑い声。きっと気の迷いよと自分に言い聞かせたものの、たまらなく恐ろしくて、きっとあのウィンドブレーカーの男はわたしをお迎えに来た死神にちがいないと思えてきた。するとジム・モリソンのファンご一行が、ラジカセから「これで終わりだ、友よ！」の曲を流しながら走りすぎた。まったく馬鹿を見た。お堂を出て、彼らの声のするほうを目指して走った。もう完全に迷子だった。走っても走っても出口は見つからず、こんな時間のペール・ラシェーズで死神に出会わないほうがおかしいと思えてきた。車やクラクションの音が遠くに聞こえたけれど、見渡すかぎり、人も、猫や鳥も、あのウィンドブレーカーの男さえ姿が見えなくなっていた。

死の気配を感じたのはそのときではなかったけれど、座ってひと息つきながら考えた。もしここで雨風に打たれて死んでしまったらどうなるだろう。身分証も何も持っていない。紙に自分の名前を書いて、ついでに〈わたしをここペール・ラシェーズに葬ってください〉と書いておこうか？　でもペンもない。わたしは一本の径《みち》をひたすらまっすぐ歩いていくことに決めた。そうすればいつかは塀に突き当たり、運よく正しい方向に曲がれれば出口にたどり着くはずだ。倒れそうに腹ぺこで、素敵なイタリア製の靴は雨で革が伸びて靴ずれができていた。やがて塀が見えてきて、見覚えのある、よく手入れされて花束の供えられた墓に囲まれて一つだけ荒れ果てた誰かの墓も目に入った。そのそばにはたしかコレットの墓があり、コレットのそばには門と花売りの屋台があるはずだった。いとしのコレットはまだそこにいてくれた。門は閉まっていて、一瞬また死が頭をよぎったが、小屋の中から人が出てきて開けてくれた。花屋はいなくなっていたが、道端にタクシーが停まっていた。

ホテルの近くのギリシャレストランで食事をし、エスプレッソを飲みケーキを食べ、さらにエスプレッソ二杯とケーキをお代わりした。煙草を吸いながら道行く人を眺めていて、そのときはじめて考えた。眠りの瞬間をとらえたときみたいに、死の瞬間をとらえられるだろうか。人が死ぬとき、それが近づいてくるのが気配でわかるものだろうか。スティーヴン・クレインは、死の間際に友人のロバート・バーに言ったという——「悪くないよ。眠けを感じるが、それも気にならない。ただ、自分がいまどっちの世界にいるのかがわからなくてぼんやりと心もとないが、それだけのことさ」。

翌朝はクロワッサンとカフェ・クレームをとり、それからルーブル美術館に行った。例のピラミッドを建設している最中で、墓地から出るとき難儀したのと同じくらい、入口にたどり着くのに苦労した。そしてついにルーブルが見えた。中に入るまでに延々歩くだけで、もうわくわくした。威風堂々。こんなに巨《おお》きなものは見たことがなかった。たぶん、はじめてミシシッピ川を渡ったあのとき以来。

ルーブルの内部は、想像にも増してエレガントで壮大だった。「サモトラケのニケ」は写真で見て知っていたし、彼女を好きになったのはもちろん『ミスター&ミセス・ブリッジ』で見たからだ。ただ、ホールのこの広大さは想定外だった。ホールを埋めつくす人々の頭上に堂々と気高くそびえる彼女の立ち姿の見事さも。

一日めはゆっくり、うやうやしく進んだ。美術品のせいではなく——もっとも「ニケ」やアングルやほかのいろいろなものに何度も鳥肌がたったけれど、そうではなく、場所そのものの壮麗さと歴史のせいで。ミイラやアヌビス神や棺があったけれど、頭に死は浮かばなかった。それどころか抱き合う夫婦をかたどったエトルリアの石棺の美しさに、サルトルとボーヴォワールのことも許す気になれたほどだった。

部屋から部屋をめぐり、階段をのぼって下りてまたのぼった。ヘンリー・ジェームズも、こんなふうに両手を後ろで組んで歩いていたかもしれない。ドラクロワ本人が老婦人を連れて館内を案内している姿を見たというボードレールの話を思い出した。何もかもがすばらしかった。聖セバスチャン。レンブラント。『モナ・リザ』はついに見なかった。いつ行っても行列ができていて、彼女はまるでオークランドの酒屋みたいにウィンドウの向こうだった。

わたしはチュイルリー宮のカフェの外の席に座った。クロックムッシュとカフェ・クレームを運んできたウェイターが、自分は中にいるから何かあったら呼んでくれ、外は寒すぎるので、と言った。わたしはそこに座って、いま見てきた何もかもを誰かに話したくてたまらなかった。フランス語でまともな会話ができないのがつらかった。息子たちが恋しかった。ブルーノや両親のことを思って悲しくなった。恋しいからではなく、そうではないことが悲しかった。きっと自分が死んでも同じだろう。死ぬのは水銀が粉々に散るのと似ている。あっと言う間に粒は寄り集まって、また小さくふるえる生のかたまりに戻る。暗いこと考えるのはやめなさい、ずっと独りでいすぎたのよ、わたしは自分に言い聞かせた。それでもまだ椅子を立たずに、自分の人生を、じつは美と愛にあふれていた人生を振り返った。透明な目だけの存在になってルーブルをくぐり抜けてきたように、自分の人生をくぐり抜けたような気がした。

店の中に入って勘定を済ませ、あなたの言うとおりね、外は寒すぎたわ、とウェイターに言った。ホテルへの帰り道に美容院に寄って髪を洗ってもらった。誰かの手で触れてほしくて、すすぎをもう一度頼んだ。

ルーブル二日めは、しんそこ気に入った作品との再会を楽しんだ。ブロンズィーノの彫刻家の肖像。ジェリコー『エプソンの競馬』の馬たち！　思えばジェリコーはたったの三十三歳で落馬が元で死んだのだ。フランドル派の部屋に行き、それからなんとなくまたレンブラントを訪れ、そこから階段を下りていくとミイラの部屋に出た。そこでわたしは何千人もの人々に囲まれたまま、墓地のときのように完全に迷子になった。前に通らなかった階段をいくつか通り、踊り場でひと息ついた。ふしぎだった。通りにも人はいるだろう。チュイルリーのあのカフェにはテーブルが五つ六つ出て、コーヒーを飲む人が何人かはいるだろう。だがルーブルの内側は人でいっぱいなのだ。何千もの人の波が階段をのぼりおりし、ファラオやアポロンやナポレオンの居室の横を流れている。

もしかしたらわたしたちは小宇宙に捕らわれているのかもしれない。ルーブルが小宇宙だなんて、お笑い草だけれど。わたしたちはみんな、宝飾品や奴隷たちといっしょに誰かの墓にうやうやしく供えられたパフォーマンス・アートの一部なのかもしれない。ミイラにされて訳知り顔で階段をのぼりおりし、とうの昔に死んだ芸術家たちの作品のまわりを歩きまわっているのかもしれない。レンブラント、フラゴナールの『閂《かんぬき》』、この哀れな恋人たちもとっくに死んだ。たぶん彼らはただのモデルで、日銭を稼ぐために何時間も何日も窮屈な姿勢に耐えたのだろう。未来永劫あの姿のままだなんて！　この階段はいったいどこにつながっているんだろう。ああそうだ、エトルリア。誰にも話しかけられず、見られもしなかったので、自分たちはみんな不滅という名の作品を永遠に演じつづけるパフォーマーなのだという空想はますます広がっていき、だからわたしのほうでもみんなを無視して行き当たりばったりに曲がったり階段をのぼりおりしたりし、そうするうちに一種の恍惚状態になり、ハトホルの女神やオダリスクと一体化したような感覚を味わった。

最後には無理やりルーブルを後にし、アポリネールで牡蠣とパテを食べ、ベッドに倒れこんで、読書も考え事もせずに眠った。ルーブルにはその後も三度か四度行き、そのたびに新しい彫刻やタペストリーや宝飾品に出会ったが、同時に我を忘れて時間の外にこぼれ出たような気分にもなった。

ふしぎなのは、曲がる場所をまちがえてニケに出くわすと、とたんに現実に引き戻されることだった。ルーブルで過ごした最後の日、ある階段を通るとニケと会いそうな気がして、それを避けるために部屋を横切って細い通路を歩き、知らない階段を下りていった。心臓が高鳴った。ぞくぞくしたが、なぜかはわからなかった。はじめて見る通路に出た。そこはまったく未知の翼《ウィング》だった。そこについての説明文も写真も目にしたことがなかった。さまざまな時代の生活用品の、雑多だが魅力的な寄せ集めが展示された翼だった。タペストリーやティーセット、ナイフとフォーク。おまるにお皿！　嗅ぎ煙草入れ、置き時計、書き物机に燭台。小部屋の一つひとつに愛らしい日用品があふれていた。足のせ台。腕時計。ハサミ。死のように、その翼は日常と地続きだった。それはまったくの不意打ちだった。

陰《ソンブラ》

ウェイターは床からナプキンを拾って彼女の膝の上に広げ、あいたほうの手でパステル色のフルーツの皿を流れるように彼女の前に置いた。いたるところで音楽が鳴っていた。通りを歩くトランジスタラジオ、遠くのマリアッチ、厨房のラジオのボレロ、ナイフ研ぎの口笛、流しの手回しオルガン弾き、工事現場の足場で歌う労働者たち。

ジェーンは教師の職をリタイアし、夫とは別れ、子供たちはすでに巣立っていた。メキシコに来るのは二十年ぶり、セバスチャンと息子たちといっしょにオアハカで暮らしていたとき以来だった。

昔から一人で旅するのは好きだった。だが昨日は訪れたテオティワカンの遺跡があまりに壮大で、そのことを口に出して言いたい、龍舌蘭《マゲイ》の色彩を言葉で定着させたいと思った。

フランスに一人で行ったときは楽しかった。どこへでも気軽に行け、誰にでも話しかけることができた。メキシコで一人はつらかった。メキシコの人々の温かさが自分の孤独を、戻ってこない過去をよけいに際立たせるから。

今朝、彼女はマジェスティック・ホテルのフロントに立ち寄って、日曜の闘牛のガイドつきツアーに申し込んだ。巨大な闘牛場もファンたちも、一人で立ち向かうには圧倒的すぎた。熱狂者《ファナティコ》――スペイン語で〝ファン〟を意味する言葉だ。五万人ものメキシコ人たちが時間を守り、門が開く四時よりはるか前から闘技場に詰めかける。そうするのが牛たちへの礼儀なのだ、とタクシーの運転手に教えられた。

闘牛ツアーの参加者たちは、二時半にロビーに集合した。アメリカ人の夫婦が二組、ジョーダン夫妻とマッキンタイア夫妻。夫はともに外科医で、メキシコシティで開かれた会議のために来ていた。趣味のテニスで引き締まり、よく日に焼けていた。妻たちは上等な身なりをしていたが、医者の妻に特有の時代錯誤で、夫たちが医大を卒業するのを働いて支えていたころに流行の先端だったようなパンツスーツを着ていた。二人は土産物の屋台で売っているような、赤いバラがついた安っぽい黒のフェルトのソンブレロをかぶっていた。当人たちは気づいていなかったが、おふざけのつもりでかぶったその帽子が、彼女たちをコケティッシュに、可愛らしく見せていた。

日本人の旅行者も四人いた。黒の着物を着た年配のヤマト夫妻。その息子のジェリーはハンサムで背の高い四十代、彼の新婚の若妻ディディも日本人で、アメリカのジーンズにスウェットシャツを着ていた。彼女とジェリーは英語で話し、両親には日本語で話しかけていた。彼にうなじにキスをされたり指先を甘嚙みされたりするたびに、彼女は頰を赤らめた。

話してみると、ジェリーもジェーンと同じカリフォルニア住まいの建築家で、ディディはサンフランシスコの大学で化学を学ぶ学生だった。メキシコシティにはあと二日滞在する予定で、両親は東京からやってきて二人に合流していた。いえ、僕たち闘牛は初めてなんです、とジェリーは言った。でも何か日本的なものが見られるんじゃないかと思ってます。エレガンスと残酷さの融合こそは日本の神髄だとミシマも言っていましたしね。

ジェーンは、初対面に等しい自分に向かってそんな話をしてくれるのがうれしくて、たちまちジェリーを気に入った。

革のソファに腰かけてガイドが来るのを待ちながら、三人はミシマやメキシコのことを語りあった。自分もハネムーンはメキシコシティだったのだ、とジェーンは若夫婦に言った。「すばらしかった」と彼女は言った。「夢みたいに。あのころは火山がよく見えてね」どうしてセバスチャンのことばかり考えてしまうのだろう。今夜彼に電話しよう、そしてプラサ・メヒコ〔メキシコシティにある闘牛場、四万人以上を収容する〕に行ったことを話そう。

セニョール・エラスリスは堂々として精悍で、自身も闘牛士のようだった。脂ぎった長すぎる髪が、意図せずしてだろうか、尻尾《コリータ》のようにカールしていた。彼は自己紹介をし、どうぞみなさんくつろいで、サングリアを一杯やってくださいと言って、簡単な闘牛の歴史と今日これから観るものについて説明を始めた。「一つひとつの闘牛《コリーダ》の型、それは音楽の譜面のように大昔から変わらず、正確です。しかし一頭一頭の牛、そこがサプライズの要素です」

暑い日だったが、彼は何か暖かい服を持っていくようツアー客たちにすすめた。全員が素直にセーターを取りに戻り、すでに混み合っているエレベーターに乗りこんだ。こんにちは《ブエナス・タルデス》。エレベーターでも、郵便局の列でも、待合室でも、かならず他人にあいさつするのがメキシコの流儀だ。じっさいそれで待つのが苦痛でなくなるし、もう他人同士ではないのだから、エレベーターの中でまっすぐ前をにらみつけていなくてよくなる。

ツアーの一行はホテルのバンに乗りこんだ。女二人は、ペタルーマかサウサリートあたりからずっとしているサブリナという名前の躁鬱病の知り合いの噂話をまだ続けていた。アメリカ人の医師たちは落ちつかない様子だった。老ヤマト夫妻は、膝に目を落としたまま日本語で静かに話し合っていた。ジェリーとディディは、見つめあったり、ホテルやバンの中や噴水の前でジェーンに撮ってもらった自分たちの写真を笑顔で見たりしていた。医師二人は、バンがインスルヘンテス通りを闘牛場まですっ飛ばすあいだじゅう身をすくめ、足でブレーキを踏みつづけた。

ジェーンはセニョール・エラスリスと前の座席にすわった。二人はスペイン語で話した。今日はみなさんついてます、ホルヘ・グティエレスが出ます、メキシコ一のマタドールですよ、と彼は言った。それからロベルト・ドミンゲスという良いスペイン人も出るし、今日が闘牛場デビューになるアルベルト・ヒグリオという若いメキシコ人も出ます。みんなあんまりロマンチックな名前じゃないのね、とジェーンは言った。グティエレスとかドミンゲスとか。

「まだ通り名《アポド》がついてないんですよ、〝エル・リトリ（伊達男）〟みたいなね」と彼は言った。

ジェーンが妻とキスをしているジェリーを見ていたら、彼が視線に気づいてにっこりした。

「ごめんなさい、じろじろ見るつもりじゃなかったの」と彼女は言ったが、自分も若い娘のように顔が赤くなるのがわかった。

「自分のハネムーンを思い出していたんですね！」彼は笑って言った。

バンがスタジアムのそばに停まると、布きれをもった男の子が出てきて窓を拭きだした。その昔はメキシコにもパーキングメーターというものがあったが、誰もお金を回収せず、違反キップも切らなかった。人々は贋《にせ》コインを使うか、手っとり早くメーターを叩き壊した。公衆電話のときもそうだった。それで今では公衆電話はタダ、パーキングメーターもなくなった。ただしどの駐車スペースにもかならず専属の駐車係が一人ついているらしく、どこからともなく男の子が現れて、車の番をしていてくれる。

闘牛場の外では、群衆がわだかまり、沸きたち、わんわん唸りをあげていた。「こりゃまるでワールドシリーズだ！」医者の一人が言った。屋台で売られるタコス、ポスター、牛の角、ケープ、ドミンギンやファン・ベルモンテやマノレテのブロマイド。アリーナの外にはエル・アルミジータ〔一八八〇年生まれの著名な闘牛士〕の大きな銅像。ファンたちがその足元に花を供える。それをするとき身を屈めるので、ひざまずいて礼拝しているように見える。

ものものしく武装した警備員がツアー客たちのバッグの中身をあらためた。警備員はみな女で、メキシコではどこでも大抵そうだった。クエルナバカの警察署など女しかいませんよ、とセニョール・エラスリスはジェーンに言った。麻薬取締官から白バイから署長まで、みんなです。女は男に比べて賄賂や汚職に屈しにくい。そういえば、こっちの官公庁はアメリカに比べてずっと女性の職員が多いなと思っていましたよ、とジェリーが言った。

「そりゃそうです。なにしろこの国全体の守り主がグアダルーペの聖母さまなんですから！」

「でも、さすがに女の闘牛士はそうそういないんでしょうね」

「何人かいますよ、とても腕のいいのが。でも本当のところ、闘牛は男のものですよ」

闘牛場の底では、赤と白の衣装を着たモノサビオ〔ピカドールの助手〕たちが砂を熊手で均《なら》していた。スタンドの急な階段を、丸くくり抜かれた青空に向けて高くのぼっていく観客たちが、点描画の色彩のようにうごめいていた。ビールやコークの詰まった重たいバケツを持った売り子たちはセメントの座席の上の鉄の手すりに沿ってすばしこく動き、テオティワカンのピラミッドほどにも細い階段を駆け上がったり降りたりした。ツアー客たちはパンフレットを開き、闘牛士たちや、サンチャゴの闘牛牧場の牛たちの写真や数字をながめた。

黒革のスーツに葉巻をくわえた男たち、大きな帽子に銀バッジがじゃらじゃらのコートを着たチャロたちが最前列席《バレーラ》に集まっていた。ホテルのツアー客のグループは、二つのソンブレロのほかは、あきらかに服装がくだけすぎていた。みんな野球観戦ぐらいの気持ちで来ていたのだ。メキシコ人やスペイン人の女たちも服装こそカジュアルだったが、それを濃い化粧とたくさんのアクセサリーで精一杯エレガントに見せていた。

一行の席は日陰に入っていた。闘牛場は光と陰《ソル・イ・ソンブラ》にくっきりと分かれていた。太陽がまぶしかった。

四時まであと五分というとき、モノサビオたちが六人、〈座布団を投げた人は、見つけ次第罰金を徴収します〉と書かれた横断幕を掲げてリングを一周した。

四時きっかり、トランペットが心おどるオープニング曲のパソ・ドブレを吹き鳴らした。「カルメンだ！」ジョーダン夫人が声を上げた。ゲートが開き、パレードが始まった。先頭はアラビア馬にまたがり、黒い服に黒ひげ、糊のきいた白い襞襟《ひだえり》に羽飾りの帽子をかぶった二人の騎馬警官《アルグアシル》。見事な馬たちは気取って脚を高く上げ、ダンスしたり、後退したりしながら行進した。その次は、きらめく光の衣装を着て、刺繍のついたケープを左肩にかけた三人のマタドール。ドミンゲスは黒の衣装、グティエレスはターコイズ、ヒグリオが白。それぞれの後ろに三人ひと組の助手《クアドリージャ》たちが、これも手の込んだケープを肩にかけて続いた。その次に防具をつけ目隠しをした馬に乗った太ったピカドールたち、それから赤と白の衣装のモノサビオと整備員《アレネロ》たち。牛の死骸を片づける役の男たちは青の衣装。前世紀のマドリードに、芝居小屋で猿に芸をさせて人気を博した一座がいたが、その猿たちが闘牛場で働く人間と同じ衣装を着ていた。彼らは賢い猿《モノサビオ》と呼ばれていて、それが闘牛の働き手の名前となって今も残っていた。

闘牛士《トレロ》は全員サーモン色のタイツをはき、バレエシューズのような、不釣り合いに薄っぺらな靴をはいていた。いえちがいます、砂を足で感じないといけないのです、とセニョール・エラスリスが言った。闘牛士の足こそがいちばん大事なポイントなのです。彼はジェーンが色彩や衣装、詰め物をして房飾りのついたピカドールの馬の防具などに目を奪われているのを見てとった。最近スペインのマタドールは白のタイツを着けはじめているようですが、熱心なファンはみんなこれに反対していますと彼は言った。

牛用のゲートからモノサビオが一人出てきて、〈チルシン号　499キログラム〉と書いた木の札を掲げた。トランペットが鳴り、牛が勢いよくリングに踊り出た。

最初の場面《テルシオ》はすばらしかった。ヒグリオは流れるように華麗な技《ファエナ》をつぎつぎ決めた。光の衣装《トラヘ・デ・ルーセス》が傾きはじめた陽にちかちか、きらきら輝き、光のオーラとなって彼を包んだ。パセのたびに「オレ！」と弾むような掛け声が上がるほかは、闘牛場は静まり返っていた。チルシン号の蹄《ひづめ》の音や息づかい、ピンク色のケープがはためく音までが聞こえた。「トレロ！」と群衆が叫ぶと、若き闘牛士は笑顔を浮かべた。屈託のない、心から楽しんでいる笑みだった。これがデビュー戦となる彼を、群衆は熱烈に歓迎していた。だがいっぽうでは口笛も多く聞かれた。牛の闘志が足りないからだ、とセニョール・エラスリスが解説した。トランペットが鳴り響いてピカドールの登場を告げ、助手《ペオン》たちは牛を踊らせるように馬のほうにおびき寄せた。たとえようもなく美しい眺めだった。

アメリカ人たちはバレエのような闘牛の優美さにうっとりとなり、ピカドールが長い銛《もり》を牛の背の山《モリージョ》に何度も突き立てるのには目を覆った。血がほとばしり、ぬらぬらと赤く光った。ファンたちが口笛を吹き、アリーナ全体が口笛を吹いていた。これはいつものことです、とセニョール・エラスリスが言った。ですがマタドールが止めろと言うまで続けます。ヒグリオがうなずくとトランペットが鳴り、次の場面《テルシオ》が始まった。ヒグリオみずからが三対の白い銛《バンデリジャ》を打った。チルシン号めがけて軽やかに走り、リングの中央で舞い、身をひるがえし、角をすれすれでかわして銛を一回ごとに正確に左右対称に打ちこんでいき、やがて流れる赤い血の上に六本の白い旗が立った。ヤマト夫妻が笑みを浮かべた。

ヒグリオの優雅で楽しげな闘いぶりに、観ていた誰もが浮き立った。だがこの牛は悪い、危険な牛だ、とセニョール・エラスリスが言った。群衆は声をかぎりにヒグリオを応援した。この若者には天性の気迫《トラピーオ》が、美があった。だが彼は牛を殺せなかった。一度、二度、何度やっても。チルシンは口から血を流し、それでも倒れなかった。銛打《バンデリジェロ》ちたちが牛の死を早めようと、ぐるぐる走りまわらせ、そこにヒグリオがいまひとたび剣を突き立てた。

「野蛮だな」マッキンタイア医師が言った。二人のアメリカ人外科医は同時に立ちあがり、妻たちを連れて出ていった。きれいな帽子をかぶった女たちは、急な階段の途中で何度も立ち止まって後ろを振り返った。セニョール・エラスリスは四人をタクシーまで送ってくる、もちろん料金も払うと言った。すぐに戻ります。

　老ヤマト夫妻はチルシンが死ぬのを静かに見守った。若夫婦は興奮していた。二人にとって、闘牛はパワフルで崇高だった。ついに牛は倒れて死に、ヒグリオが血に濡れた剣を引き抜いた。口笛と野次が飛び交うなか、ロバが牛を牽いていった。まずい殺しを、観衆は若きマタドールではなく牛のせいにした。ヒグリオの後見人《パドリーノ》のホルヘ・グティエレスが若者を抱擁した。

　次の闘牛が始まるまでの休憩時間は大変な騒ぎだった。観客たちは行ったり来たりして誰かを探し、煙草を吸い、ビールを飲み、ワインを流しこんだ。売り子たちはアレグリアや鮮やかな緑の細長いペストリーやピスタチオや豚の皮やドミノピザを売った。

　生あたたかい風が吹き、ジェーンはぞくりとした。体の奥底から恐怖が、無常感がわきあがった。この闘牛場ぜんぶが消え去ってしまうような。

「寒いんですね」とジェリーが言った。「ほら、セーター着て」

「ありがとう」と彼女は言った。

ディディが彼の膝ごしに手を伸ばしてジェーンの腕に触れた。

「もし外に出たければ、わたしたちがお連れしますよ」

「いえ大丈夫。きっと標高のせいね」

「ジェリーもそうなの。心臓にペースメーカーを入れていて。ときどき呼吸が苦しそうなの」

「まだふるえてる」とジェリーが言った。「本当に大丈夫?」

二人は優しく彼女にほほえんだ。彼女もほほえみ返したが、気づかされてしまった人間のちっぽけさにまだ動揺していた。誰ひとり、わたしがここにいることを知らないのだ。

「ああよかった、間に合ったのね」セニョール・エラスリスがもどってきたので彼女は言った。

「解せませんよ」と彼は言った。「私からすればアメリカの映画、あれこそ見るに堪《た》えません。『グッドフェローズ』、『マイアミ・ブルース』。あれらはひどく残酷です」彼は肩をすくめた。それからヤマト夫妻にはサンチャゴの牛のことを、まるで国全体の恥でもあるかのように詫びた。ヤマト氏も同じくらい礼儀正しく、とんでもない、こちらこそ連れてきていただき感謝しています、と言った。闘牛は非常に美しい、まさに芸術です。これは儀式なのだ、とジェーンはトランペットの音を聴きながら思った。演《だ》し物ではなく、死に捧げる聖なる供物なのだ。

コロシアム全体がホルへ、ホルへの呼び声に沸き立ち、脈打った。審判に投げつけられる口笛と罵声。くそったれめ《クレロ》! みんな審判がプラテーロ号を引っこめないことに怒っているのだ。あの牛は役立たず《ノ・セ・プレスタ》だとセニョール・エラスリスも言った。二つめの場面《テルシオ》で、牛はよろめいて倒れ、もう立ちあがるのは嫌だとばかりにそのまま座りこんだ。「ラ・ゴロンドリーナ！ ラ・ゴロンドリーナ！」日の当たる側にいた人々が合唱しはじめた。

セニョール・エラスリスによると、これは旅立つツバメを唄った歌で、別れの歌だった。「みんな『このろくでなし《ビンチェ》の牛とはおさらばだ』、そう歌っているんですよ」。ホルヘは見るからにうんざりして、さっさとプラテーロを殺すことにしたようだった。だがだめだった。前のヒグリオと同じように、剣が牛に当たってはねかえったり、刺す場所が高すぎたり、後ろすぎたりした。やっと獣は死んだ。闘牛士はうなだれて、屈辱にまみれてリングを去った。忠実な彼のファンが送る「トレロ！」の声援も、彼にはあざけりに聞こえたかもしれない。モノサビオたちとロバが出てきて、口笛と罵声、飛び交う無数の座布団のなか、プラテーロを牽いていった。

ヒグリオは詩的、ホルヘは正統派で威厳に満ちていたが、若手スペイン人のドミンゲスは猛々しく闘志むき出しで、孔雀のようにケープをひらめかせ、センテナリオ号をリング狭しと引きまわした。腰を弓なりにのけぞらせて牛の角をぎりぎりでかわした。オレ、オレ！ 牛と闘牛士は水草のように流れ、たなびいた。ピカドールたちが入場し、銛打ちたち《バンデリジェロ》が代わるがわる突いた。いくつものケープが振られ、牛を馬のほうにおびき寄せた。牛は馬の横腹に突きをくらわせた。ピカドールが何度も何度も牛に槍を突き立てる。怒り狂った牛は前趾《まえあし》で砂を蹴り、頭を低くしたかと思うと、いちばん近くのバンデリジェロの一人めがけて突進した。

そのとき、一人の男がリングに飛びおりた。ジーンズに白シャツの若者で、赤いショールを手にしていた。男は助手たちのあいだをかいくぐり、牛と正面から向き合うと、みごとなパセを決めた。オレ！　コロシアム全体が歓声と口笛に沸き立ち、帽子が舞った。「飛び入り《ウン・エスポンタネオ》！」灰色のネルの制服を着た二人の警官がアリーナに飛びおりて、踵の高いブーツで砂の上を不器用に走って若者を追いかけた。ドミンゲスは牛が向かってくるたびに華麗に闘った。センテナリオ号はこれをパーティかなにかだと思ったらしく、遊び好きのラブラドールみたいにぴょんぴょん飛び跳ね、まず助手《スバルテルノ》の一人に、ついで警備員に、馬に、そして若者の赤いショールに突撃した。どすん――牛はピカドールをひっくり返そうとし、それから警官を追いかけて二人とも倒し、一人の足を踏みつけて怪我させた。助手《スバルテルノ》は三人がかりで飛び入りの男を追いかけたが、彼が牛と闘うたびに立ち止まって待った。

「エル・エスポンタネオ！　エル・エスポンタネオ！」観衆は叫んだが、さらにたくさんの警官がやって来て若者を板壁《バレーラ》の向こうに放りこみ、手錠をかけた。彼は拘束された。「飛び入り」には厳しい判決と罰金が科せられることになっている、とセニョール・エラスリスは言った。でないとみんながしょっちゅうやるようになりますから。それでも観客たちは、怪我をした警官が運び出されてピカドールたちが音楽とともに退場しても、まだ飛び入りに喝采を送りつづけた。

　ドミンゲスが牛を捧げる段になった。彼は飛び入りの若者に牛を捧げると宣言し、彼を放免してほしいと審判に申し出、了承された。若者は手錠を外されるとふたたび板壁《バレーラ》を飛び越え、マタドールの闘牛帽《モンテラ》を受け取り、彼を抱擁した。スタンドから帽子や上着が投げこまれて彼の足元に落ちた。若者は闘牛士さながらの優美さでお辞儀を一つするとフェンスを飛び越え、日の当たるスタンドを高く、どこまでも高く、時計のところまで登っていった。リングではバンデリジェロたちが牛の気を引こうとしていたが、いまや牛はすっかり取り乱し、落ち着きのない子供のようにでたらめにリングを走りまわり、角を板壁や、助手《クアドリージャ》が隠れる避難壁《ブルラデロ》に突き立てた。それでも「エル・エスポンタネオ！」の浮かれた合唱はやまなかった。日本の老夫妻までがいっしょになって叫んでいた！　若夫婦は声をたてて笑い、抱き合った。なんて素敵な、めくるめくカオス。

　ドミンゲスは牛の交換を却下されたが、右往左往する牛を相手に苦戦しつつも、雄々しく果敢に闘った。センテナリオ号は怒りですっかりタガがはずれ、ドミンゲスが仕留めようとするたびにあとずさって飛び跳ねた。鬼さんこちら！　そのため、またしても血まみれの、剣を突き立てては的をはずすことの繰り返しになった。

　ジェーンははじめジェリーが闘牛士に声援を送ったのかと思った。だが彼はひと声叫び、立ちあがろうとしてセメントの階段に倒れた。頭がセメントに打ちつけられ、黒髪が血で赤く濡れた。ディディがかたわらに膝をついた。

「あんまり早すぎる」と彼女は言った。

　ジェーンは医者を呼んでくるよう警備員に頼んだ。ジェリーの両親は彼をはさむように階段にひざまずき、その横を売り子たちがせわしなく上がったり降りたりした。ジェーンはひきつった笑いをもらした。アメリカなら人だかりができただろうに、この闘牛場では誰もが、ヒグリオが新たな牛ナベンガンテ号と闘っている最中のリングに目が釘づけだった。

　ピカドールが牛に銛を刺して激しい口笛とブーイングがわき起こるなか、医者が到着した。汗だくの小柄な医者は場内の騒ぎが収まるまで待ってから、形ばかりジェリーの手を取った。ピカドールが退場し、医者はディディに「亡くなっています」と言った。だが彼女にはすでにわかっていた、両親にもわかっていた。老人は妻の肩を抱いて息子を見下ろしていた。その目には悲しみがあった。ディディが彼を仰向けにしていた。彼は目を薄く開き、おどけたような表情を浮かべていた。ディディが彼にほほえみかけた。雨合羽売りが青いビニールを彼の体に掛けた。「ありがとう」とディディは言った。

「五千ペソです」

オレ！　オレ！　リングではヒグリオが身をひるがえし、銛《バンデリジャ》を頭上高く差しあげた。そしてジグザグを描きながら、舞うように牛に向かっていった。女の警備員が二人やって来た。階段なのでストレッチャーをここまで持ってくることができない、と一人がジェーンに言った。闘牛《コリーダ》の切れ目まで待って、リングと観客席のあいだの関係者通路《カジェホン》までストレッチャーを運び、遺体を最前列の壁越しに降ろすしかありません。ええ、それでかまいません。ではその時になったらすぐに来ますから。もう一人の警備員がジェリーの両親に席にもどるよう言った。危険ですから。夫婦はおとなしく言われたとおりにした。そして何ごとかささやきあいながらじっとしていた。セニョール・エラスリスがいたわるように二人に話しかけ、夫婦は言葉がわからないなりにうなずいた。ディディは夫の頭を膝にのせた。ジェーンの手をぎゅっと握り、ヒグリオが牛を殺すために剣を持ち替えるのをうつろな目で見つめた。ジェーンが救急車のドライバーと話し、それをディディに通訳し、ジェリーの財布からアメリカン・エクスプレスのカードを出した。

「前からとても悪かったの？」ジェーンがディディに訊ねた。

「ええ」彼女はかすれ声で言った。「でも彼もわたしも、もっと時間があると思ってた」

ジェーンと彼女は抱きあい、間にあるひじ掛けが、悲嘆のように二人の体に食いこんだ。

「早すぎる」ディディはもう一度言った。

観客は総立ちだった。ホルヘがヒグリオの昇格式《アルテルナティバ》〔見習いの闘牛士が正式闘牛士になるときのセレモニー〕用に、特別にもう一頭ヘノベス号という牛を進呈したのだ。次の闘牛《コリーダ》の前に、青服のアレネロたちが手押し車を押して出てきて地面の血に砂をかぶせ、平らに均した。リングが無人になると、ストレッチャーが最前列の壁の下に到着した。正面で待っていてくださいとクルーは言ったが、ディディは夫のそばを離れようとしなかった。熱狂する観客たちのあいだをかいくぐってジェリーの遺体をおろし、ストレッチャーに乗せるまでには長い時間がかかった。リング外側の関係者通路《カジェホン》に降りてからも、駆けまわるバンデリジェロたちや赤いケープを濡らす水のボトルを持った人、闘牛士の剣を運ぶ係《モソ・デ・ラス・エスパダス》などを避けるために、ストレッチャーはたびたび足止めをくった。ディディめがけて荒々しい怒声が飛んだ。通路に女が立ち入るのはタブーなのだ。

セニョール・エラスリスとジェーンは老夫婦に付き添って、闘牛場のいちばん高いところまではるばる登った。ヒグリオはヘノベス号を鮮やかなひと突きで殺し、ほうびに両耳と尻尾を授けられた。あっぱれな闘いを見せた牛は、「トロ（牛）！　トロ！」の歓声が上がるなか、場内を誇らしげに引きまわされた。観客たちが狭い階段にどっとあふれた。みな有頂天で、酒に酔っている者も多かった。騎馬警官《アルグァシル》が牛の耳と尻尾を持って、ヒグリオに歩み寄った。

ジェーンはヤマト夫妻の後ろについて歩いた。セニョール・エラスリスと警備員の一人が先導し、鳴り響くトランペットと耳を聾する「トレロ！　トレロ！」の叫び声のなかを歩いた。バラとカーネーションと帽子が宙を舞い、空を暗く覆った。

新月_{ルナ・ヌエバ}

太陽がシュッと音をたてて沈み、波が浜に打ち寄せた。女は海沿いの遊歩道《マレコン》の黒と金の市松模様のタイルを、ふたたび小高い崖に向かって歩みはじめた。ほかの人々も陽が沈んでしまうと、芝居が終わったあとの観客のように、歩みを再開した。ただ美しい南国の夕陽というだけではない、と女は思った。特別な意味がそこにはあるのだ。オークランドでは太陽が毎晩太平洋に沈み、それで一日が終わるだけだった。旅先では、人は自分の日常から——脈絡なくきれぎれに連なる時間の流れから切り離される。ちょうど小説のなかでは出来事も人物も永遠の寓話になるように。少年はメキシコの壁の上で口笛を吹く。テスは牛の体に頭をもたせかける。彼らはそのしぐさを永遠に繰り返し、太陽も海に沈みつづける。

女は崖の上の見晴らし台に出た。マゼンタ色の空が玉虫色に変化しながら海に映っていた。崖の下には、ぎざぎざの岩場をくり抜いて、大きな石のプールが作ってあった。海ぎわの壁に波が砕けてプールに流れこむたびに、蟹たちがちりぢりに走った。深いほうで男の子が何人か泳いでいたが、ほとんどの人はプールの中を歩くか、苔むした岩に腰かけるかしていた。

女は岩づたいに海のほうまで降りていった。シフトドレスを脱いで水着姿になると、ほかの人々と同じように滑りやすい壁の上に座った。空の赤が褪《あ》せ、薄紫色の空にオレンジ色の細い月が昇った。月《ラ・ルナ》だ！　みんなが口々に叫んだ。新しい月《ルナ・ヌエバ》！　夕闇が深まるにつれ、月はオレンジから金色に変わった。プールになだれこむ波頭はくっきりとした白銀色で、泳ぎ手たちの衣服はストロボで照らしたような怪しい白さで浮かびあがった。

銀色のプールの中の人々は、ほとんどが服を着たままだった。多くは遠くの山あいや農園から来た人たちで、岩の上に籠が積み重ねてあった。

その人たちは泳ぎを知らなかったので、ただ水に浮かんで、波に揺られてくるくる回るのを楽しんでいた。大きな波が来て壁を飲みこむと、プールが消えてなくなって、人々は海のただ中に浮かんで、めいめいにゆるく渦巻いているように見えた。

上のほうで、ヤシの木ごしに遊歩道《マレコン》の街灯がいっせいにともった。明かりは繊細な鋳鉄細工の柱の先に、琥珀色のランタンのように輝いた。プールの水にその光が何度も繰り返し映った。最初は丸く、つぎにまばゆい無数の破片になり、また一つになって、空に浮かんだ小さな月の下で、それらはたくさんの満月のように見えた。

女はプールに飛びこんだ。外気は冷たかったが、水はぬるく塩からかった。足の上を蟹たちがすばしこく這い、ごつごつした底の石はビロードの感触だった。女はそのときになって、ずっと以前にもこの同じプールに来たことがあったのを思い出した。子供たちが泳げるようになる前のことだった。夫がプールごしに自分を見るまなざしが、刺すようによみがえった。彼が息子の一人を抱き、彼女がもう一人を腕に抱えて泳いでいた。思い出は甘く、痛みをともなわなかった。そこには悲しみも、後悔も、死の影もなかった。ガブリエルの目。崖に当たって海にこだまする、息子たちの笑い声。

泳ぎ手たちの声も石に反射して響いた。男の子たちが水に飛びこむたびに、おお！　と花火を見たような歓声があがった。人々は白い服を着て揺れていた。服が体のまわりで渦を巻き、舞踏会でワルツを踊っているような華やぎがあった。下のほうでは、海が砂の上に細かな網目模様を描いていた。若い男女が水の中でひざまずいていた。触れ合ってはいなかったけれど、愛にあふれていて、二人の体から小さな矢やダーツが水中に放たれて、ホタルか夜光性の魚のように光るのが女の目に見えた。二人とも白い服を着ていたが、暗い空を背に裸体のように見えた。服は二人の黒い体に、男の広い肩と股、女の乳房と腹にはりついた。波がなだれこんで引くたびに、彼女の長い髪がふわりと浮き上がって黒い霧の触手となって二人を包み、それから黒インクのように水の中に流れおちた。

麦わら帽をかぶった見知らぬ男が、子供たちをプールに入れてやってくれないかと女に言った。男は彼女にいちばん小さい子を手渡したが、子供は怖がった。臆病なヒヒのように彼女の手をつるりと逃れて頭にのぼり、脚と尻尾を首根っこに巻きつけて髪をひっぱった。女は泣きさけぶ子供を自分の体からほどいた。「ならもう一人の子を、こっちはおとなしいから」男が言い、その子は女が抱いてプールの中ほどまで泳いでいくあいだも、あおむけにじっとしていた。あまりに静かなので眠っているのかと思ったが、そうではなく、ハミングしているのだった。だれもがひんやりとした夜気に歌い、ハミングしていた。薄くそがれた月が波頭のような白に変わるころ、さらに何人かが階段を降りて水の中に入った。しばらくして帽子の男は女から赤ん坊を受け取り、子供たちを連れて帰っていった。

岩場の上で、女の子が自分の祖母をなだめすかして水に入れようとしていた。「無理よ、無理！　転んでしまうよ！」

「いらっしゃい」と女は言った。「わたしがいっしょに一周泳いであげましょう」

「でもあたしは脚を折ったんだ、また折ったらと思うと恐ろしいよ」

「それはいつのこと？」女が訊いた。

「十年前。ひどいもんだった。薪を割れない。畑にも出られない。食べるもんがすっかりなくなってしまって」

「だいじょうぶ。脚にうんと気をつけてあげるから」

とうとう老女は折れて、女の手を借りて岩場を降りて水の中に入った。彼女はか細い腕を女の首に巻きつけ、声をあげて笑った。貝がらの入った袋のように軽かった。髪からは燃やした石炭の匂いがした。「ああ、すてきだこと《ケ・マラビージャ》！」彼女は女の喉元でささやいた。銀色のお下げ髪が二人の後ろにたなびいた。

老女は七十八歳で、それまで一度も海を見たことがなかった。チャルチウイテスちかくの農場住まいだった。孫娘とふたりでトラックの荷台に乗って、港町までやって来た。

「先月、亭主が死んだんだよ」

「お気の毒に《ロ・シエント》」

　女は老女を連れて、ひんやりした波が流れこむ海ぎわの壁のところまで行った。

「神様がやっとあの人を召してくだすった。あたしの祈りが天に届いたの。八年間ずっと寝たきりだった。八年間、口もきけず、起きることも自分で食べることもできず、ただ赤んぼみたいに寝てるだけ。あたしはくたびれ果てて、節々は痛むし、目もひりついた。やっと寝ついたと思ってそっと離れようとすると、あの人があたしの名を呼ぶんだよ。ぞっとするようなしわがれ声で、コンスエロ！　コンスエロ！　そして死んだトカゲみたいな骸骨の手をこっちに伸ばしてくる。それはつらい、つらい日々だった」

「お気の毒に《ロ・シエント》」女はもういちど言った。

「八年。その間あたしはどこにも行けなかった。ちょっとそこの角までも《ニ・アスタ・ラ・エスキーナ》！　あたしは毎晩マリア様に祈ったの、どうかあの人を連れていってください、あたしに時間をください、あの人なしで生きさせてくださいって」

　女は老女の細い体をしっかりと抱いて、ふたたびプールの中ほどまで戻った。

「わたしの母も、つい半年前に亡くなったの。あなたと同じ。つらい、つらい日々だった。朝から晩までずっと母にかかりきりで。母はわたしが誰かももうわからなくて、ひどい言葉を言ったり、引っかこうとしたり、それが何年も続いたの」

　どうしてわたしはこんな嘘をついているんだろう、と女は思った。でも嘘とばかりも言い切れなかった、あの血の出るような束縛。

「もう二人ともいない」コンスエロは言った。「あたしたちは解放されたんだ」

女は笑った。〝解放された《リバレイテッド》〟とはずいぶんとアメリカ風の言い方だ。老女は女がうれしくて笑ったと思ったらしかった。彼女をきつく抱きしめ、頬にキスをした。歯がなかったので、接吻はマンゴーのように柔《やわ》かった。

「マリア様があたしの祈りを聞き届けてくださった！　あんたとあたしが自由になって、神様もきっとお喜びだよ」

二人の女は暗い水に浮かんでゆらゆらと揺れ、その周りで泳ぎ手たちの服がバレエのようにたなびいた。すぐそばで先ほどのカップルがキスをし、つかのま空一面に撒いたように星が輝き、すぐに霧が星も月も覆い隠して、街灯のオパール色の光を曇らせた。

「何か食べよ《バモス・ア・コメール》、お祖母ちゃん《アブエリータ》！」孫娘が呼びかけた。小刻みにふるえて、ワンピースから水がぽたぽた石にしたたっていた。男の人が手を貸して老女を水から引きあげ、曲がりくねった岩場を抱えてのぼり、遊歩道《マレコン》まで連れていった。遠くでマリアッチが鳴っていた。

「アディオス！」老女が欄干ごしに手を振った。

「アディオス！」

女も手を振りかえした。彼女は海ぎわの壁のそばで、あたたかでなめらかな水に身を浮かべた。吹く風は、たとえようもなく優しかった。

謝辞

多くの人々に感謝を。

とりわけキャサリン・フォーセット、エミリー・ベル、バーバラ・アダムソンに。

この本は『掃除婦のための手引き書』の刊行なしには生まれなかった。FSG社に感謝。

ルシアの作品の再出版を先頭に立って推し進めてくれたスティーヴン・エマソン、バリー・ギフォード、マイケル・ウルフに。とりわけスティーヴン・エマソンには特別の感謝と深い敬意を。あなたの多大なる努力と思いやりのおかげで『掃除婦のための手引き書』は素晴らしい本になった。

『掃除婦のための手引き書』に序文を書いてくれたリディア・デイヴィスに。今までに読んだもっとも素晴らしい評だった。

ジェニファー・ダンバー・ドーン、ゲイル・デイヴィスに。

カーティス・ブラウン社のキャサリン・フォーセット、ホリー・フレデリック、セアラ・ガートン、オリヴィア・D・シムキンズ、マデリーン・R・タヴィス、スチュワート・ウォーターマンに。

FSG社のエミリー・ベル、スティーヴン・ウェイル、アンバー・フーヴァー、デヴォン・マッツォーネ、ニーシャ・マッギー、ジャクソン・ハワードに。

友人たち（新旧の）――キース・アボット、ステイシー・アメンド、カレン・オーヴィネン、フレッド・バック、トム・クラーク、ロバート・クリーリィ、デイヴ・カレン、スティーヴ・ディクソン、エド・ドーン、マリア・ファッシュ、ジョーン・フランク、ルース・フランクリン、グロリア・フリム、マーヴィン・グランルンド、アンセルム・ホロ、エリザベス・ゲイガン、シドニー・ゴールドファーブ、ボビー・ルイーズ・ホーキンズ、レアード・ハント、クリス・ジャクソン、スティーヴ・カッツ、オーガスト・クラインザーラー、エリカ・クラウス、スティーヴン・ラヴォワ、チップ・リヴィングストン、ケリー・ルース、ジョナサン・マック、エリザベス・マクラーケン、ピーター・マイケルソン、デイヴ・マルホランド、ジム・ニスベット、ウルリケ・オスターマヤー、ケリー・パルック、ミミ・ポンド、ジョー・サフディエ、ジェニー・シャンク、リンジー・スペンス、オスカー・ファン・ヘルダレン、デーヴィッド・ユー、ポーラ・ヤンガーに。

かつての本の出版社のみなさん――マイケル・マイヤーズとホルブルック・ティーター(ゼフュラス・イメージ)、アイリーン・キャラハンとボブ・キャラハン(タートル・アイランド社)、マイケル・ウルフ(トンブクトゥ・ブックス)、アラスター・ジョンストン(ポルトルーン・プレス)、ジョン・マーティンとデーヴィッド・ゴダイン(ブラック・スパロウ)に。

そして家族――バディ、マーク、デーヴィッド、ダン、C.J.、ニコラス、トルーマン、コーディ、モリー、モニカ、アンドレア、パトリシオ、ジル、ジョナサン、ジョーシィ、パオ、ナイス、バーバラ、ポール、レース、そしてジル・マグルーダー・ガトウッドに、たくさんのありがとうを。

ジェフ・ベルリン

物語《ストーリー》こそがすべて

マーク・ベルリン

いまは亡き母ルシアは、反逆の徒にして腕ききの職人、そして若かりし頃はつねに踊っていた。思い出をここでぜんぶ話せたらどんなにいいだろう。アルバカーキのセントラル・アベニューでルシアがスモーキー・ロビンソンを車で拾って、一本のジョイントを回しのみしながらティキ・カイ・ラウンジの彼のギグにいっしょに向かったこと。夜おそく帰ってきた母から、汗と煙草の匂いといっしょにうっすらシャネルの残り香がしたこと。それからニューメキシコのサント・ドミンゴ村の副村長に招かれて、みんなで神聖なダンスを見にいったときのこと。踊り手の一人が倒れたのを、ルシアは自分のせいだと思いこんだ。あいにくと村の人々《プエブロ》もみなそう思った。なにしろ僕らはその場で唯一の〝よそ者〟だった。以後何年ものあいだ、このできごとは僕らのあいだで不運の象徴となった。家族の誰もが彼女にならって踊った――砂浜で、美術館で、レストランやクラブに入りながら、まるで自分たちが主《あるじ》であるかのように踊った。デトックスで、拘置所で、授賞式で踊り、ジャンキーや、ポン引きや、王子や、障害者たちと踊った。だがルシアにまつわる思い出は、たとえ僕の視点からどんなに客観的に語ってさえ、マジック・リアリズムと受け止められてしまうだろう。とうてい誰にも信じてもらえないような代物なのだから。

僕の最初の記憶はルシアの声、僕と弟のジェフにお話を読み聞かせてくれた声だった。話の中身は何でもよかった。どの夜も、それを語る彼女のテキサスとチリのサンチャゴの混ざり合った、柔らかでのどかな声があったから。それに「赤い河の谷間」のような歌。上品だけれどどこか土くさく、でも彼女の母親の鼻にかかったエルパソなまりは(ありがたいことに)なかった。おそらくルシアが最後に会話を交わした人間は僕だったが、そのときも彼女は読み聞かせてくれた。何を、だったかは思い出せない(本の書評、大勢の人が送りつけてくる小説の原稿の一節、それとも誰かの絵ハガキ?)。ただ彼女の澄んだきれいな声とお香の煙、夕陽の切れ端、そしてそのあと二人で無言で彼女の部屋の本棚を見つめていたことを覚えている。この棚に詰まっている言葉たちの美しさと力強さを思いながら。目と心の両方で味わう、それら。

ユーモアのセンスと書くことに加えて、僕は背中の故障も母から受け継いだ。そのたびに僕らはユニゾンやハーモニーで呻き、笑い、カマンベールやクラッカーやブドウのおかわりに手をのばした。薬とその副作用をともに嘆き、「生とはすなわち苦である」という仏教の第一教義を笑った。そして「命は安い、だが楽しめもする」というメキシコの人生訓も。

母は若いころ、よく僕らを連れてニューヨークじゅうを歩きまわった。あるときは美術館に、あるときは作家仲間に会いに、あるときは活版印刷機が動くところや画家たちの制作風景を見に、あるときはジャズを聴きに。そこから場面はいきなりアカプルコに、ついでアルバカーキに移った。子供のころは、一つの家に平均して九か月しかとどまらなかった。けれども、家《ホーム》はつねに母だった。

メキシコで暮らしていたころのルシアは恐怖で気も狂わんばかりだった。サソリ、寄生虫、落ちてくるココナツの実、汚職警官、そして執念深いドラッグの売人。それでも彼女の誕生日の前日、僕らはしみじみ語り合ったものだ――でもなんとか生き延びたよねえ。彼女は三人の夫より長生きしたし、何人いたかもわからない恋人となるともはや神のみぞ知るだ。十四歳のときに医者から一生子供は産めないだろう、三十より長くは生きられまいと言われた彼女が、けっきょく四人の息子を産んだ。いちばん年上の僕がいちばん厄介だったとはいえ、四人が四人とも育てるにはひどく難物だった。でも彼女はやり遂げた。もののみごとに。

彼女のアルコール依存症についてはすでにいろいろなことが言われてきたし、本人もそれのもたらす恥の意識にずっと苦しめられてきた。それでも最後の二十年ちかくを酒と無縁で過ごし、その間に最もいい作品を書き、教師として大勢の若い世代を育てた。二十代のころから飛び飛びにではあるけれどずっと教えつづけてきたことを思えば、後者はすこしも不思議ではなかったが。どん底を何度も見たし、本当に危なかったこともあった。母はよく言ったものだ――あたしがいちばんひどかった時、どうして誰もあんたたちをあたしから取り上げようとしなかったのかしら。さあなぜだろうね、でも結果オーライだった。もし郊外に連れていかれたら、みんな萎《しお》れてしまっていただろう。僕らは全員で一つの〝ベルリン隊〟なのだから。

言っても信じてもらえないような経験を、僕らはたくさんした。ルシアがついに書かずに終わった、たくさんのことを。たとえば彼女がオアハカで絵描きの友人とマッシュルームをやって、素っ裸で海に飛びこんだときのこと。海から上がってみると、海水に混じっていた銅で全身真みどりに染まっていたので二人ともぶっ飛んだ。彼女がかぶったピンクのレボソにそれがどれだけ映えたかは、想像するしかない。

アルバカーキ郊外のヤク中専用のコロニーについては、今さらここで書く気もしないが（彼女の「野良犬」を読まれたし）、たとえるならばブニュエルとタランティーノが六十人のハードコアな前科者、プラスすることアンジー・ディキンソンとレスリー・ニールセン、さらには何十人もの宇宙ゾンビ、そして前述のベルリン隊を使って映画内映画を撮ったような……とでも言えばわかってもらえるだろうか。

いちばん楽しく思い出す光景がある――イェルパの沖に沈む夕陽がバディ・ベルリンのサックスをきらきら輝かせ、立ちのぼるビバップの音色と薪《たきぎ》の煙が混ざり合う。鉄鍋で夕食を作る母の顔はサンゴ色の光にあかあかと輝き、向こうの潟《ラグーン》ではフラミンゴたちが脚を折り曲げて魚を漁っている。波の音とカエルの鳴き声。僕らは足の裏にざらざらした床の砂を感じながら、ランプの光と雑音まじりのビリー・ホリデイのもと、宿題をしている。

母は本当にあったことを書いた。完全に事実ではないにせよ、ほぼそれに近いことを。わが家の逸話や思い出話は徐々に改変され、脚色され、編集され、しまいにはどれが本当のできごとだかわからなくなった。それでいい、とルシアは言った。物語《ストーリー》こそがすべてなのだから。

マーク・ベルリンはルシアの長男。作家、シェフ、アーチスト、自由人であり、生き物とガーリックを使ったすべての料理を愛した。二〇〇五年に死去。

訳者あとがき

一九三六年に生まれ、二〇〇四年の誕生日に世を去ったルシア・ベルリンは、生涯に七十六の短編を書いた。生前はほぼ無名に近かったが、死後十年以上が経った二〇一五年、そのうち四十三篇を集めた作品集 *A Manual for Cleaning Women*（『掃除婦のための手引き書』『すべての月、すべての年』として訳出）が世に出ると驚きと称賛をもって迎えられ、彼女の名は一躍世界に知られるようになった。その三年後、さらに二十二篇をおさめた作品集 *Evening in Paradise* が刊行され、ルシア・ベルリンの作家としての評価はいよいよ不動のものとなった。本書はその二冊めの作品集の翻訳である。

ルシア・ベルリンの作品について、私に言えること、言いたいことは一つだけだ。彼女の書く文章はほかの誰とも似ていない。読むものの心を鷲づかみにして、五感を強く揺さぶる。読んだときは文字であったはずのものが、本を閉じて思い返すと、色彩や声や匂いをともなった「体験」に変わっている。極楽鳥みたいにカラフルなウェイトレスの赤い歯ぐき。トンボの群れをかき分けて用水路を流れてくる帆船の模型。墓穴にコン、コンと投げ入れられる黒いヘルメット。

少女の瞳に映る精錬所の油煙の虹色。ホテルのバーに響くエリザベス・テイラーの野太い笑い。月夜に咲くダチュラのむせかえるような香り。闘牛場の歓声と、牛の背で濡れ濡れと輝く血。まるで自分もそこにいて、それらを見、聞き、感じたような錯覚にとらわれる。それほどに、彼女の言葉の刻印力は強い。そして読後には、苛烈な人生の破片を見せられたという印象が強く残る。

本書の収録作品は最初期に書かれたもの（「オルゴールつき化粧ボックス」一九六〇年）から最晩年の作（「妻たち」一九九八年）まで、前作と時期的に重なりつつ、まんべんなく採られている。実人生のできごとを材料に、いわゆるオートフィクションの手法で書くスタイルも一貫しているため、起伏の多かった彼女の人生のあちこちから切り取ったこれら二十二の物語は、一篇ごとに万華鏡のように異なる様相を見せる。テキサスの祖父母の家で暮らした少女時代。思春期を過ごしたチリの上流階級の暮らし。三度の結婚で移り住んだニューメキシコ、ニューヨーク、メキシコ。アルコール依存症と育ち盛りの四人の息子たち。孤独と静寂に包まれた晩年。

『掃除婦のための手引き書』と『すべての月、すべての年』で登場したおなじみの人物たちもそこここで顔を出す。「聖夜、テキサス　一九五六年」では、「虎に嚙まれて」（『すべての月、すべての年』収録）のあの一族郎党大集合のカオスが、屋根に上がったきり降りてこようとしないタイニー伯母さんの視点から語り直される。「笑ってみせてよ」（同）の年下の恋人ジェシーは、「聖夜、一九七四」のジェシーと「わたしの人生は開いた本」のケイシーに転生している。「妻たち」にちらっと出てくるボーは、「メリーナ」（同）のサキソフォン吹きのボーだろう。そして何といっても「沈黙」(『掃除婦のための手引き書』収録)の、幼少時のあの忘れがたい親友ホープ。ベルリンはあるところで「ホープと絶縁してしまったことは、人生で味わったもっとも深い絶望だった」と語っているが、「オルゴールつき化粧ボックス」と「夏のどこかで」では、そうなる前の、夢のように幸福なひと夏が描かれる。

ルシア・ベルリンの小説の中では生と死が、愛と憎が、永遠とはかなさが、つねに隣り合わせている。楽園を絵に描いたような海辺の暮らしの底に、通奏低音のように流れる恐怖がある。生の躍動そのものであるような闘牛の陰で、ひっそりと終わる命がある。草むらに散り敷かれたガラス片に夕陽が当たって出現する美しいステンドグラスは、幻のように短命だ。そしてたとえ悲惨な場面であっても、彼女の書くものにはどこかユーモアが付きまとう。凶悪なドラッグの売人が着る〈健全な精神を応援します〉のTシャツ。ルーブル美術館の『モナ・リザ』は行列にはばまれて、「オークランドの酒屋みたいにウィンドウの向こう」。それに幕切れのみごとさ、あっけなさ。読み手は強い握力で物語世界に引きずりこまれた挙句、最後でいきなりポンと突き放される。そしてこの本では、まるで傷ついた人物たちの心を慰撫しようとするかのように、いたるところに花と音楽があふれている。バラ、桜、ミモザ、マリアッチ、ダチュラ、ジャズ。

ルシア・ベルリンは実人生をもとにこれらのすばらしい小説を書いた。同じ体験に違う光を当て、フィクションの含有率や枠組みを変え、そのつど新鮮な驚きをもたらした。けれども彼女がなぜこのように書けたのか、どうやって書いたのかは謎のままだ。〈わたしはよく誇張をするし、作り話と事実を混ぜ合わせもするけれど、嘘はつかない人間だ〉彼女はある登場人物にそう語らせた。またべつのところでは〈事実をねじ曲げるのではなく、変容させるのです。するとその物語それ自体が真実になる、書き手にとってだけでなく、読者にとっても。すぐれた小説を読む喜びは、事実関係ではなく、そこに書かれた真実に共鳴できたときだからです〉とも語っている。本書に寄せた序文の中で、ルシアの長男マーク・ベルリンは言う。〈母は本当にあったことを書いた。完全に事実ではないにせよ、ほぼそれに近いことを。わが家の逸話や思い出話は徐々に改変され、脚色され、編集され、しまいにはどれが本当のできごとだかわからなくなった。それでいい、とルシアは言った。物語《ストーリー》こそがすべてなのだから〉。

じつは本書の原書と時期を同じくして出た*Welcome Home*という資料的な本の中に、彼女の手になるメモワールも収められている。だがそこでは、幼少時代に祖父から受けた虐待や母との軋《あつ》轢《れき》、幼少期の親友との別れ、アルコール依存症など、いちばん苦しかったにちがいない、だが彼女の創作の核となったであろうできごとについてはほとんど触れられていない。書きぶりもどこか苦しげで、小説のときのような伸びやかさは影をひそめている。けっきょくこのメモワールは中途のまま終わっている。そう考えると、彼女にとって小説を書くということは、浄化のような作業だったのかもしれないと思えてくる。事実のままでは語りえない体験に、フィクションという形で居場所を与えること。消し去るのではなく、新たな真実として存在させること。彼女が言った「物語《ストーリー》こそがすべて」という言葉は、もしかしたらそういう意味だったのかもしれない。

本書を翻訳するにあたっては、おおぜいの方々のお世話になった。訳者を励まし、導いてくださった講談社の須田美音さん、堀沢加奈さん。訳出上の疑問点に丁寧に答えてくださった満谷マーガレットさん。山ほど出てくるスペイン語を逐一チェックしてくださった翻訳者の佐藤美香さん。今回もすばらしい装幀をしてくださったクラフト・エヴィング商會の吉田篤弘さん、吉田浩美さん。本当にありがとうございました。

二〇二四年七月

岸本佐知子

本書には、作品が書かれた時代や前後の文脈に鑑み、今日では不適切と受け取られる可能性のある語もあえてそのまま翻訳した部分があります。

初出
「オルゴールつき化粧ボックス」「日干しレンガのブリキ屋根の家」「妻たち」群像2024年５月号。
上記以外は訳し下ろしです。

岸本佐知子（きしもと・さちこ）
翻訳家。訳書にリディア・デイヴィス『話の終わり』『ほとんど記憶のない女』、ミランダ・ジュライ『いちばんここに似合う人』『最初の悪い男』、ショーン・タン『内なる町から来た話』『セミ』、スティーヴン・ミルハウザー『エドウィン・マルハウス』、ジャネット・ウィンターソン『灯台守の話』、ジョージ・ソーンダーズ『短くて恐ろしいフィルの時代』『十二月の十日』、ルシア・ベルリン『掃除婦のための手引き書』『すべての月、すべての年』など多数。編訳書に『変愛小説集』『居心地の悪い部屋』『楽しい夜』ほか、著書に『わからない』『死ぬまでに行きたい海』『ひみつのしつもん』ほか。2007年、『ねにもつタイプ』で講談社エッセイ賞を受賞。

楽園《らくえん》の夕《ゆう》べ
――ルシア・ベルリン作品集《さくひんしゅう》

二〇二四年九月二四日　第一刷発行

著者――ルシア・ベルリン
訳者――岸本佐知子《きしもとさちこ》

発行者――森田浩章
発行所――株式会社講談社
東京都文京区音羽二―一二―二一
郵便番号　一一二―八〇〇一
電話　出版　〇三―五三九五―三五〇四
販売　〇三―五三九五―五八一七
業務　〇三―五三九五―三六一五

印刷所――株式会社ＫＰＳプロダクツ
製本所――加藤製本株式会社
本文データ制作――講談社デジタル製作

ISBN978-4-06-533229-0

KODANSHA